目　录

血字的研究

SHERLOCK HOLMES
福尔摩斯探案集

血字的研究 四签名

〔英国〕亚瑟·柯南·道尔 著
隗静秋 译

译林出版社

图书在版编目（CIP）数据

血字的研究 四签名 /（英）柯南·道尔（Conan Doyle）著；魄静秋译. —南京：译林出版社，2016.12

（福尔摩斯探案集）

ISBN 978-7-5447-6586-2

Ⅰ.①血… Ⅱ.①柯… ②魄… Ⅲ.①侦探小说－小说集－英国－现代 Ⅳ.①I561.45

中国版本图书馆CIP数据核字（2016）第212553号

书　　名　血字的研究 四签名
作　　者　〔英国〕亚瑟·柯南·道尔
译　　者　魄静秋
责任编辑　陆元昶
特约编辑　苏雪莹
出版发行　凤凰出版传媒股份有限公司
　　　　　译林出版社
出版社地址　南京市湖南路1号A楼，邮编：210009
电子信箱　yilin@yilin.com
出版社网址　http://www.yilin.com
印　　刷　北京天恒嘉业印刷有限公司
开　　本　960×640毫米　1/16
印　　张　20
字　　数　300千字
版　　次　2016年12月第1版　2023年10月第4次印刷
书　　号　ISBN 978-7-5447-6586-2
定　　价　42.00元

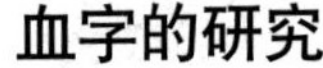

血字的研究

Ⅰ.原陆军军医部医学博士
约翰·华生回忆录

一　夏洛克·福尔摩斯先生

一八七八年，我取得伦敦大学医学博士学位后，就到纳特利继续进修为军队外科医生开设的课程。完成学业后，又立即被派到诺桑伯兰第五炮兵团担任军医助理。这个兵团当时驻扎在印度。在我赶到部队报到前，第二次阿富汗战争已经爆发。我在孟买上岸时，听说我所在的部队已经通过关隘，深入敌境。尽管如此，我还是跟着一群和我处境一样的军官继续赶路，安全到达了坎大哈。我在那里找到了自己所属的兵团，并立刻进入我的新角色。

这次战争给很多人带来了荣誉和晋升，可对我来说只有不幸和灾难。我被转调到伯克利尔兹旅，和他们一起参加了迈旺德那场决战。战斗中，一颗长滑膛枪子弹击中我的肩膀，打碎了我的骨头，还擦伤了锁骨下面的动脉。要不是我那忠诚勇敢的勤务兵摩瑞把我拖到马背上，安全地带回英国阵地，我可能就要落到那些凶残的敌军手上了。

伤痛让我筋疲力尽，再加上长期的艰辛劳累，使我更加虚弱。于是我和大量伤员一起坐火车，被转移到白沙瓦[①]的后方医院。在那里，我逐渐康复起来，已经能够在病房里四处走动，甚至还能到阳台上晒一会儿太阳。可是这时，我又被当地的一种伤寒疾病给击倒了。好几个月，我都昏迷不醒，在死亡的边缘挣扎。后来，我终于恢复了知觉，并进入康复阶段，但身体仍然非常虚弱和消瘦。医疗委员会决定立刻送我返回英国，一天也不能耽误。于是，我乘坐“欧朗提斯河号”运兵舰被遣送回国。一个月后，我在普次茅斯码头上岸。那时，我的身体状况已经损害到几乎不可挽回的地步。幸运的是，仁慈的政府准许我在接下来的九个月休养身心。

在英国，我举目无亲，像空气一样自由，或者说像一个一天收入十一先令六便士便满足的人那样不受约束。在这种情况下，我很自然地就被吸引到伦敦这个大染缸去了。大英帝国所有游手好闲的懒汉全都汇集在此地。我在斯特兰德大街的一家私人旅馆待了一段时间，过着无所事事和毫无意义的生活。因为花钱心里没数，还经常超出实际经济能力，我的日子变得异常紧张起来。我很快意识到，要么离开这里到乡下定居，要么

---

① 白沙瓦，巴基斯坦北部城市。——译者注

彻底改变我的生活方式。我选择了后者，并下定决心离开这家旅馆，到其他不太高档和奢侈的地方住下来。

就在我做出决定的那一天，当我站在克莱梯利安酒吧门口时，忽然有人轻轻拍了一下我的肩膀。我转身一看，原来是小斯坦福德，他是我在巴特时的一个助手。在伦敦这茫茫人海中，竟然能够遇见一个熟人，对于一个孤独的人来说，的确是一件令人感到非常愉快的事情。从前斯坦福德并不是我特别亲密的朋友，但这并不妨碍我现在热情地向他打招呼。而他，见到我似乎也很高兴。狂喜之后，我邀请他到霍尔本餐厅与我共进午餐，于是我们就一起乘车出发了。

当我们的马车穿过熙熙攘攘的伦敦街道时，他不加掩饰，惊奇地问道："华生，你都对自己做了些什么？看你骨瘦如柴，面黄肌瘦的样子。"

我把我的冒险经历简短地对他说了，话还没讲完，就已经到目的地了。

当他听完我的遭遇后，同情地说道："可怜的人啊！你现在在做什么？"

"我正要找个住处，"我回答道，"看看是否能以公道的价格租几间舒适的房子。"

我的同伴说："真是怪事，你是今天第二个对我说这种话的人了。"

我问道："第一个是谁？"

“一个在医院化验室工作的家伙。今天早上他还在抱怨，因为找不到人跟他合租。他已经看好了几间好房子，但一个人承担不起租金。”

“好啊！”我叫道，“如果他真的想找人合租的话，我就是他要找的那个人。比起一个人住，我更喜欢有个伴儿。”

小斯坦福德从酒杯上方相当奇怪地看着我说：“你还不知道夏洛克·福尔摩斯吧。要是作为一个长期的伙伴，你可能不会喜欢他的。”

“为什么？他有什么不好吗？”

“哦，我没有说他有什么不好的，只是脑子有点古怪——总是对某些科学领域特别入迷。据我所知，他是一个非常正派的人。”

我说：“我想他是个医科学者吧？”

“不是，我不知道他在干些什么。我相信他对解剖学非常精通，还是个一流的化学家。但是，据我所知，他从来没有经过系统的医学课程的学习。他的研究非常广泛和古怪，并积累了大量稀奇古怪的知识，连他的教授都大为吃惊。”

我问道：“你从来都没有问过他都在干些什么吗？”

“没有，他是个城府很深的人，尽管话题投机的时候，他也能够毫无隐讳地畅谈。”

我说：“我倒想见见他。如果要和别人合住，我更愿意跟一个安静好学的人住一起。我现在还不够强壮，受不了吵闹和刺激。在阿富汗已经受够了，这辈子再也不想受这种苦了。我怎么才能够见到你这位朋友呢？”

我的同伴回答说：“他一定在实验室里。他要么好几个星期都不去那儿，要么就整天在那里工作。如果你愿意，我们吃完午餐就一起坐车过去。”

“当然愿意啦！”我回答道。随后，我们逐渐把话题转移到别的地方了。

离开霍尔本后，在驱车前往医院的路上，斯坦福德又给我讲了一些关于将要和我合租的那位先生的详情。

他说：“如果你和他关系处不好可不要归咎于我。我只是在实验室偶尔见到他，对他的事情知道得不多。你提议这样安排，所以就不要让我负责了。”

“如果我们相处不好，分开也很容易的。”我回答道。

“斯坦福德，我觉得，”我盯着同伴补充道，“你肯定有别的原因想撒手不管这件事了，是不是这个家伙的脾气真的让人难以对付，或者其他原因？别拐弯抹角的。”

他笑着说道：“真的难以用言语表达出来。依我看，福尔摩斯有点太科学了，几乎接近于冷血的程度了。我记得有一次，他拿了一小撮新鲜的植物碱给朋友品尝。你知道，他并没有恶意，只是出于一种为了得到精确效果的调查动机罢了。说句公道话，我认为他自己也会吞吃一块的。他似乎对得到确切严谨的知识充满了激情。”

“这也没什么不对的？”

“是的，但是可能过头了吧。他后来甚至在解剖室里用棍子抽打尸体，你该认为是一件相当怪诞的事情吧。”

“抽打尸体？”

“是啊，为了证实人死之后还能不能造成什么样的伤痕。我亲眼看见他这么干过。”

“可是你不是说他是个医科学者吗？”

“是啊。天晓得他研究的是些什么东西。我们到了，你自己看看他到底是个什么样的人吧。”说着我们就下车走进了一条狭窄的小巷，穿过一扇对着一所大医院侧边开的小门。这里我很熟悉，不用带路我们就走上了阴暗的石梯，穿过一条长长的刷得雪白的两旁有暗褐色门的走廊。走廊的尽头是一个低矮的拱形通道，从这里通向化验室。

这是一间高大的屋子，杂乱地摆放着多得数不清的瓶子。高矮不一的桌子摆得到处都是，上面堆满了蒸馏器、试管和发出蓝色火焰的小型本生灯。屋里只有一个研究者，正伏在远处的一张桌子上全神贯注地工作着。听到我们的脚步声，他环视了一周，然后跳起来，高兴地欢呼道：“我找到了！我找到了！”他冲我的同伴叫喊着，手里拿着一个试管跑了过来，“我找到了一种只能用血红蛋白来凝结的试剂，用其他的都不可以。”即使他发现了金矿，也不见得会比现在更高兴。

斯坦福德介绍我们：“这位是华生医生，这位是福尔摩斯先生。”

“您好！”他使劲握着我的手诚挚地说道。难以置信他有这么大的力气。

“您去过阿富汗，我觉得。”

我惊讶地问道：“您是怎么知道的？”

“算了，”他轻轻地笑着说，“现在的问题是血红蛋白。您可能已经看出我的发现的重要性了吧？”

我回答说：“实验研究上，无疑它是令人感兴趣的，可是在实际用处上……”

“啊，先生，这是多年来法医学上最实用的发现了。您没有看出来它给我提供了一种绝对可靠的检测血迹的方法吗？现在请到这边来！”他急切地抓住我的上衣袖子，把我拉到他刚才工作的那张桌子面前。“让我们先弄点新鲜的血液。”他说着，用一根长长的大眼粗针刺破了自己的手指，然后用化学吸管吸了一点血液。

“现在我把这一滴血加到一升水里。您看，这种混合液和清水看起来没什么区别。血液所占的比例不超过百万分之一。然而，我毫不怀疑我们仍然能够得到一种特定的反应。”他说着往容器里丢了几颗白色的结晶体，接着又滴了几滴透明液体。溶液立刻呈现出一种晦暗的红褐色，一些呈褐色的粉末状物质沉淀到玻璃瓶底。

“哈！哈！”他拍着手，像个小孩子得到新玩具那样高兴地喊道，“您觉得怎么样？”

我说：“看起来这是一个非常奇妙的实验。”

“棒极了！棒极了！使用愈创树脂检验的陈旧方法，非常笨拙和不确定。使用显微镜检验血细胞也有同样的问题。如果过几个小时血迹干了的话，就没有意义了。现在，不管血迹是新的还是旧的，它看来都会很好地发生作用。如果这个检验方法能够早些被发现，现在世界上许多逍遥法外的人早就受到应有的惩罚了。”

我小声地说道：“的确如此！”

“很多刑事案件往往取决于这一点。可能案件发生好几个月后某人才会受到怀疑。在他的床单或者衣服上发现了褐色的斑点，究竟是血斑、泥点、铁锈、水果渍呢，还是其他什么东西？这是一个让许多专家都感到为难的问题。为什么呢？因为没有可靠的检验方法。现在，我们有了夏洛克·福尔摩斯检验方法，就不再有任何困难了。”

他说话的时候，双眼炯炯发光。然后他把手放在胸口前鞠躬行礼，仿佛是在对他想象中鼓掌的观众致谢。

“可喜可贺。”我说道，看到他那兴奋的模样我相当惊讶。

“去年发生在法兰克福的冯·彼少夫一案，如果用到这个检验方法的话，凶手肯定已经被绞死了。另外还有布拉德福的梅森、声名狼藉的马勒、蒙彼利埃的洛菲沃和新奥尔良的赛姆森……我可以举出二十来个用这种检测方法能起决定性作用的案件。”

斯坦福德大笑起来，说：“你好像就是一本犯罪档案。你或许可以办一份报纸，就叫《警务旧闻》。”

“读这样的报纸可能会非常有趣的。”福尔摩斯说着把一小块膏药贴到他手指的伤口上。“我必须得小心一点，”他转过身微笑着，接着又说，“因为我经常和毒品接触。”说着他伸出手来。我看到他的手上几乎贴满了类似的膏药，强酸使他的手都变色了。

“我们到这儿来有点事，”斯坦福德说着坐到一只高三脚凳上，用脚把另一只凳子向我这里推了推，然后说，“我这位朋友想要找个住处，因为你正抱怨找不到人合租，所以我想最好还是让你们见见面。”

福尔摩斯听到要和我合租的消息，看起来很高兴，他说：“我看中了贝克街的一套房子，很适合我们居住。您不介意浓烈的烟草气味，是吗？”

“我自己一直抽‘船’牌香烟的。”我回答道。

“很好。我总是热衷于化学药品，有时候也会做实验，那会打扰到您吗？”

“绝不会。”

“让我想想——我还有什么其他缺点？我心情沮丧的时候，接连数日都不说话的；当我那样的时候，您可不要认为我在生闷气，不用管我，我很快就会好的。现在您有什么需要坦白的吗？两个人在他们同住之前，相互知道各自最不好的地方也是无妨的。”

看到他这样盘问，我笑了起来，说道：“我养了一只小斗犬。我讨厌吵闹，因为我的神经受过刺激。我说不准什么时间起床，另外，我十分懒惰。原先身体好的时候，我还有其他不良习惯，但是目前主要的就是这些了。”

他不安地问道：“您把拉小提琴也包括在您的吵闹范围内吗？”

我回答说：“那取决于演奏者。拉得好，就像是进入仙境般享受，要是拉得不好……”

“啊，那就没关系了。”他高兴地喊道，“如果您对房子感到满意的话，我想我们这件事情就达成一致了。”

“我们什么时候可以去看看房子？”

他回答道：“明天中午您到这儿叫我一声，我们一起去把事情都安排下来。”

“明天中午准时见。”我握着他的手说道。我们离开的时候，他仍然沉浸在自己的化学实验中。然后我和斯坦福德就一起走向我住的饭店。

“顺便问一句，”我突然站住，转向斯坦福德说道，“他究竟是怎么知道我是从阿富汗回来的？”

我的同伴露出神秘的笑容说道：“这就是他的特别之处，很多人都想知道他是怎样看穿问题的。”

“噢，一个谜，不是吗？”我搓着手叫道，“真够刺激的。

我非常感谢你让我们认识。你知道，‘人就是人类研究的适宜对象。’”

“那么，你可得好好研究研究他。”斯坦福德在和我告别的时候说，“但是你会发现，这真是个难题。我敢打赌，他知道你的事情比你知道他的要多得多。再见！”

“再见！”我回答道。然后就慢步走向我住的饭店，我对这个新认识的朋友相当感兴趣。

二　演绎法

按照他的安排，我们第二天见了面，并一起去看了上次我们见面时他所说的贝克街 221 号 B 座的房子。它有两间舒适的卧室和一间宽敞通风的客厅，屋里的布局让人感到愉快，两扇宽大的窗户让室内非常明亮。这套房间无论从哪里看都令人满意，我们分摊房租以后，就更合适了。我们当场成交，马上签订了合同。当天晚上，我就将我的行李从饭店搬了出来。第二天上午，福尔摩斯也把他的几个盒子和旅行皮箱搬了进来。我们花了两天工夫把我们的东西从包里取出来摆放到最佳位置。安排妥善后，我们就逐渐安顿了下来，也慢慢适应了这个新环境。

福尔摩斯不是一个难相处的人。他举止沉静，生活很有规律，晚上十点以后没有休息的情况是非常少见的。早晨，他总是在我起床以前就吃完早餐出去了。有时，他整天都待在化验室里，或者在解剖室里；偶尔也会步行到很远的地方，看起来是去城市里的贫民区。在他想要工作的时候，没有任何东西能够阻止他的那份激情；但是偶尔也会有相反的情况，他会接连数天躺在客厅的沙发上，一天到晚几乎一句话都不说，也不活动一下。每当这种情况发生时，我注意到他眼里流露出一种心不在焉、茫然失措的神情。要不是他的生活有节制，并且洁身自爱的话，我几乎都要怀疑他是否沉溺于服用麻醉剂了。

好几个星期过去了，我对他生活目标的好奇心也在逐渐加深。他的外貌一眼看去就会引人注目。他身高超过六英尺，因为身体过分消瘦而显得格外修长；除了偶尔怅然若失的时候，他的眼睛总是非常犀利；他细长的鹰钩鼻子让他显得十分警觉和果断；下巴方正突出，表明他是个有毅力的人。他的双手总是沾满了墨迹和化学品留下的痕迹，但是却异常灵活。因为在他熟练地操作那些易碎的实验仪器时，我经常有机会在旁边观察。

我承认福尔摩斯引起了我强烈的好奇心，而且我也经常尽力打破他烦恼时候的沉默寡言，如此一来，读者一定认为我是个无可救药的好管闲事之人。然而，在您下结论以前，请记住，我的生活是多么无聊空虚，能够引起我注意的事情又是多么的匮乏。我的健康状况又不允许我在天气不好的时候外出，除非天气特别晴朗。另外，没有一个朋友来看我，来打破我无聊单调的生活。在这种情况下，我自然对围绕在我同伴身边的一些小秘密产生了极大的兴趣，并且花了我大部分时间和精力来揭示这些秘密。他不是在研究医学，在答复我的一个问题时，他自己亲自证实了斯坦福德在这一点上的看法。看起来他既不是为了取得科学学位而研究学习任何课程，也不是为了进入学术界而采取公认的捷径。但是他在某些方面的研究热情却是不寻常的。在一些古怪的领域，他的知识格外丰富，他极为准确的观察力使我大为震惊。想必没有人会像他这样努力工作去获得如此精确的知识，除非有明确的目的。那些盲目读书的人很难在学术上达到精深的造诣，除非有很好的理由，否则不会有人会在这些琐事上花费工夫的。

他无知的一面，如同他知识渊博的一面一样惊人。关于现代文学、哲学和政治，他显得一无所知。当我引用托马斯·卡莱尔[①]的文章的时候，他竟幼稚地向我打听卡莱尔是什么人，做过什么事情。最让我感到吃惊的是，我偶然发现他竟然不知道日心说和太阳系的构成。一个十九世纪的文明人类竟然不知道地球围绕着太阳运行，我简直无法理解这种怪事。

看到我吃惊的表情，他笑了笑，说道："你似乎感到很惊讶。即使我知道，我也会尽全力忘记它。"

"忘记它！"

"你看，"他解释道，"我认为一个人的大脑本来就像一间小的空阁楼，你不得不有选择地布置一些家具。傻瓜才会把他偶然遇见的各种各样的破烂玩意儿都吸收进去。一旦如此，那些

① 托马斯·卡莱尔（Thomas Carlyle，1795—1881），苏格兰评论家、讽刺作家、历史学家。——译者注

可能有用的知识反倒被挤出来了，或者充其量是和其他许多东西乱七八糟地搅在一起，想取出来的时候就会有困难了。因此，一个有经验的人确实会非常小心地挑选他需要的东西装进他那阁楼般的脑袋中。除了工作中可能用得到的工具，他不会带其他任何东西的，但是他拥有他所需要的全部种类，并且摆放得井井有条。如果认为这个小房间有弹性的墙壁，能够任意伸缩，这种想法就大错特错了。我敢说，终有一天，当你增加知识的时候，你就会忘记以前你知道的东西。因此，不要让无用的东西把有用的东西挤出去，这一点是非常重要的。"

我抗议道："但是那可是太阳系啊！"

"这究竟和我有什么关系？"他不耐烦地打断我，"你说我们是绕着太阳走，可即便我们绕着月亮走，这会对我或者对我的工作创造什么价值吗？"

我正要问他，他到底是做什么工作的，但是他的态度告诉我这个问题可能是不受欢迎的。我仔细思考了我们简短的谈话，竭力从中找出我的思路。他说他不会学习那些跟他目标无关的知识，因此他所具备的全部知识，已经令他满意了。我在心中列举了若干他了解得特别深的学科，甚至用铅笔把它们写了下来，写完后我忍不住笑了。内容是这样的：

夏洛克·福尔摩斯的学识清单

1. 文学知识——零；

2. 哲学——零；

3. 天文学——零；

4. 政治学——知之甚少；

5. 植物学——不全面，精通颠茄制剂、鸦片，毒药一般，但是对实用园艺学一无所知；

6. 地质学知识——注重实用性，但是有限，他一眼就能看出不同土质的区别，散步回来后，他曾让我看他裤子上的泥点，并能根据它们的颜色和浓度告诉我是在伦敦什么地方溅上的；

7. 化学知识——渊博；

8. 解剖学——精确，但不系统；

9. 轰动性文献——广博，他似乎知道这个世纪发生的每一件恐怖案件的细节；

10. 小提琴拉得很好；

11. 是单棍、拳击和击剑方面的高手；

12. 有丰富实用的英国法律知识。

我在清单上写了这么多，还是很失望，顺手将它扔到火里，并对自己说：“既然我把他所有这些造诣联系起来，还是不能知道这个家伙在干些什么和什么工作需要它们，不妨立马打消这个念头。”

我记得已经在上面提到过他在小提琴方面的天赋，那是非比寻常的，但是和他其他所有的本事一样有些离奇古怪。我很清楚他能拉一些难度很大的曲子。因为在我的请求下，他为我拉过若干门德尔松的抒情曲和一些他喜欢的其他曲目。可是他一个人的时候，几乎不会拉出什么像样的或者人们熟悉的曲子。往往在晚上的时候，他躺靠在扶手椅上，闭着眼睛，漫不经心地拉着斜放在膝盖上的小提琴。有时音调高昂而悲哀，有时古怪而欢畅。明显，这些琴声反映了当时支配着他的情绪，不过到底是这些音乐助长了这种情绪，还是他一时兴起想这么拉，那就超出我的判断力了。我非常反感这些气死人的独奏，要不是他经常在结束后迅速拉上好几首我喜欢的曲子，作为对我耐心的小小补偿，我早就忍不住了。

开始的一两周，我们没有任何拜访者，我想当然地认为我的同伴和我一样没有什么朋友。但是，我很快发现他有很多熟人，而且来自社会的各个阶层。其中有一个个头矮小、气色不好、贼眉鼠眼、长着黑色眼睛的家伙。经介绍，我知道他是雷斯垂德先生，每个星期他都会来三四次。一天上午，一个穿着时髦的年轻姑娘前来拜访，待了半个多小时。那天下午，还来了一个头发花白、衣衫破烂的客人，看起来像个犹太不法商贩，在我看来他非常紧张，后面还紧跟着一个邋遢的上了年纪的女人。还有一次，一个长着白发的老绅士来拜访我的伙伴。另外一次，有一个穿着棉绒制服的铁路工人上门找他。每当这些让人难以归类的人出现的时候，夏洛克·福尔摩斯总是恳求要使用客厅，我只好退回到我的卧室里去。他总是因为给我带来这样的麻烦而向我道歉。他说："我不得不利用这个房间作为办公的地方，这些人都是我的委托人。"我又得到了一次向他直接提出问题的机会，但是为了谨慎起见，我没有强人所难逼他向我吐露自己的秘密。在那时我猜想他肯定有充分的理由不谈他的职业。可是，没过多久，他就自愿地改变主意说起了这个问题。

那是在三月四日，我有充分的理由记得，我比平时起得稍微早了一点，发现福尔摩斯还没有吃完早餐。房东太太对我晚起的习惯早就习以为常，所以并没有给我准备好座位和咖啡。我当时不知怎地就火冒三丈，按响了铃铛，并且简单粗鲁地告诉房东太太我已经起来了。然后我从桌子上拿起一本杂志，借此消磨时间，而我的同伴却默默地用力嚼着他的烤面包。杂志上有一篇文章的标题被做了标记，我自然就从这儿看了起来。

文章标题稍微有些夸大，叫《生活教科书》。它试图说明：一个善于观察的人，如果对他所接触的事物进行准确无误和系统的观察，可能会有多么大的收获。对于这篇文章我感觉确实标新立异，有其独到之处，但未免有些荒谬。文章推理上是严谨和紧凑的，但依我看来，结论有些牵强附会，言过其实。作者断言，从一个人瞬间的表情、肌肉的抽动以及眼睛的晃动，都能推测出他内心的想法。按照作者的说法，对于一个在观察和分析上训练有素的人来说，“欺骗”是不可能的事情。他的结论和欧几里得的定理一样准确。在不了解情况的人看来，这些结论确实令人震惊，他们很可能把他当成是一个通灵巫师，直到他们弄清楚得出结论的所有步骤。

作者写道：“一个逻辑学家不需要看到或听过大西洋或者尼亚加拉大瀑布，就能从一滴水推知它们有无存在的可能。因此生活的全部就是一条巨大的锁链，无论什么时候只要我们看到其中的一环，就自然可以推测到锁链的全部了。就像所有其他技术一样，科学的推断和分析只有经过长期耐心的钻研才能获得，即使穷尽其一生，也未必能够达到最高境界。初学者在将注意力转向那些具有高难度的行为和精神方面的问题前，可以从比较基础的问题入手。例如碰到一个很普通的人，看一眼马上就能知道这个人的过去和他所属的职业或者行业。看起来这种训练好像有些幼稚，但它却能够让观察力变得敏锐起来，并且能告诉你从哪里观察，以及应该观察些什么。一个人的指甲、上衣袖子、鞋子和裤膝、虎口上的老茧、他的表情、衬衣袖口，其中的任何一点都可以清楚地反映他的职业。如果把所有这些联系起来，还不能给予有能力的调查人员启示的话，无论如何都是非常不可思议的事情了！”

读着读着，我把杂志往桌子上一扔，大声说道：“真是胡说八道！我从来没有读过这样的垃圾文章。”

“是什么文章？”福尔摩斯问道。

“哦，这篇文章。”我边坐下来吃早餐，边拿着调羹指着那篇文章说，“我猜你已经读过了，因为上面做了标记。我不否认它写得很精彩，然而，还是不免让我发火。显然，这是一个躲在书房里只会空谈和无所事事的人凭空捏造出来的似是而非的理论。完全不切实际！我倒想看看要是把他关进地铁的三等车厢里，问他车厢里每个人的职业会是什么结果。我愿意和他下一千比一的赌注。”

“那你准会输钱的。”福尔摩斯冷静地说道，“是我写的那篇文章。”

“你？”

“是的，我很善于观察和推理。在这篇文章里我所表达的理论，在你看来是如此荒诞不经，但是它们真的是非常实际的，实际到我要靠它们来生活。”

“那怎么可能呢？”我不禁问道。

“噢，我有自己的职业。我猜想这世界恐怕只有我一个人是干这个的。我是一个‘咨询侦探’，如果你能够理解的话。在伦敦，有许多政府侦探和私人侦探。当这些家伙遇到困难的时候就会来找我，我就设法把他们引导到正确的方向上去。他们把全部证据提供给我，一般情况下，我都能够利用到我的犯罪史知识，纠正他们的错误。关于犯罪行为有大量的相似之处，如果你对一千件案件的细节都一清二楚，却不能解释第一千零一件案件的话，那真是怪事。雷斯垂德是一位众所周知的侦探，最近他在一起伪造案件中不知所措，所以不得不来找我。”

“其他形形色色的人呢？”

“他们大部分都是由私人调查机构指引来的。他们都是一些遇到麻烦、需要一点指引的人。我留心听他们的故事，而他们听从我的评论和见解，然后我就对此收取费用。”

我说：“你的意思是说，你不用出门就能够解决问题，而其他人尽管自己目睹了全部细节也无法解决？”

“的确是这样。我有一种凭直觉感知的能力。有时也会出现稍微复杂的案子，于是，我只好亲自跑一趟。你知道，我有大量专门的知识，利用这些知识，就能轻松地解决问题了。那些在文章中提到的推理规则引起了你的蔑视，但对我来说，在实际工作中，却是非常宝贵的。观察力是我的第二天性。在我们第一次见面时，当我告诉你，你是从阿富汗回来的，你好像还很吃惊呢。”

“很可能别人告诉过你。”

“根本没那回事。我当时一看就知道你是从阿富汗回来的。出于长年以来养成的习惯，一连串念头迅速在我脑海中闪过，以至于我没有意识到中间的步骤就得出了结论。不管怎样，这个过程还是有一定步骤的。我是这样推理的：一位具有医务工作者模样的先生，却是一副军人神态，显然他是个军医；他刚从热带地区回来，因为他的脸色黝黑，而那不是他皮肤本来的颜色，因为他的手腕处的皮肤白皙；他经历了艰难和疾病的折磨，因为他那憔悴的脸已经表现得很清楚了；他左边的肩膀受过伤，活动起来有些僵硬和不自然。那么一个英国军医能在热带地区的什么地方历尽艰辛并且受过肩伤呢？显然在阿富汗了。整个思考过程没用到一秒钟。接着我就说出你是从阿富汗回来的，你还感到惊奇呢。”

“你 解释，事情就相当简单了。”我微笑着说道，“你让我想起了埃德加·爱伦·坡[①]小说中的人物——侦探杜宾。我真想不到小说以外还真存在这种人。”

福尔摩斯站起来点燃了他的烟斗，讲道：“你可能认为把我和杜宾相比对我是一种恭维。但是，依我看来，杜宾是个非常低劣的家伙。他总是安静地等上一刻钟，然后再打断他朋友的思路，这种把戏过于卖弄和肤浅了。他有分析问题的天赋，但一点也算不上爱伦·坡想象中的天才人物。”

我问道：“你读过加博里约[②]的作品吗？你认为莱克这个人算得上侦探吗？”

福尔摩斯嘲笑地“哼”了一声。“莱克是个令人痛苦的大笨蛋。”他愤怒地说道，“他只有一件事值得提一下，那就是他的干劲儿。那本书简直糟糕透顶。其实书中的关键问题就是如

---

① 埃德加·爱伦·坡（Edgar Allan Poe，1809—1849），美国短篇小说家，以侦探小说著称。著有《莫格街凶杀案》等侦探小说。——译者注

② 加博里约（Emile Gaboriau，1835—1873），法国侦探小说作家。——译者注

何去识别一个无名的罪犯。我可以在二十四小时之内解决这个问题，但是莱克却花了大约六个月的工夫。这么长的时间都可以为侦探们写出一本教科书了，教教他们应该避免犯什么样的错误。”

看到他这样贬低我所钦佩的两个人物，我感到相当愤怒。于是我走到窗口边，站着望向窗外繁忙的街道，自言自语道：“这个家伙可能很聪明，但是他也太骄傲自满了。”

“这些日子一直没有案件或者犯罪分子。”福尔摩斯牢骚满腹地抱怨道，“做我们这行的人，脑袋还有什么用处啊？我很清楚我的脑袋可以让自己出名。从来没有人像我这样，在调查犯罪方面有数量众多的研究，更不会有我这般天生的才能。但是结果怎样呢？现在竟然没有案件可以侦查，或者，至多只是些笨手笨脚的犯罪行为，动机显而易见，即使苏格兰场的警官也能一眼看穿。”

我对他这种自夸的谈话感到非常懊恼，想换个话题。

“我想知道这个家伙在找什么？”我指着一个身体强壮，穿着朴素的人问道。那个人正在街对面缓慢地走着，焦急地看着门牌号码，手里拿着一个蓝色大信封，显然是个送信的人。

福尔摩斯说：“你是说那个退伍的海军中士吗？”

“又在自夸说大话了。”我心里想道，“他知道我无法证实他的猜测。”

这个想法还没从我的脑海中消失，我们观察的那个人看了一眼我们的门牌号后，就飞快地从街对面跑了过来。一阵响亮的敲门声后，楼下传来低沉的谈话声，然后楼梯上响起了沉重的脚步声。

他走进房间，把信交给了我的朋友，说道："这是给福尔摩斯先生的。"

刚好有机会挫 下他的傲气。他刚才随口 说，肯定没想到这一步。我用平和的语气说道："小伙子，请问你的职业是什么？"

"门警，先生！"那人粗声地说道，"制服拿去修补了。"

"过去呢？"我有点恶毒地瞧了一眼我的伙伴问道。

"中士，先生，皇家海军陆战队轻步兵。先生，没有回信吗？好的，先生。"

他咔嚓一声立正，举手敬礼，然后就走了。

三　劳瑞斯顿花园神秘事件

福尔摩斯那套理论的实用性通过这一案例又得到了新的证明，我承认，这让我相当震惊。我对他的分析能力也更加钦佩了。然而我心中仍然存有一些疑虑，想这会不会是他事先安排好的一个圈套，目的是为了戏弄我，然而他欺骗我究竟有何目的，这让我百思不得其解。当我看他的时候，他已经看完了信件，双眼看起来有些茫然失神，毫无光泽，这说明他正在冥思苦想。

我问道："你到底是怎样推理出来的？"

"推理什么？"他不耐烦地说道。

"就是他是个退伍的海军陆战队中士。"

"我没有时间谈论这些小事。"他粗鲁地回答说，接着微笑道，"请原谅我的无礼。你打断了我的思路，不过这也没关系。那么你是真的看不出他原来是个海军陆战队的中士吗？"

"确实看不出。"

“知道这件事并不难，但要让我解释为什么知道，就不容易了。如果要你证明二加二等于四，你可能就会感到困难了，然而你是非常确信这个事实的。即使隔着一条街，我也能看到这个家伙手背上有一个蓝色大锚的刺青，那带有海洋的味道。不管怎样，他的举止很像军人，留着规定式样的络腮胡子。从这一点上，我们就可以判断他是个海军陆战队员。他的态度有些自高自大，而且带有一些颐指气使的神气，你肯定留意到他昂首挥杖的习惯了吧。从表面上看，他是一个稳重、得体的中年人——所有这一切的事实让我相信他曾经是一名中士。”

我不禁喊道：“太精彩了！”

“这很普通。”福尔摩斯说道。然而，从他的表情来看，他对我明显的惊讶和钦佩之情是感到满意的。“我刚刚还说没有罪犯，看来我错了——看看这个！”他把那个看门人送来的信件扔给我。

“哎呀，”我匆匆看了一下不禁叫道，“真可怕！”

他冷静地说：“看起来的确有些不寻常。你介意大声为我读一遍吗？”

这就是我读给他听的那封信：

亲爱的福尔摩斯先生：

昨天晚上，在布里克斯顿路尽头的劳瑞斯顿花园街3号发生了一件不幸的事。凌晨两点左右，巡警看见该处有灯光晃动，因为房子是空置的，所以怀疑出了什么问题。他发现门是开着的，前屋没有任何家具，里面有一具男人的尸体，穿着整齐，在他口袋里发现了名片，上面写着“伊诺克·J. 德雷伯，美国俄亥俄州克利夫兰”。既没有被抢劫，也没有发现任何能说明死亡原因的痕迹。房间里有几处血迹，可是死者身上并没有伤痕。他是如何进入这所空置的房间的，我们百思不得其解，这的确是个难题。如果您能在十二点之前赶到，我将在此等候。在收到您的回信之前，现场一切都会维持原状。如果您不能来，我将会告诉您详细情况。若蒙赐教，不胜感激。

您忠实的

托拜厄斯·格雷森

“格雷森是苏格兰场最优秀的警探，”我的朋友评论道，“他和雷斯垂德都是从那一群笨蛋中精心挑选出来的佼佼者。两人都可谓思维敏捷且机警干练，却也都循规蹈矩。他们钩心斗角，就像一对心高气傲的美人一样相互妒忌。如果他们两个都插手这起案子的话，肯定会有好戏看的。”

我很吃惊福尔摩斯对于此事镇定自若的样子。我叫道：“刻不容缓，需要我为你叫辆马车吗？”

“我还没有确定是否应该去呢。当这股懒劲儿上来时，我就像一个无可救药的懒鬼，但是当我兴之所至时，也会十分矫健的。”

“什么？你不是一直期望这样的机会吗？”

“老伙计，这和我有什么关系？假设我解决了全部问题，你要相信我，格雷森和雷斯垂德这帮家伙会把全部功劳据为己有。这只因为我是个非官方人士而已。”

“但是现在他请求你的帮助啊。”

“是的。他知道我比他更胜一筹，这是他自己承认的；可是，他宁愿割掉舌头，也不会在其他人面前承认的。不管怎样，我们不妨去看看。我会自己解决这件事，即便查不出什么，也可以看看他们的笑话。走吧！”

他匆忙穿上大衣，那种忙碌的样子在某种程度上表明他的活力已经取代了无动于衷的一面。

他说：“戴上你的帽子。”

“你希望我也去吗？”

“是的，如果你没有别的事可干的话。”

一分钟后，我们就坐上了马车，向布里克斯顿路疾驰而去。

那是一个有雾多云的早晨，房顶上笼罩着一层暗褐色的薄雾，看起来好像是街道上烂泥颜色的倒影。我的同伴兴高采烈，一路上喋喋不休地谈论着克雷莫纳小提琴、史特拉第瓦里小提琴和阿玛蒂小提琴之间的不同。我则沉默不语，因为这种沉闷的天气和不幸的事件让我的心情非常沮丧。

最终我打断了福尔摩斯的音乐专题演讲，说道：“你看起来并没有过多地考虑目前的案子。”

他回答说：“还没有资料呢。在你掌握全部证据之前做出推断，会犯致命的错误。它只会误导你的判断。”

“你很快就可以得到想要的资料了。”我说着用手指着前面，“如果我没弄错的话，前面就是布里克斯顿路和出事的房子。”

“正是。停车，车夫！停车！”我们离那所房子还有大约一百码远，但是他坚持下车，然后走着过去。

劳瑞斯顿花园街 3 号，看起来就有不祥之兆，而且好像充满了危险。它是离街稍远的四幢房子中的一幢，其中两幢有人居住，另外两幢空着。后者朝外有三层窗户，由于无人居住，显得十分凄凉阴森。落满灰尘的窗户上贴满了写有“出租”字样的卡片，就像患了白内障的眼睛一样。每座房子前面都有一个小小的长着稀稀拉拉枯萎植物的花园，从而把它们各自和街道隔开。一条用泥土和砾石混合物铺成的狭窄小路穿过花园，连夜的大雨，弄得到处泥泞不堪。花园被高约三英尺的砖墙围起来，砖墙上装有木栅栏。一个身体强壮的警察倚墙而立，周围有一小撮闲人，伸长了脖子使劲儿往里张望，想知道发生了什么事，可是什么也看不到。

我料想福尔摩斯会马上进入屋子里，以极大的热情投入到这起神秘案的调查中。但是他好像并不着急，一副漠不关心的样子。在这种情况下，我感到他就是在故弄玄虚。他在人行道上来回闲逛着，毫无表情地凝视着地面，接着转向天空、对面的房子和墙头上的木栅栏。经过一番细看之后，他缓慢地走上小路，更确切地说，是路边的草地，眼睛牢牢地盯着潮湿的地面。他中间停了两次，有一次我看见他微笑了一下，还听到他满意的喊叫声。在这潮湿泥泞的地面上，有许多脚印，可是因为警察已经在上面来回踩过，我无法理解我的同伴怎么会指望从这上面得到什么东西。毕竟我已见识过他那对事物敏锐的洞察力，因此毫不怀疑他能够看出许多我所看不见的蛛丝马迹。

在房间门口，一个头发发黄、脸色白净的高个子跑过来迎接我们。他手里拿着笔记本，冲上来热情地握住我同伴的手说道：

“你能来真是太好了。现场的一切都原封未动。”

“除了那个！”我的朋友指着那条小路回答道，“即使有一群水牛走过，也不会弄得比这更乱七八糟了吧。不管怎样，格雷森，很可能你自以为得出了结论，才允许这样做的吧。”

这个侦探闪烁其词地说：“我在屋里要做的事情太多了，正好我的同事雷斯垂德先生也在这儿，就把外面的事都交给他了。”

福尔摩斯朝我看了一眼，嘲笑似的皱了皱眉毛，说道：“有你和雷斯垂德这样的人物在场，别人当然不会再发现什么线索了。”

格雷森搓着双手沾沾自喜地说道:“我认为我们已经尽力了。虽然案子很古怪，但我知道这正合你的胃口。”

“你不是坐马车过来的？”福尔摩斯问道。

“没有，先生。”

“雷斯垂德也不是吧？”

“也没有，先生。”

“那么，让我们到房间里看看。”

问完这些前后没有关联的话后，福尔摩斯就大步走进屋里。格雷森跟在后面，脸上露出惊讶的表情。

一条不长的过道通向厨房和贮藏室，光秃秃的地板上积满了厚厚的灰尘。过道两边各开着一扇门，其中一扇门显然已经很长时间没有打开过了。另一扇是餐厅的门，神秘的凶杀案就发生在那里面。福尔摩斯走了进去，我跟在他身后，心情异常压抑，这都是由死亡带来的。

这是一间宽大的方形房间，由于没有家具，看起来越发显得空荡荡的。墙壁上贴着廉价的墙纸，但是有些地方已经发霉了。还有的地方，墙纸一条条地剥落下来，露出下面黄色的粉墙。门的对面是一个引人注目的壁炉。壁炉架是仿白色大理石的，角落里放着一小节红色蜡烛。房间里只有一个窗户，非常肮脏，所以光线非常昏暗，到处都蒙上了一层黯淡的色调。整个房间落满了厚厚的灰尘，更加剧了这种气氛。

所有这些细节是我后来才注意到的。当时，我的全部注意力都集中到那个孤零零的、可怕的、僵硬的尸体上了。他躺在地板上，毫无光泽的双眼茫然地盯着已经褪了色的天花板。死者是一个四十三四岁的男人，中等身材，肩膀宽大，干净利落的黑色鬈发，留着短而硬的胡茬，身上穿着厚厚的绒面呢双排纽扣礼服和马甲，浅色裤子，衣领和袖口一尘不染，身边的地板上有一顶非常柔软漂亮的大礼帽。死者双手紧握，两臂伸直，而下肢却交叉在一起，仿佛临死前经过一番剧烈的垂死挣扎。僵硬的脸上显现出恐怖的表情，在我看来，那是我从未见过的仇恨表情。那张凶神恶煞般扭曲的脸，再加上他那塌陷的前额、扁平的鼻子和突出的下巴，看起来就像一只不常见的类人猿。另外他那因痛苦翻滚造成的不自然的姿势更是让人感到可怕。我曾见过各式各样的死人，但从来没有见过比伦敦市郊主干道旁边这所昏暗、肮脏的房间里更为可怕的情形。

消瘦的雷斯垂德颇具侦探风度，他站在门口，向我和福尔摩斯打了个招呼。

他说："这件案子会引起轰动的，先生。我不是一个初出茅庐的新手，但是我从来没有见过这样离奇的案子。"

格雷森问道："有没有线索？"

雷斯垂德附和道："完全没有。"

福尔摩斯走近尸体，跪下来仔细检查。

"你们确定他身上没有伤痕吗？"他指着四周的斑斑血迹问道。

两个侦探同时叫道："的确没有。"

"那么，这些血自然是属于其他人的了，很可能是凶手的。如果这是一起谋杀案，倒让我想起了一八三四年在乌得勒支[1]发生的范·坚森死亡的情形。格雷森，你还记得那个案件吗？"

"不记得了，先生。"

"你真的应该研究下。天下无新事，前人都已经做过了。"

当他说话的时候，灵活的手指到处摸摸按按，然后解开死者的纽扣，仔细检查。而他的眼里流露出我已经提到过的那种恍惚的神情。他的检查迅速得让人难以想象，几乎没人能猜透他检查了什么细微之处。最后，他用鼻子嗅了下死者的嘴唇，接着看了一眼他的黑胶皮鞋的底部。

他问道："他确实没有被移动过吗？"

"只是在做一些我们认为必要的检查时动过。"

"现在你们可以把他送去太平间了，"他说，"这儿没有什么需要再检查的了。"

格雷森已经叫来了四个抬担架的人。他一声招呼，尸体就被抬了出去。就在他们抬起他的时候，一枚戒指"叮当"一声掉在地板上。雷斯垂德把它捡起来，迷惑不解地看着。

他叫道："一定有女人来过这儿。这是个女人的结婚戒指。"

说着他把戒指平放在手掌上让大家看。我们围在他身边盯着

① 乌得勒支，荷兰城市。——译者注

那枚戒指。毫无疑问，这枚朴素的金戒指曾是一个新娘的婚戒。

格雷森说："案件更复杂了。天晓得，它们本来已经够复杂的了。"

福尔摩斯说："你确信它不能让案件明朗一些吗？这样盯着看是得不到任何线索的。你在他口袋都发现了什么？"

"全都在这儿，"格雷森指着楼梯底部一堆杂乱的东西说，"一只金表，编号是97163，伦敦巴罗德公司制造的；一条沉重结实的艾伯特金黄色锁链；一枚金戒指，刻有共济会徽章的标志；一枚虎头犬形状的金别针，狗的双眼上镶嵌着两颗红宝石；俄国制皮革名片盒，里面有'克利夫兰城伊诺克·J. 德雷伯'的名片，首字母和衣服上的E.J.D. 这三个缩写字母恰好相符；没有钱包，只有一些零钱，一共是七英镑十三先令；一本袖珍版的薄伽丘的小说《十日谈》，书的扉页上写着约瑟夫·斯坦节逊的名字。另外还有两封信，一封是寄给E.J. 德雷伯的，另一封是寄给约瑟夫·斯坦节逊的。"

"地址是？"

"斯特兰德大街美国交易所，邮件留邮局待领。两封信都是从盖恩轮船公司寄来的，是通知他们从利物浦出发的轮船开行时间。显然这个可怜的家伙正打算返回纽约。"

"你们已经调查过斯坦节逊这个人了吗？"

"先生，我当时立刻就去调查了。"格雷森说，"而且把广告送到所有报社去了，另外还派人去美国交易所打听，但是现在还没有回来。”

“和克利夫兰方面联系过了吗？”

“今天上午我们发了电报。”

“你们是怎么询问的？”

“我们只不过是详细说明了这里的情况，另外还说我们将会很高兴得到任何对我们有用的信息。”

“你没有问到你认为任何特别关键性的问题吗？”

“我向他们打听斯坦节逊这个人。”

“没有别的啦？整个案件里难道就有这一个关键的问题？你不能再发个电报吗？”

格雷森有些反感地说道：“我已经把我要说的都说了。”

福尔摩斯暗自发笑，正准备说些什么时，雷斯垂德沾沾自喜地夸张地搓着手走了进来。当我们和格雷森在屋里谈话的时候，他一直在前屋里。

“格雷森先生，”他说，“我刚刚有了非常重要的发现。如果我没有仔细检查墙壁，就会把它给忽略了。”这个小个子男人说话的时候眼睛发光，明显他是为他胜过同事而激动不已。

“来这里。”他说着很快就退回到前屋。由于可怕的尸体已经被移走，感觉气氛轻松了很多。“现在，请站在那儿！”

他在长筒靴上划燃了一根火柴，举起来对着墙壁。“看那儿！”他得意洋洋地说。

前面说过，某些地方的墙纸已经脱落下来了。就在这个墙角，一大片墙纸已经剥落了，露出一块粗糙的黄色灰泥墙。在这光秃秃的地方，有一个潦草的血字：RACHE。

“对此你有什么看法？”这个侦探叫道，就像一个玩杂耍的人在吆喝似的，“它之所以被忽略，是因为它在屋中最黑暗的角落里，没有人会想到看这里。这是谋杀犯用他自己的血写下的。看，还有血往下流的痕迹呢！这就说明了自杀的想法是肯定不对的。为什么选择在这个角落写呢？我可以告诉你们，看壁炉架上的那节蜡烛。在那时它是点燃的，如果它是点燃的，那么这个角落就是最亮而不是最黑的部分了。”

格雷森轻蔑地说：“既然你发现了它，那么你说说这表示什么意思呢？”

“意思嘛，哦，它表明书写者是想要写一个女人的名字‘雷切尔’（Rachel），但是在他或她还没有来得及写完就被打断了。你注意我的话，等到案子真相大白后，你会发现一个叫‘雷切尔’的女人和这个案子有关系。你现在可以随便嘲笑我，福尔摩斯先生，你可能绝顶聪明，但怎么说，姜还是老的辣。”

我的同伴听后，不由得大声笑起来，这激怒了小个子雷斯垂德。福尔摩斯连忙说道：“我诚心诚意请您原谅！无疑你立了一大功，因为你是我们中间最先发现这个血字的。正如你所说的那样，它充分表明了这是昨晚发生的奇案中另外一名参与者写的。我还没有检查这间屋子，如果各位允许，我现在就开始检查了。”

他说着，一下子从口袋里拿出一个卷尺和一个巨大的圆形放大镜。拿着这些工具，他在屋里一声不吭地来回迅速走动，有时停下来，有时跪在地板上，还有一次趴在地上。他是如此全神贯注地工作，看起来已经忘记了我们的存在；他不停地低声自言自语，一会儿发出叹息声，一会儿又吹着口哨，有时会发出一连串的惊叫，有时又像充满希望受到鼓舞似的小声叫喊着。当我在旁边观察他的时候，不由得想起了训练有素的纯种猎犬，在树林里来回飞奔，不停地嗥叫，直到嗅出丢掉的猎物气味才肯善罢甘休。他持续检查了二十多分钟，非常仔细地测量了那些我完全无法看出的痕迹之间的距离。有时他会让人难以理解地拿卷着尺去测量墙壁。接着他非常谨慎地从地板上某个地方收集了一小撮灰白色的灰尘，并放进一个信封里。最后，他用放大镜非常仔细地检查了墙壁单词的每一个字母。这一切完成之后，他似乎很满意，然后把卷尺和放大镜放回口袋里。

他微笑着说："有人说'天才'是一种无穷无尽的吃苦耐劳的能力。这是一个相当错误的定义，但却非常适合侦探工作。"

格雷森和雷斯垂德两人相当好奇又有些轻蔑地看着这位业余同行的一举一动。他们显然还没有意识到这样一个事实，而我已经开始清楚地认识到了，那就是：即使福尔摩斯最微不足道的动作都有它明确而实际的目的。

他们两人异口同声问道："先生，你怎么看？"

我的同伴说道："如果我自作主张地帮你们，就难免会抢夺你们的功劳了。你们现在进展得很好，不需要任何人插手干预。"他的话充满了挖苦的味道，接着又说，"如果你们愿意让我知道你们调查的进展情况，我会很高兴给予任何力所能及的帮助的。现在我想和发现尸体的警察谈一谈，你们能把他的姓名和住址告诉我吗？"

雷斯垂德朝他的笔记本看了一眼说道："约翰·兰斯，他现在已经下班了。你可以在肯宁顿花园门路，奥德利大院46号找到他。"

福尔摩斯把地址记了下来。

他说："赶快，医生，我们去拜访他。我告诉你们一件事情，可能对你们侦破案件有所帮助。"他转过身来对这两个侦探继续说道，"这是一起谋杀案。凶手是个男人，身高超过六英尺，正当壮年。按他的身高来说，脚有些小了，穿着一双粗糙的方头鞋子，抽的是特里奇雪茄烟。他和被害者是坐同一辆四轮马车来的。马车用一匹马拉的，马的三只蹄铁是旧的，前蹄有一只是新的。凶手很可能面色红润，右手指甲留得很长。这只是一点点可供参考的迹象，但是它们可能会对你们有所帮助。"

雷斯垂德和格雷森两人相互对望着，露出怀疑的笑容。

雷斯垂德问："如果这个人是被谋杀的，那又是怎么做的呢？"

"毒死的。"福尔摩斯简短地说，然后就迈着大步走了。"还有一件事，雷斯垂德，"他走到门口又回过头补充道，"在德语中，‘RACHE’是复仇的意思，所以别再浪费时间去找那位‘雷切尔小姐’了。”

说完这几句尖酸刻薄的话后，福尔摩斯就走开了，剩下两个瞠目结舌的对手站在那里。

四　约翰·兰斯的叙述

当我们离开劳瑞斯顿花园街 3 号的时候已经是下午一点钟了。福尔摩斯带着我到最近的电报局去发了一封长电报，然后叫了一辆马车，直奔雷斯垂德给我们的那个地址。

福尔摩斯说："什么也比不上第一手证据可靠。事实上，这个案子我心里已经有底了，但是我们不妨把该查的查清楚。"

我说："福尔摩斯，你真让我吃惊。你刚才所说的那些细节，想必不见得和你表面假装的一样有把握吧。"

"绝对没错。"他回答道，"我一到那里，注意到的第一件事就是路边有两道马车车轮轧出的痕迹。而直到昨天晚上，一个星期都没有下雨，所以这些车轮留下的痕迹肯定是在昨天晚上。此外，还有那些马蹄印，其中一个马蹄印要比其他三个清晰得多，表明那是只新蹄铁。因为马车是在下雨后到那里的，另外根据格雷森的话，早晨没有马车来过这里，因而断定这辆马车昨晚一定在此停留过，因此，也正是它把这两个人带到这间房子里的。”

“看起来好像很简单，”我说，“但是你怎么知道另外一个人的身高呢？”

“唔，一个人的身高，十之八九可以从他的步长知道。计算过程相当简单，然而教你计算没有什么用处。我是从外面的泥土和屋里的尘土得到这个家伙的步长的。然后我找到了一个验证我计算结果的方法。当一个人在墙上写字的时候，自然会写在和视线平行上面的地方。现在那些字迹刚好距离地面六英尺。实在太容易了。”

“那么他的年龄呢？”我问道。

“好吧，如果一个男人能够毫不费力地一步跨过四英尺半，那么他绝对不会是一个胆小衰老的家伙。花园小路上就有一个那样宽的水坑，他明显是一步跨过去的，而穿黑皮鞋的是从旁边绕过去的。这根本没有什么神秘性可言，我只不过是简单地把我在那篇文章中推崇的几条观察和推理的规则应用到日常生活中罢了。你还有别的不明白的地方吗？”

“手指甲和雪茄呢？”我提醒道。

“墙上的字迹是一个男人用食指蘸着血写的。我用放大镜观察到在写字的时候灰泥被轻微地刮了下来。如果他的指甲修剪过，就不会是这样的。我从地板上收集到一些散落的烟灰，它的颜色发黑，并且呈片状，只有特里奇雪茄烟的烟灰才是这样的。我过去专门研究过各类烟灰。其实，我还写过这方面的专著呢。毫不夸张地说，我可以一眼就分辨出大家都知道的任何牌子雪茄或烟草的烟灰。正是由于这些细微之处，才让有技能的侦探和格雷森、雷斯垂德之流显得截然不同。”

“还有脸色发红呢？”我问道。

“啊，那是一个大胆的猜测，但是我毫不怀疑我是正确的。在案件处于目前状况下，你还是不要问我这个吧。”

我用手摸了下额头说：“我头有点发晕了，越想越感到难以理解。如果这只有两个人的话，那么他们是怎么进入这个空房子的呢？送他们的车夫怎么样了呢？一个人怎么能强迫另一个人喝下毒药呢？血又是从哪儿来的？凶手的动机是什么？因为并没有发生抢劫，这个女人的戒指又是从哪儿来的？尤其是，为什么第二个人在离开之前用德文写下‘RACHE’呢？说实话，我找不出任何能把这些事实联系起来的方法。”

我的同伴满意地微笑着。

他说：“你已经把案件的疑难之处概括得很简洁扼要了。虽然我已经断定了主要事实，但还有很多模糊的地方。至于可怜的雷斯垂德发现的血字，那只不过是个圈套罢了，以此暗示社会党或者秘密组织参与了此案，目的是使警察误入歧途。那并不是德国人写的。如果你注意的话，字母 A 多少是有些模仿德国人书写的方式。而真正的德国人总是使用拉丁字体。所以我能肯定地说，这不是德国人写的，而是一个笨拙的模仿者，只不过是想要把调查引入歧途的诡计而已，显然他有些弄巧成拙。

医生，我不打算再告诉你更多关于这件案子的情况了。你知道当魔术师一旦把他的拿手好戏说穿，就不会再得到别人的喝彩了；如果我过多地向你展示我的工作方法的话，你就会得出这样的结论：我也不过是个普通人罢了。”

“我决不会的。”我回答道，“你已经使得侦探接近一门精密学科了，它终会来到这个世界上的。”

我的伙伴听了我这番郑重其事的话，高兴得脸都红了起来。我早已注意到，他对奉承他技能的话很敏感，就像任何一个姑娘听到别人赞美她的美貌时一样。

他说：“我再告诉你另外一件事。穿皮鞋和穿方头鞋的两个人是坐着同一辆马车来的，而且十有八九他们是友好地携手一起走过花园小路的。当他们进屋后，还不停地在屋里来回走动；更确切地说，穿皮鞋的人是站立不动，是穿方头鞋的人不停地在走动。我从灰尘看出了全部。另外我也看出，他越走越激动，因为他的步伐越迈越大。他边走边说，很可能慢慢地就怒不可遏，于是悲剧就发生了。现在我已经告诉你我自己知道的所有情况了，至于其他的就是纯粹的推测和猜想了。不管怎样，我们已经有了能够立刻开始工作的良好基础。我们必须抓紧时间，因为今天下午我还要去哈雷音乐会听听诺尔曼·聂鲁达的音乐呢。”

当我们交谈的时候，马车已经穿过一条条昏暗的大街和阴沉的小巷。在一条最肮脏和最死气沉沉的街道上，车夫突然停了下来。“那里就是奥德利大院，”他指着一条两边都是暗色墙砖的狭窄小巷说道，“你们回来的时候到这里找我。”

奥德利大院并不是一个引人入胜的地方。我们走过一条狭窄的通道，来到一个铺着石板的方形大院，四周都是一些肮脏的住房。我们小心地挤过一群浑身污秽的小孩子，钻过成排的已经褪了色的衣服，最后来到46号。门上钉着一个刻着“兰斯”的小黄铜牌。经过打听，我们才知道这位警察正在睡觉。于是我们被带到一间小前厅里等他出来。

他不一会儿就出来了。因为我们打搅了他的睡眠，他显得有些不高兴。他说：“我在办公室里已经报告过了。”

福尔摩斯从口袋里掏出一枚半镑金币，若有所思地玩弄着。他说：“我想我们更喜欢听你亲口说一遍。”

那个警察眼睛盯着小金币回答说：“我非常乐意告诉你们我知道的全部。”

“请将你所看到的事情经过原原本本地讲述一遍吧。”

兰斯在马毛呢沙发上坐了下来，皱起眉头，仿佛决心不让他的叙述有任何遗漏。

他说：“我从头说起吧。我值班的时间是从晚上十点钟到第二天早晨六点钟。晚上十一点的时候，有人在白鹿巷打架，除此之外，我巡逻的区域十分平静。凌晨一点钟的时候，开始下雨。这时我遇见了在荷兰格罗夫一带巡逻的亥瑞·摩契，我们就一起站在亨利艾塔大街的转角处聊天。不久，大约是在凌晨两点多一点儿的时候，我想我该回去四处转转了，看看布里克斯顿路是否平安无事。这条路泥泞不堪，而且也很偏僻，一路上连个人影都没见到，除了一两辆马车从我身边经过之外。我就这样慢慢地踱着步，心里寻思着要是手边有一杯四年陈酿的热杜松子酒该有多舒服啊。这时，突然看见那所房子的窗户有灯光闪烁。我知道在劳瑞斯顿花园街有两所房子是空置的，虽然居住在其中一间的最后一名房客死于伤寒，可是房东仍不愿意修理排水沟。所以，一看到窗口有灯光，我着实吓了一大跳，怀疑出事了。当我走到门口……”

“你停了下来，然后又回到花园门口，”我的同伴插嘴说道，“你为什么那样做？”

兰斯猛地跳了起来，异常惊讶地瞪着福尔摩斯。

“呦，真的是那样，先生，”他说，“不过，您是怎么知道的？天晓得！你看，当我走到门口的时候，是如此安静，一片凄惨的景象，我想找个人和我一起，应该不算坏事吧。我倒不是害怕人世上的什么东西，可是当时我想这可能是那个死于伤寒的人，正在检查那些要了他命的排水沟呢。这个念头吓得我转身就走，又走回到花园门口，看看是否可以看见摩契的提灯，但是连他的影子也没看见，更没有见到其他任何人。”

“街上没有一个人吗？”

“一个活人也没有，先生，连条狗都没有。于是我壮着胆子走了回去，推开了房门。房子里面静悄悄的，然后我就走进了那间有灯光的屋子。只见壁炉架上点着一支红色的蜡烛，烛光摇曳，烛光下我看见——”

“是的，我知道所有你看见的情况。你在屋里来回走了几次，接着你在尸体旁边跪了下来，然后你走过去试图推开厨房的门，后来——”

约翰·兰斯突然满脸恐惧地跳了起来，眼睛里充满了大惑不解的神色。他大声说道：“你是躲在什么地方看得这么清楚？依我看，你知道的未免太多了。”

福尔摩斯笑了起来，把名片放在桌子上推给那位警察。“别把我当作杀人犯抓起来，”他说，“我是只猎犬，而不是一条恶狼，格雷森和雷斯垂德先生都会为此担保的。尽管继续讲下去。接着你又做了些什么？”

兰斯重新坐了下来，然而，脸上迷惑的表情并没有消失。“我回到门口，吹响了口哨。摩契和另外两个警察就赶来了。”

“当时街上空无一人吗？”

“嗯，只要规矩点的人早回家了。”

“什么意思？”

警察龇牙咧嘴地笑了笑，说道：“我这辈子见过那么多的醉汉，但是从来没有见过有人醉得像他那个样子的。当我出来的时候，他正靠在门口边的栏杆上，大声吼唱着科隆比纳[①]

① Columbine，英国喜剧中的定型角色，通常是潘塔隆内的女儿，并与丑角哈勒昆相爱。——译者注

的那段小调或者类似的东西。他几乎都站不稳了，真是不可救药了。”

“他是个什么样的人？”福尔摩斯问道。

约翰·兰斯似乎对这个打岔显得有点不高兴。他说：“他是个不寻常的醉鬼。如果我们不是如此忙的话，他就会发现自己在警察局了。”

“他的长相，他的打扮，你注意到了吗？”福尔摩斯不耐烦地打断道。

“我想我确实注意到了，因为我和摩契还扶过他。他是个长得很高的家伙，红脸，下边一圈包着……”

“行了。”福尔摩斯叫道，“他后来怎么样了？”

“我们已经够忙的了，哪会去管他。”这位警察愤愤不平地说道，“我敢打赌，他完全认得他回家的路。”

“他穿什么样的衣服？”

“一件褐色大衣。”

“手里有没有鞭子？”

“鞭子？没有。”

“他肯定把它扔了。”我的伙伴低声说着，“从那以后你有没有看见或者听见有辆马车经过？”

“没有。”

“这个半镑金币给你。”我的同伴说着站起来，戴上帽子，“兰斯，你恐怕永远不会升职了。你的脑袋不该只是用来做装饰品的。昨天晚上你原本可以弄个警长当当的。那个在你手里的人，就是这起神秘案件的关键线索，我们正在找他。现在再争论也没有用了。我告诉你，事实就是这样。走吧，医生。”

我们一起坐着马车离开了，剩下那个半信半疑的警察，但是他明显感到不安。

当我们坐车回去的时候，福尔摩斯愤怒地说：“这个十足的傻瓜！想想看，他有无与伦比的好运气，却没有利用。”

“我仍然迷惑不解。确实，案件中这个人的描述和你的推测相一致，可是他为什么离开后又要返回呢？那不是罪犯的方式吧？”

“戒指，先生，戒指，这就是他回去的目的。如果我们没有其他方法抓住他，就可以拿戒指做钓饵。我会抓住他的，医生，我敢和你以二比一的赌注打赌，他肯定会上钩的。我必须感谢你。要不是你，我可能就不会去，那么也就会失去这个从来没碰到过的最好的研究机会了。我们就叫它‘血字的研究’，怎么样？为什么我们不用点艺术辞藻呢。谋杀案就像一条红线一样穿过这平淡无奇的生活，我们的任务就是去揭示它，把它从生活中清理出来，彻底地暴露它。现在去吃午餐，然后去听诺尔曼·聂鲁达的演奏。她的指法和弓法堪称一流。她演奏肖邦的那段小夜曲是如此美妙：特啦——啦——啦——利啦——利啦——莱。”这位业余侦探靠在马车里，就像一只云雀在欢快地歌唱。而我则感叹着人类的大脑真是多才多艺啊。

五　广告带来了不速之客

上午过度的劳累，让我的身体实在有些承受不了，下午我已经感到筋疲力尽了。在福尔摩斯离开去听音乐会后，我就躺在沙发上，竭力想睡上两个小时，但是无论如何也睡不着。由于所发生的一切让我的心情过分激动，各种古怪的想象和推测充满了我的脑袋，只要我一闭上眼，就浮现出那个扭曲得像猴子一样的面孔。那张脸给我留下如此不吉祥的印象，我除了感激那个把他从这个世上除掉的人外，很难再有其他感觉了。如果一个人的外貌能够显示人的罪恶的话，那肯定是类似这位克利夫兰城的伊诺克·德雷伯的容貌了。尽管如此，我认为必须伸张正义，法律是不允许以受害者的堕落行径抵消凶手的罪行的。

我对我同伴推测那个男人是死于中毒的观点越想越觉得奇怪。我记得他用鼻子嗅过死者的嘴唇，很可能他已经发觉了某种迹象，导致他产生了这样的想法。但话又说回来，如果不是毒药致死，那又是什么导致这个男人的死亡呢？因为既没有伤痕，也没有勒过的痕迹。但是，另一方面，地板上大量的血迹又是谁的？既没有搏斗的迹象，也没有发现任何受害者伤害对手的凶器。只要这些问题没有被解决，我感觉，不论是福尔摩斯还是我，都难以安睡。他那种镇定自若、胸有成竹的神态，让我确信他对如何解释全部经过早已形成了自己的观点，尽管我根本无法推测出来。

福尔摩斯回来的时候已经很晚了。我知道他不可能听音乐会听到这么晚。在他回来之前，晚餐已经准备好了。

“真是太美妙了。”他说着就坐了下来，“你记得达尔文是怎么评价音乐的吗？他声称，远在人类具备说话能力以前，就已经产生了创造和欣赏音乐的能力了。大概那就是我们微妙地受到音乐感染的原因吧。在我们灵魂深处，还残留着对世界初现时那些朦胧岁月的模糊记忆。”

我说：“这样说难免太泛泛了。”

他回应道：“如果人们想要解释大自然，那么，他们的思想必须和大自然一样广阔。怎么啦？你看起来不大对劲呀。布里克斯顿路的案子让你心烦了吧。”

我说：“说实话，是的。经过阿富汗那场经历后，我应该变得更加麻木了。在迈旺德，我眼睁睁地看到自己亲密的战友们被打得血肉横飞，但是我并没有惊慌失措。”

“我能够理解。这件案子的神秘性激发了你想象的空间。哪里有想象，哪里就有恐惧。你看过晚报了吗？”

“没有。”

“这件案子报道得相当详尽。但是它没有提到当那个男人被抬起来的时候，有个女人的结婚戒指掉在地板上的事实。没有提到倒也是好事。”

“为什么？”

“你来看这则广告，”他回答道，“今天上午案件发生后，我马上给各家报社发了一份。”

他把报纸扔给我，我看了一眼他指的地方，是“失物招领”栏的第一则广告。内容是：“今天早晨在布里克斯顿路、白鹿巷酒馆和荷兰格罗夫之间拾得一枚纯金结婚戒指。请失主于今晚八点至九点到贝克街 221B 号华生医生处认领。”

“请原谅我使用了你的名字，”福尔摩斯说，“如果用我的名字，有些蠢蛋可能会认出来，就要管闲事了。”

“没关系。”我回答说，“但是假如有人来认领的话，我没有戒指呀。”

“哦，不，你有的，”说着他就递给我一枚戒指，“这个会起到很好的作用。几乎是件复制品。”

“那么你估计谁会来认领这个戒指呢？”

“唔，就是那个穿褐色大衣的男人，我们穿方头靴子的红脸朋友。如果他不亲自来，也会派一个帮凶来的。”

“难道他不会认为这样做太危险了吗？”

"根本不会，如果我对案子的看法正确的话——我有各种理由相信他会来的。此人宁可冒任何危险，也不愿意丢掉这个戒指。按照我的想法，他是在弯腰看德雷伯尸体的时候掉下来的，当时没有发现遗失。他离开房子后，才发现丢失了，于是赶紧赶回去。可是，此时他发现，因为自己的疏忽，没有熄灭蜡烛，而警察已经在现场了。他在这种时候出现在门口，很可能会受到怀疑，所以只好装成喝醉的样子。现在你不妨站在那个男人的立场想一想，在仔细考虑后，他肯定会想到，可能是在他离开房子后，在路上把戒指弄丢了。那么他会做什么呢？他会满怀希望地急切在晚报"失物招领"栏上找线索。他当然会发现这个广告，而且一定会欣喜若狂的，怎么会担心这是一个陷阱呢？在他眼里，寻找戒指怎么会和谋杀有联系呢，这是没理由的。他会来的，他肯定会来的，一个小时之内你就会见到他。"

"然后呢？"我问道。

"啊，到时候你可以让我来对付他。你有什么武器吗？"

"我有一把旧的配枪和一点子弹。"

"你最好把它弄干净，装上子弹。他可能是个亡命之徒。尽管我可以出其不意地捉住他，以防万一还是准备一下。"

我听从他的建议，回到我的卧室。当我带着手枪出来的时候，桌子已经收拾干净，福尔摩斯正在做他特别喜爱的消遣——拨弄小提琴。

"情节复杂起来了，"当我进来的时候他说道，"我刚刚收到发给美国方面电报的回电。我对这个案子的看法是正确的。"

我急忙问道："那么是……"

"我的小提琴换上新弦就会好得多了。"福尔摩斯说，"把手枪放在你的口袋里。等那个家伙来了，你要用平常的语气和他说话，其他的我来应付。不要一直盯着他看，以免打草惊蛇。"

我瞧了一眼手表说道："现在是八点钟了。"

"是的，他大概再过几分钟就到了。把门稍微打开一些。好了，现在把钥匙插在里面。谢谢你！那是我昨天在地摊上买的一本古怪的旧书，叫《论各民族的法律》，是拉丁文版本的，一六四二年在苏格兰低地列日出版的。当这本棕色封面的小册子出版的时候，查理一世[①]的脑袋还稳稳地长在他的肩膀上呢。"

"这本书是谁出的？"

"是菲利普·德·克罗伊，不清楚是什么人物。在扉页上写着'古列米·怀特藏书'，墨水已经严重褪色了。我不知道古列米·怀特是谁，我猜是十七世纪某个实证主义法学家吧，连他的书写都有一种法律行文的风格。我想，我们等的人来了。"

当他说到这里，突然铃声大作。福尔摩斯轻轻地站了起来，

① 1600—1649，英格兰、苏格兰和爱尔兰国王，1625—1649年在位。其统治政策引发英国资产阶级革命，1649年被国会处死。——译者注

把他的椅子朝门移动了一下。我们听到仆人走过门厅的脚步声和她打开门闩清脆的咔嗒声。

“华生医生住在这里吗？”一个说话清晰但相当刺耳的人问道。我们没听到仆人的回答，只听见门关上了，有人上楼来了，脚步犹豫而拖沓。我的伙伴竖起耳朵听着，脸上显现出惊讶不已的神色。脚步声缓慢地沿着过道走了过来，接着就听见轻轻的敲门声。

“请进。”我大声说道。

应声走进来的并不是我们期待的那个亡命之徒，而是一位步履蹒跚、满脸皱纹的老太太。她被灯光突然一照，显得有些目眩。行过礼之后，她站在那里用浑浊的眼睛惊讶地望着我们，她那紧张、发抖的手在口袋里胡乱摸索着。我瞧了一眼我的朋友，他的脸色有些闷闷不乐，我也只能摆出一副镇静自若的表情来。

这个干瘪的老太太拿出一份晚报，指着我们刊登的那则广告说：“我就是为这件事情而来的，两位好心的先生，”说着她又鞠了一躬，“上面说在布里克斯顿路捡到一枚金结婚戒指。那是我女儿萨利的，她是去年这个时候结婚的，她的丈夫在联盟船队上当服务生。如果他回来的时候发现她的戒指不见了，我无法想象他会怎么样。他平时就是个急脾气，喝了酒以后，就更加暴躁了。对不起，事情是这样的，昨晚她去看马戏，是和……”

“这是她的戒指吗？”我问道。

老太太叫了起来：“感谢上帝！今天晚上萨利可要高兴死了。就是这个戒指。”

“能告诉我您的住址吗？”我拿起铅笔问道。

“豪恩德斯迪奇区，邓肯大街 13 号。离这儿很远。”

福尔摩斯突然说道：“布里克斯顿路和豪恩德斯迪奇区之间并没有什么马戏团啊。”

老太太转过头去，用一双眼眶发红的眼睛敏锐地看着福尔摩斯说道：“那位先生是问我的住址。萨利是住在培克罕区，梅菲尔德公寓 3 号。”

“那么您的名字是……”

“我叫索亚，我的女儿姓丹尼斯，她嫁给了汤姆·丹尼斯。只要他在海上，他就是公司里人人称赞的聪明干净的小伙子；但是他回到岸上，就是玩女人喝酒……”

“这是你的戒指，索亚太太，”我看见伙伴的暗示打断了她的话，“这显然是属于你女儿的。我很高兴能够完璧归赵。”

在咕哝着说了很多保佑和感激的话后，她包好戒指，放到口袋里，然后拖着脚步下了楼。老太太刚走，福尔摩斯就跳起来冲进他的房间里。很快他就穿戴好大衣和围巾出来了，匆忙说道：“我要跟踪她。她肯定是个帮凶，她会带我找到他的。等我回来，别睡。”在我们的访客刚“砰”的一声关上门后，福尔摩斯就下了楼。我从窗户里看见那个老太太无力地沿着马路一侧走着，而她的尾随者则跟在她身后不远的地方。我心想：要是他的全部看法正确的话，那么现在他已经到达这件神秘事件的中心了。不用他告诉我等他，因为在没有听到他的冒险故事前，我是绝对无法入睡的。

当他出门的时候已经接近九点了。我不知道他要去多久，只好呆呆地坐在房间里抽着烟，随手翻阅着一本亨利·穆尔杰的《波西米亚人》。过了十点钟，我听见女仆们回房休息的脚步声。十一点时，房东太太更加沉重的脚步声在我房门前响起，同样是回房休息的。接近十二点钟的时候，我才听见福尔摩斯用钥匙打开大门时发出的清脆声音。他刚一进来，我就从他的脸色看出他这次没有成功。兴奋和懊恼像是为争夺控制权在他内心不停地斗争着，最终，喜悦战胜了懊恼，他忽然放声大笑起来。

“我怎么都不会让苏格兰场知道这件事情的。”他大声说着在椅子上坐了下来，“我取笑他们的次数已经够多的了，这次他们肯定会没完没了地嘲笑我们。但是我不在乎嘲笑，因为我知道我迟早会回敬他们的。”

我问道：“究竟发生什么了？”

“哦，我并不介意把自己失败的情况告诉你。那个人没走多远，就开始一瘸一拐地显示出脚受伤的样子。不久，她停下来，叫住一辆路过的马车。我设法靠近她，想听到地址；其实我根本没必要那么急，因为她说话的声音即使隔一条大街也能听得清楚。她喊道：‘到豪恩德斯迪奇，邓肯街 13 号。’听起来说的应该是真话，我想。看见她确实上车后，我跟着就在马车后面躲了起来，那是每一个侦探应该擅长的技能。好了，我们就这样出发了，路上一直未停，一直到了目的地。在到达房门前的时候，我跳了下来，悠闲地在街上漫步，借此打发时间。我看见马车停了下来，车夫从车上跳了下来，打开车门恭候着，但是等了半天也没有人出来。我走上前去，他正在黑暗的空车厢里疯狂地四处摸索，嘴里大大咧咧地骂着那些我从来没有听过的巧妙的诅咒。乘客的踪影早就消失了。恐怕他要拿到车费可要等一段时间了。我们到 13 号一打听，才发现那所房子是属于一位受人尊敬的叫凯斯维克的裱糊工人的，他从来没有听说过索亚或者丹尼斯之类的人在这儿住过。”

我惊讶地叫道：“你的意思是不是说那个走路蹒跚、虚弱不堪的老太太居然能够躲过你和车夫的眼睛，在马车行进的时候逃走了？”

福尔摩斯气急败坏地说道：“该死的老太婆！我们两个才是老太婆呢，竟然被骗了。他肯定是个头脑灵活的年轻人。除此之外，他还是一个无与伦比的演员，扮演得简直天衣无缝。无疑，他知道有人在跟踪他，所以对我使了这么一招，乘我不备溜走了。这也表明，我们现在要找的那个人，并不是我想象的那样孤身一人，他有不少随时准备为他冒险的朋友。现在，医生，你看起来是累坏了，听我的话，睡觉去吧。”

我当然感到十分疲倦，所以就听从劝告上床休息了，留下福尔摩斯一人独自坐在闪着微光的壁炉边。在这漫漫长夜里，我还能听到他小提琴发出的低沉哀怨的声音在屋内回荡，我知道他依然在琢磨着那个困扰着他的奇怪问题。

六　托拜厄斯·格雷森大显身手

第二天，各家报纸都长篇累牍地报道了所谓的“布里克斯顿奇案”的新闻。有的报纸还特意写了社论，其中有一些消息我还是头一次听说。我的剪贴簿里依然保留着不少关于此案的剪报和摘录。下面是部分摘要：

《每日电讯报》报道说：

> 这是犯罪史上罕见的诡异案件。被害人有一个德国名字，无法看出任何作案动机，墙壁上还留下险恶的字迹。所有事实都说明，这起犯罪是那些政治难民和革命党所为。社会党在美国有很多分支，死者很可能触犯了他们不成文的规矩，所以被追杀至此，惨遭毒手。

在简短地提了过去发生的德国秘密法庭案、托法娜仙液[1]案、意大利烧炭党案、布兰维利耶侯爵夫人[2]案、达尔文理论案、马尔萨斯原理案以及瑞特克利夫公路谋杀案等案件之后，文章得出结论，建议政府对于在英国的外国人给予更加严密的监视。

《旗帜报》评论道：

> 这种无法无天骇人听闻的事件通常发生在自由党执政期间。民众思想的混乱以及随之而来的政府权力的削弱是这些暴力案件产生的主要原因。死者是位在城里已居住数周的美国绅士。他曾在坎伯韦尔区陶尔魁里街夏庞蒂埃太太的公寓住过。他是在私人秘书约瑟夫·斯坦节逊先生陪同下旅行的。他们二人本月四日，星期二，告别女房东后，前往尤斯顿车站，准备乘坐去利物浦的快车。后来有人还在月台上看见过他们，从此便不知去向，直到德雷伯先生的尸体被发现。据报道，案发地点是在离尤斯顿车站很远的布瑞斯克顿路的一所空房间。他是如何到达空房间的，又是如何被害的，这些问题依然是一团谜。斯坦节逊迄今下落不明。我们很高兴地得知，苏格兰场著名侦探雷斯

① 中世纪时，一名叫托法娜的意大利女士制造并出售含有砷的毒药，附送使用说明书。——译者注

② 法国历史上有名的毒药杀人犯。——译者注

垂德和格雷森同时负责此案，相信该案不久必大白于天下。

《每日新闻报》报道说：

毫无疑问，这是一起政治犯罪案。因为欧洲大陆各国政府的专制统治和对自由主义的憎恨，很多人被迫来到我们国家。如果不再追究他们过去的所作所为，他们可能是一帮遵纪守法的良好公民。在这些人当中，有一套严厉的行为准则，任何触犯者将会受到死亡的惩罚。应尽全力寻找他的秘书斯坦节逊，以便查明死者的特殊习惯。目前已获知死者生前居住地址，这使本案有了极大的进展。此项成果得益于苏格兰场格雷森先生的机智干练。

早餐时，福尔摩斯和我一起读完了这些报道，它们似乎引起了他很大的兴趣。

“我告诉过你，不论发生什么情况，功劳总是属于雷斯垂德和格雷森的。”

“那也要看结果怎么样而定吧。”

“哦，愿上帝保佑，那完全没有任何关系。如果人抓住了，那就归功于他们的努力；如果逃跑了，那又会是‘尽管十分努力，但是……’反正是别人吃亏。不管他们做了什么，总会有追随者的。‘笨蛋还有比他更笨的人为他喝彩。’”

正在这时，门厅和楼道上响起一阵杂乱的脚步声，伴随着房东太太厌恶的抱怨声，我脱口喊道：“究竟是怎么回事？”

“是警察侦缉队贝克街支队。”我的伙伴一本正经地说。这时，我从来没有见过的肮脏不堪、衣着破烂的六个流浪儿冲进屋里。

“立正！”福尔摩斯厉声喝道，这六个小坏蛋立马就像一群见不得人的小雕像那样站成一排。“今后你们派维金斯一个人上来报告，其他人必须在街上等着。你们找到了吗，维金斯？”

其中一个孩子回答道：“没有，先生，我们没有找到。”

“我没指望你们今天找到，但你们必须找到才能停止。这是你们的工资。”他给了他们每人一先令，“现在，去吧，下一次来的时候，要有更好的消息。”

他挥挥手，孩子们就像一群老鼠似的蹦蹦跳跳地跑下楼去。然后，我们听到街上传来他们刺耳的喧闹声。

福尔摩斯评论道：“这些小家伙一个人的工作战绩，比一打警察的都要多。人家只要一看长得像官员，就不会再说什么了。然而，这些孩子能去任何地方，能听到所有事情。他们就像针尖一样，无孔不入，只不过缺乏组织性。”

我问道：“你雇用他们是为了布里克斯顿的这个案子吗？”

“是的，我希望弄清楚一点，这只是时间问题。啊！我们现在要好好听些新闻了。格雷森正在街上得意洋洋地走着呢，我知道他是来找我们的。是的，他停下了。就是他！”突然门铃大作，不过几秒钟，这位金发侦探先生就三步一跳地上楼来了，直接闯进我们的客厅。

“亲爱的朋友，”他紧握着福尔摩斯毫无反应的手大声说道，“恭喜我吧！我已经把整个案子查得水落石出了。”

我似乎看到，福尔摩斯表情丰富的脸上闪过一丝不安的神色。他问道：“你的意思是说你的想法是对的？”

“想法对！哦，先生，我们已经抓到那个人了！”

“那么他的名字是？”

“亚瑟·夏庞蒂埃，一个皇家海军中尉。”格雷森傲慢地搓着胖手，挺起胸大声说道。福尔摩斯听后，安心地舒了口气，然后轻松地笑起来。“请坐，试试这些雪茄。”他说，“我们急切地想知道你是怎么查到的。来点儿加水威士忌怎么样？”

“好吧，”侦探回答道，“近一两天我费了很大精力，真快把我给累趴下了。你知道，体力活那么多就不说了，可是脑子得一直紧绷着。你会体会到的，福尔摩斯先生，因为我们都是用脑子干活的。”

福尔摩斯煞有介事地说：“你太过奖了。给我们讲讲，你是怎么取得这个最令人高兴的成绩的。”

这位侦探在扶手椅上坐了下来，沾沾自喜地吹着呼出来的雪茄烟雾，突然高兴地拍了一下大腿说：“可笑的是，那个傻瓜雷斯垂德还自以为聪明呢，他完全弄错了。他还在寻找那位秘书斯坦节逊呢。可这家伙就像一个还未出世的孩子那样和这个案子完全没有关系。我毫不怀疑，他现在已经抓到那个人了。”

他说到这里像被逗乐似的哈哈大笑起来，直到笑得自己喘不过气来。

“那么，你是怎么得到线索的呢？”

“啊，我会全部告诉你们的。当然，华生医生，这仅限于我们之间。第一个困难就是要查清这个美国人的来历。有些人可能会刊登广告，等人前来报告，或者一直等到当事方自己出来报告信息。但那些都不是格雷森的工作方法。你还记得死者身边的那顶帽子吗？”

“记得，”福尔摩斯说道，“是从坎伯韦尔路 229 号约翰·安德伍德父子商店买来的。”

格雷森听了这话，显得有些垂头丧气。他说：“没想到你也注意到了。你去过那儿吗？”

“没有。”

“哈！”格雷森放心地大声说道，“你应该永远不要放过任何机会，即使它看起来是多么微不足道。”

“对于一个伟大的头脑来说，没有事情是微不足道的。”福尔摩斯简洁地评论道。

“好，我去找了安德伍德，问他是否卖过一顶这样尺寸和款式的帽子。他翻了记录本，立刻就查到了，帽子是送到一位住在陶尔魁里街的夏庞蒂埃公寓的房客德雷伯先生处的。这样我就得到了地址。”

“聪明，非常聪明！”福尔摩斯低声称赞道。

“接下来，我就去拜访了夏庞蒂埃太太。”这位侦探接着说，“我发现她十分悲伤，脸色异常苍白。她的女儿也在，是一位极其美丽的姑娘。当我和她说话时，她双眼通红，嘴唇不住地颤抖。这些都没有逃过我的眼睛。我开始感到不妙。你知道那种感觉，福尔摩斯先生，当你找对路子时，那种浑身上下激动到发抖的感觉。我问道：‘你们是否听说了，以前的房客克利夫兰城的德雷伯先生被人杀害了？’

“那位母亲点了点头，好像连话都说不出来了，女儿则突然大哭起来。我越发感觉到她们是此案的知情人。

“我接着问道：‘德雷伯先生是几点钟离开这里去火车站的？’

“‘八点钟，’夏庞蒂埃太太哽咽着，努力控制住自己激动的情绪，‘他的秘书斯坦节逊先生说有两班火车，九点十五分和十一点。他准备赶第一班火车。’

“‘那是你们最后一次见到他吗？’

“当我一提到这个问题，夏庞蒂埃太太脸色突然大变，面如土色。过了好几分钟，她才声音嘶哑着很不自然地说道：‘是的。’

“片刻的沉寂之后，那位姑娘以冷静、清晰的口吻说道：‘说谎是没有任何好处的，妈妈，我们还是对这位先生坦白吧。我们确实又见过德雷伯先生。’

“‘愿上帝宽恕你！’夏庞蒂埃太太大叫一声，双手一举就重重地躺在椅子上了，‘你可害了你哥哥了！’

“‘亚瑟宁愿我们说实话。’姑娘坚定地回答道。

“我说道：‘你们最好全都告诉我。这样遮遮掩掩，还不如一字不漏。而且，你们还不知道我们掌握了多少情况呢。’

“‘都是你的错，爱莉丝！’夏庞蒂埃太太大声地说，然后转过身来说，‘我全都告诉你，先生。不要以为我一想到我儿子就激动，无需任何担心，他和这个可怕的案件没有任何关系。他完全是清白无辜的。然而，真正让我担心的是，在你或者其他人眼里，他是有嫌疑的。不过那是绝对不可能的。他品格高尚，职业体面，履历清白，这些都是可以证实的。’

“我说：‘你最好的选择就是坦白讲出所有事实。我敢保证，如果你的儿子是无罪的，他肯定会一点事情都没有的。’

“她说：‘爱莉丝，你最好让我们单独谈谈吧。’然后她的女儿就退了出去。她接着说：‘现在，先生，我本不打算告诉你这些的，但是既然我女儿已经说了，我也别无选择了，既然要说，我会毫无保留地告诉你的。’

“我说：‘这才是明智之举。’

“‘德雷伯先生跟我们一起住了大约三个星期。他和他的秘书斯坦节逊先生一直在欧洲大陆旅行。我注意到他们每只旅行箱上都贴有哥本哈根的标签，表明那是他们到过的上一站。斯坦节逊是一个不苟言笑、脾气温和的人；但是他的主人——我很遗憾地说，和他有着天壤之别。他生性粗俗，举止粗野。他们抵达的那天晚上，德雷伯就喝得酩酊大醉，过了第二天中午十二点还没有清醒过来。他对待女仆们相当放肆，令人讨厌。最糟糕的是，他竟然用同样的态度对待我的女儿爱莉丝，而且不止一次地对她说污秽不堪的话。幸亏她还太单纯，根本不懂得他在说什么。有一次，他竟然把她抱在怀里，紧紧地抱着。他这种骇人听闻的行为，连他的秘书都斥责他太下流，简直是个畜生。'

"'但是，你为何还要忍受这些呢？'我问道，'我猜，只要你愿意，可以随时摆脱他们。'

"我这么一问，夏庞蒂埃太太立刻面红耳赤起来，她说：'哎，他来的那天我就拒绝他该多好啊。但是，他给的房租实在是太诱人了。他们每天每人的房租是一英镑，一星期就是十四英镑；另外现在是淡季。我是个寡妇，我的儿子在海军服役，花了我太多钱。我不愿意放弃这笔收入，所以就尽量容忍着。然而，上一次他做得太过分了，因此我才把他们赶走的，那就是他们动身的原因。'

"'后来呢？'

"'看到他坐车走了以后，我心里的一块石头才落下来。那时我儿子正在休假，但这些事情我没有告诉他，因为他脾气暴躁，而且十分疼爱他的妹妹。他们走后，我如释重负地关上了门。哎呀，还不到一个小时，门铃响了，我知道德雷伯又回来了。他非常激动，显然又喝多了酒。当时我和女儿正坐在房里，他硬是闯进屋来，语无伦次地说他没有赶上火车。接着，他转向爱莉丝，竟然当着我的面，建议她应该和他远走高飞。他说："你已经成年了，没有法律能够阻拦你。我有足够多的钱，不用担心这个老太婆。现在只管马上跟我一起走吧。你可以生活得像公主一样。"可怜的爱莉丝吓得要命，不停地躲着他。但是他一下子抓住她的手腕，使劲往门口拉，我尖叫起来。正在那时，我的儿子亚瑟进了房间。后面发生的事情，我就不知道了。只听到咒骂声和混乱的扭打声，当时吓得我连头都不敢抬。当我抬头看的时候，只见亚瑟手里拿着一根木棍，站在门口大笑。亚瑟说："我想这个家伙再也不会来找我们麻烦了。我这就跟着他，看看他到底干些什么。说完，他就抓起帽子，迅速向街上跑去。第二天早晨，我们就听到德雷伯先生神秘死亡的消息了。"'

"这是夏庞蒂埃太太断断续续、喘着气亲口说的。有时她说话的声音非常小，以至于我几乎听不见。不过，我已经把她说的话全部都速记下来了，应该不会有差错。"

"相当不错。"福尔摩斯打着哈欠说道，"后来发生什么了？"

这位侦探接着说下去："当夏庞蒂埃太太停下来的时候，我看出整个案件都集中在一点上。所以我就紧紧盯着她，我发现这种方法对妇女总是行之有效的。我询问她儿子是什么时间回来的。

“‘我不知道。’她回答。

“‘不知道？’

“‘是的。他有一把钥匙，他能自己进来。’

“‘是你休息之后他回来的吗？’

“‘是的。’

“‘你是什么时候去睡觉的？’

“‘大概十一点。’

“‘那么你的儿子至少出去两个小时了？’

“‘是的。’

“‘也可能是四五个小时？’

“‘有可能。’

“‘在这段时间里他都干了些什么？’

“‘我不知道。’她回答道，嘴唇都变白了。

“自然，说到这儿，就没有什么可说的了。我找到夏庞蒂埃中尉后，带着两个警官，把他逮捕了。当我拍着他的肩膀，警告他老实跟我们走的时候，他竟然厚颜无耻地回答道：‘我想你们逮捕我，是认为我和那个混蛋德雷伯的死有关吧。’我们没有对他讲起一点儿这件事，结果他自己倒是暗示了，这就更加让人怀疑了。”

“非常可疑。”福尔摩斯说。

“他依然拿着那根粗棍子，就是他妈妈描述的他去跟踪德雷伯时用的那根，那可是一根结实的橡树木棍。”

“那么你有什么看法？”

“哦，我的想法是，他跟着德雷伯一直跟到布里克斯顿路。在那里他们又重新争吵起来。在他们争吵的过程中，德雷伯狠狠挨了一棍子，可能正中胸口，就这样没留下任何痕迹就被杀死了。那晚大雨瓢泼，周围也没人，于是夏庞蒂埃就把受害者的尸体拖到那栋空房间里去。至于蜡烛、血、墙上的字迹和戒指，只是想把警察引入歧途的一些把戏罢了。”

福尔摩斯以赞许的口吻说道：“做得不错！格雷森，你确实大有进步，你已经是可以担当重任了。”

这位侦探骄傲地回答道：“我自以为，这件案子我已经办得相当利落了。但是这个年轻人却宣称，他跟踪德雷伯一段时间后，后者发现了他，然后就上了一部马车逃离了。在回家的途中，他碰到了一位以前同船的水手，他们一起走了很长一段路。当我问到他那位老同事的地址时，他并不能给人满意的答案。我认为整个案件连贯得非常好。最让我觉得好笑的是雷斯垂德，他从一开始就走错了方向。我恐怕他做不出什么来了。啊！正说他，他就来了。”

那人果真是雷斯垂德。当我们说话的时候，他已经上了楼梯，现在走进房间。他那从言谈举止和衣着打扮上一贯透出的自信十足和扬扬得意的派头现在已经荡然无存。只见他脸色惊慌失措，衣冠不整。他到这里，显然是有事求教于福尔摩斯，因为他一看到他的同事在场，便显得窘迫不安，不知所措。他站在房子中间，神情紧张地乱摸他的帽子，不知如何是好。最后，他说："这真是一件特别的案件，一件最不可思议的事情。"

格雷森耀武扬威地说道："啊，你也发现是这样的，雷斯垂德先生！我就知道你会得出这样的结论。你已经找到那个秘书先生斯坦节逊了吗？"

雷斯垂德严峻地说道："秘书斯坦节逊先生，今天早晨大约六点钟在哈里代私人旅馆被谋杀了。"

七　黑暗中的光明

雷斯垂德给我们带来的情报是如此重大，又十分出人意料。我们三人听后，都大吃一惊。格雷森忽然从椅子里一跃而起，把杯中剩下的加水威士忌酒打翻了。我默默地凝视着福尔摩斯，只见他嘴唇紧闭，皱紧了眉毛。

福尔摩斯咕哝着说："斯坦节逊也被谋杀了，案子更加复杂了。"

"以前就相当复杂了，"雷斯垂德抱怨着坐了下来，"我就像被卷进了一个军事会议，稀里糊涂的。"

格雷森结结巴巴地问："你，你确定这个消息吗？"

雷斯垂德说："我刚从他的房间过来，我是第一个发现这个情况的人。"

福尔摩斯说："我们已经听了格雷森对于此案的观点。你介意让我们知道你看到和做了些什么吗？"

"我没有意见，"雷斯垂德坐下来回答道，"我原以为斯坦节逊与德雷伯的遇害是有关系的，这个新情况告诉我，我完全错了。我满脑子都是这个想法，于是就决心查清秘书到底做了些什么。有人曾在三日晚上八点半左右，在尤斯顿车站看见他们两人在一起。凌晨两点，德雷伯被发现死在布里克斯顿路。我所面临的问题就是要查明斯坦节逊从八点半到罪案发生的这段时间内都干了些什么，后来他怎么样了。我给利物浦方面发了个电报，描述了这个男人的外貌，并通知他们监视美国船只；接着就去查访尤斯顿车站附近的每家旅馆和公寓。你们明白，我假设，如果德雷伯和他的同伴已经分开，按照正常情况，后者当晚应该在附近找个地方投宿，等第二天早晨再去车站。”

福尔摩斯说：“他们可能事先已经约定了见面的地点。”

“事实就是如此。昨天我花了整晚工夫去打听，但是毫无结果。今天上午我很早又开始调查了。八点钟，我到达了小乔治街的哈里代私人旅馆。当我询问是否有位斯坦节逊先生住在这儿的时候，他们马上给予了肯定的答复。

“他们说：‘毫无疑问，你就是他所等待的那位先生了，他已经等一位先生等了两天了。’

“‘现在他在哪儿？’我问道。

“‘他在楼上休息呢。他要求我们九点钟叫醒他。’

“‘我要马上上去见他。’我说。

“在我看来，我的突然出现，可能会使他惊慌失措，在他措手不及的情况下会说漏些什么。一位擦鞋的仆人自愿带我去他的房间。那间房在三楼，一条狭窄的走廊通向那里。仆人给我指了房门后正要下楼，我突然看到一种让我要呕吐的情景，尽管我做侦探已经二十年了，这时也不能自持。一股弯曲的血带从房门下边流了出来，横流过走廊，在对面墙角形成一摊。我不禁大叫一声，这让仆人又返回来了。当他看到这情形后，几乎就要昏厥过去了。房门是反锁着的，我们用肩膀撞开门进去。屋内的窗户是开着的，旁边躺着一具缩成一团、穿着睡衣的男性尸体。他已经死了有一段时间了，因为他的四肢已经僵硬冰冷了。我们把他翻过来，仆人马上认出，这就是那位以斯坦节逊名字订房的客人。他是因为身体左侧被深深地刺了一刀而毙命的，那把匕首肯定刺穿了他的心脏。最奇怪的事情还在后面，你们猜被害者脸上有什么？”

听到这儿，我不禁感觉浑身上下有虫子在爬，一种恐惧、不祥的预感随之而来。福尔摩斯却回答道：“是‘RACHE’这个字，字母是用血写的。”

“是这个字。”雷斯垂德以充满敬畏的口气说道。一时间，我们都沉默不语。

这个躲在幕后的凶手的行动似乎有条不紊，却又让人如此难以理解，这也让他的犯罪行为更加恐怖。我的神经，在战场上已经足够坚强的了，但是一想到那个场面，也不禁感到不寒而栗。雷斯垂德接着说：“有人见过这个人。一个挤牛奶的孩子在去奶牛场的途中，碰巧经过旅馆后面的一条小胡同，这条胡同通向旅馆后面的马厩。他注意到平时放倒的梯子被竖了起来，靠着三楼的一个打开的窗户。当他走过后，回头看见一个男人正泰然自若地从梯子上下来。那个孩子还以为他是在旅馆里工作的木匠或者工匠呢，就没有特别注意，只是他心里觉得，现在工作也太早了吧。他只记得那个男人是一个高个子，有张微红的脸，穿着一件长长的褐色大衣。他在行凶后，必定在房间里待了相当长的一段时间。因为我们发现脸盆中的水里有血，说明他洗过手；被单上也有血迹，表明他还从容镇定地在上面擦过他的刀。”

一听到谋杀犯的外貌和福尔摩斯的推测相当接近，我不禁瞄了他一眼。然而，他脸上完全没有任何得意洋洋或者沾沾自喜的样子。

福尔摩斯问道：“你在房间有没有找到什么有助于捉拿凶手的线索呢？”

“没有。斯坦节逊口袋里装着德雷伯的钱包，但是看来通常就是这样的，因为他掌管着一切开支。里面剩下八十英镑，可是没有被拿走。不管这些非常奇怪的犯罪行为的动机是什么，肯定不是抢劫。被害人口袋里除了一封电报，没有任何文件或者备忘录，电报是大概一个月前从克利夫兰城发来的，内容是‘J.H. 在欧洲’，电报也没有署名。”

福尔摩斯问道：“那么再也没有其他东西了？”

“别的就没有什么重要东西了。这个男人还有一本供躺在床上阅读的小说。他的烟斗放在旁边的一把椅子上，桌子上有一杯水，窗台上有个放软膏的小木匣，里面有两粒药丸。”

福尔摩斯突然高兴地大喊一声从椅子上跳了起来。他兴高采烈地说道：“最后一个环节，我的推断现在完整了。”

两位侦探惊讶地盯着他。

我的朋友自信地说：“我现在已经有把握了，尽管所有的线索搅在一起一团糟。当然，还有些细节有待补允。但是，从德雷伯和斯坦节逊在火车站分开后，到后者的尸体被发现为止，我已经能确定全部主要情节，好像我亲眼看见一样。我会给你们一个证实我推断的证据的。你把那些药丸带来了吗？”

“带来了，”雷斯垂德说着拿出一个白色小盒子，“我把它们和钱包、电报都带走了，原本想把这些东西放在警察局一个安全的地方。带着这些药丸过来，纯属偶然。所以我必须声明，我完全没有重视它们。”

“把它们拿过来吧。”福尔摩斯说着转向我问道，“喂，医生，它们是些普通的药丸吗？”

它们当然不普通，带着珍珠似的灰白色，小而圆，对着光线看几乎是透明的。我说：“从它们的亮度和透明度看，我可以想象它们能够溶于水中。”

“一点不错。”福尔摩斯回答道，“你能下去把那条可怜的小猎狗抱上来吗？它已经病了很长时间了，昨天女房东还想请你结束它的性命，免得它活受罪呢。”

我下楼把狗抱了上来。它呼吸困难，目光呆滞，说明它快要死了。确实，它那雪白色的嘴唇和鼻子已经表明，它早已超过了一般狗类的寿命了。我把它放在地毯上的一块垫子上。

“现在我将切开其中的一粒药丸，”福尔摩斯说着，拿出他的小刀就那样做了，“一半我们放回盒子里以备将来之用，另外一半我把它放进这个酒杯里，加一匙水。你们会发现我的这位医生朋友是对的，它很容易就溶解了。”

“这可真有意思，”雷斯垂德以一种受到伤害的口气说道，他以为福尔摩斯是在嘲笑他，“然而，我无法看出这和斯坦节逊先生的死有什么关系？”

“耐心，我的朋友，耐心！迟早你会发现每件事情都是和它有关系的。现在我再加些牛奶让它可口些，接着把它放在狗跟前，我们会发现它很快会被舔光的。”

他说着就把酒杯里的东西倒进一个茶托里，放在那条猎狗面前，它很快就把它舔干了。福尔摩斯郑重其事的态度已经让我们深信不疑，我们都安静地坐着，专心地观察着那只狗，期待某种令人震惊的结果。然而，什么都没有发生，那条狗依然躺在垫子上，吃力地呼吸着。显然，它喝下去的东西对它没有任何好或坏的影响。

福尔摩斯拿出他的表，可是时间一分一秒地过去了，毫无结果，他的脸色显得极端懊恼和失望。他咬着嘴唇，不停地用手指敲着桌子，显示出异常急躁的样子。他的情绪非常激动，我真的为他感到难过。而那两位侦探则嘲弄般地笑着，根本不在意福尔摩斯遇到的挫折。

“这不可能是个巧合，”福尔摩斯终于从椅子上跳了起来，大声说道，在屋里烦躁地走来走去，“这不可能是个纯粹的巧合。我早就怀疑在德雷伯一案中会有某种药丸，在斯坦节逊死后果然发现了。可是它竟然没用？！这是什么意思呢？当然我的一系列推理不可能发生错误！那是绝对不可能的！然而这条不幸的狗吃了竟一点没事。啊，我知道了！我知道了！”福尔摩斯兴奋地大叫了一声，冲到盒子旁边，把另外一粒药丸切成两半，再溶入水中，加上牛奶，放在那条狗面前。这只不幸的动物甚至连舌头都没有被弄湿，就四肢痉挛地哆嗦起来，然后就像被雷电击中一样，僵硬地躺着死去了。

福尔摩斯深深地吸了口气，擦了擦额头上渗出的汗珠。“我应该更自信些，根据这件事我应当知道，如果一个事实看起来和一系列的推理相矛盾，它总是有其他解释的。盒子里面的两粒药丸，其中一粒是非常致命的毒药，另外一粒则完全没有伤害。在我没有看到盒子之前，我就应该推测得到的。”

在我看来，他这段最后的陈述相当令人震惊，以至于我几乎不相信他神志是清醒的。然而，这条狗死了又是明摆着的事实，证明他的推测是正确的。我仿佛感觉脑袋中的疑云已逐渐散去，对于案件的真相也开始有了模糊的认识。

福尔摩斯接着说道：“在你们看来，所有这些看起来都很奇怪，那是因为在调查的一开始，你们就没有抓住那个呈现在你们眼前的唯一真正线索，从而忽视了它的重要性。而我运气好，抓住了它，其后发生的每一件事情都是为证实我最初的推测而服务的，另外，它们也确实是合乎逻辑的。因此，那些让你们困惑不解以及让案件更加扑朔迷离的事情，对我来说，却有启发性，并进一步增强了我的信心。把奇怪和神秘混为一团，那是错误的。最普通的罪行往往也是最具神秘性的，因为它呈现不出什么新颖或者特别的地方，能够作为推理的根据。如果受害者的尸体只是简单地被发现躺在路上，又没有任何超出常规和耸人听闻的情节的话，那么，这起谋杀案就变得异常难以解决了。所以这些奇怪的情节，远非是让案件变得更加难以侦破，实际上它们起到了让案子更容易侦破的效果。”

格雷森先生相当不耐烦地听着这番演讲，最后再也忍不住了，说道：“听我说，福尔摩斯先生，我们愿意承认你是一个聪明的人，并且你有自己的工作方法。然而，现在我们要的不是理论和讲道理，而是要捉拿凶手。我已经把我的情况都说出来了，看来是我错了。夏庞蒂埃这个年轻人是不可能参与到第二起案件中去的。雷斯垂德追查那个斯坦节逊似乎也错了。你一会儿说这，一会儿说那，似乎比我们知道得多。但是时间差不多了，我觉得我们有权要求你直接说明，你对于此案到底知道多少？你能说出那个人的名字吗？”

雷斯垂德说道：“我不得不承认格雷森是正确的，先生。我们两个人都努力过了，然而我们都失败了。自从我到这个房间后，你就不止一次地说到，你已经取得了你所需要的全部证据。想必现在你应该不需要再保密了吧。”

我说："如果还迟迟不抓住行凶者的话，就可能再给他时间做出新的暴行了。”

经我们这样一施压，福尔摩斯反而显得犹豫不决起来。他继续在房间里走来走去，低垂着脑袋，紧皱着眉头，这是他陷入沉思时的习惯。

“不会再有谋杀案了，”最后他突然停住，面对着我们说，“对于这个问题，你们尽管放心。你们问我是否知道暗杀者的名字。是的，我知道。然而，也仅仅是知道他的名字罢了，和能亲手把他抓住相比根本算不了什么。我预计很快就可以办到了。我非常希望能够亲自来安排这件事。但是事情要非常谨慎地处理，因为我们要对付的是一个极度危险和狡猾的人，还有一个和他一样聪明的人在帮助他，这个我已经证明过了。只要这个人不知道别人已经得到线索的话，那就还有机会抓住他。但是，如果他稍微起了疑心，就会改名换姓，瞬间消失在这个大城市四百万居民之中了。我绝对没有伤害你们任何一位感情的意思，可是，我一定要说的是，我认为警方绝对不是这些人的对手，这也是我为什么没有请求你们帮助的原因。如果我失败了，自然，这个疏漏是我的责任。但是，我愿意承担这个责任。现在我保证，只要我的计划没有受到威胁，我会和你们联系的，一定会如实相告。”

格雷森和雷斯垂德对这个保证非常不满，或者是他对警方侦探的暗讽让他们感到相当不满。格雷森听后，脸似乎已经红到他那黄色头发的发根了；而另外一个则怒目圆睁。然而他们还没来得及开口，就听见有人敲门，原来是那些街头流浪儿的代表，微不足道和令人讨厌的小维金斯来了。

他摸着眉毛说道："先生，请吧，我已经在下面叫了马车。"

"好孩子，"福尔摩斯温和地说，"你们苏格兰场为什么不使用这种手铐呢？"他从抽屉里拿出一副钢制手铐继续说道，"看这锁簧多好使，立马就锁住了。"

雷斯垂德说："只要我们能够抓住那个人，这种老式的也足够用了。"

"很好，很好。"福尔摩斯微笑着说着，"最好让车夫来帮我搬下箱子。去叫他上来，维金斯。"

按照我同伴的说法，好像他准备动身去旅行，我感到十分诧异，因为他从来没有对我说起过这件事。房间里只有一个小旅行箱，他把它拉了出来，然后开始用皮带捆扎。正忙着的时候，车夫走了进来。

"车夫，帮我把这个皮带扣紧。"福尔摩斯头也不回地说道，跪在那里继续忙他的事情。

车夫脸色有点阴沉，不大情愿地走上前，伸出双手正要去帮忙。就在那一瞬间，只听见金属碰击发出喀哒一声响，福尔摩斯跳了起来。

“先生们，”他双眼闪着光芒大声说道，“让我为你们介绍介绍杰弗逊·霍普先生，他就是杀死伊诺克·德雷伯和约瑟夫·斯坦节逊的凶手。”

事情就发生在短短一瞬间，快得我们都没来得及反应。福尔摩斯那种胜利的表情、洪亮的声音以及车夫瞪着如魔术般铐在他手腕上的发光的手铐时那种茫然的眼睛、残忍的面容，现在回忆起来，依然历历在目。我们就像一群雕像一样呆住了一两秒钟。然后，随着愤怒的一声大吼，俘虏挣脱了福尔摩斯，猛地向窗户冲过去，玻璃木窗被他撞开了。但是，就在他几乎要跳出去的时候，格雷森、雷斯垂德和福尔摩斯就像一群猎犬一样一扑而上，把他强拉回屋内。接着，一场惊心动魄的搏斗开始了。马车夫强壮有力，凶猛异常，我们四个人一次次被他打退。他就像癫痫病人发作那样有一股蛮劲儿。他的脸和双手在穿过玻璃时被严重刮伤，虽然血一直在流，但这并没有减弱他的抵抗程度。直到雷斯垂德成功地用手卡住他的脖子，让他喘不过气来时，他才意识到再挣扎下去也是徒劳无益了。即使这样，我们还是不能放心，直到我们把他的手和脚都捆了起来。然后，我们才站起来，气喘吁吁，心跳加剧。

“我们有他的马车，”福尔摩斯说，“就用它把这个家伙送到苏格兰场去吧。那么，先生们，”他愉快地微笑着，继续说道，“我们终于把这件小小的奇案给解决了。现在，欢迎各位提出任何你们想要提的问题，我再也没有拒绝回答它们的顾虑了。”

Ⅱ.沙漠中的圣徒

一　在辽阔的荒碱平原上

在北美大陆的中部，有一片贫瘠荒芜的沙漠，多少年来，它一直是文明进步的阻碍。从内华达山脉到内布拉斯加，从北部的黄石河到南部的科罗拉多，到处是一片荒凉寂静的地带。然而在这片糟糕的地区，大自然的景色也不尽相同。这里有积雪覆盖的崇山峻岭，有黑暗幽深的峡谷；蜿蜒的山谷之间有奔流湍急的河流，也有辽阔的荒原；冬天白雪茫茫，夏天则是一片灰白色的盐碱地。然而，它们呈现的共同特征是荒芜、凄凉、寸草不生。

在这片绝望的土地上，没有任何居民。一群印第安的波尼族人或者黑脚族人偶尔会经过这里，也是为了前往其他狩猎场。即使是最吃苦耐劳、最坚强的人，也希望尽快走完这片可怕的平原，重新回到他们的大草原中。郊狼在灌木丛中鬼鬼祟祟地活动，秃鹰在空中缓慢地翱翔。还有那笨拙的大灰熊，在阴暗的大峡谷中出没，在石丛中寻找食物，它们是荒原上唯一的居民。

世界上再也没有比布兰卡山脉北麓更凄凉的景象了。放眼望去，广袤的平原，到处都是被低矮稠密的灌木丛分割成一块一块的盐碱地。在地平线的尽头，重峦叠嶂，山顶上堆满了积雪。在这片大地上没有丝毫生命的迹象，也没有任何和生命有关的东西。铁青色的天空没有鸟儿飞翔，昏暗灰色的大地上没有任何动静。

这里一片死寂。侧身静听，在这片荒漠上，没有任何声息，只有寂静——完全、彻底、绝望的寂静。

据说，在这片广阔的平原上没有任何和生命有关的东西存在。这种说法也不尽然。从布兰卡山上往下看，可以看见一条小路曲折地穿过沙漠，消失在遥远的天际。它是经过车轮不断辗轧和无数冒险家用脚踩踏后形成的。到处稀稀拉拉地分散着白森森的东西，在阳光的照耀下闪闪发光，在这片单调的盐碱地上显得格外醒目。走近一看，原来都是白骨：一些粗大的是公牛的，而另一些纤细的则是人类的。人们都是沿着倒在路边散落的白骨，穿过这一千五百英里的可怕的旅途的。

一八四七年五月四日，一位孤单的旅行者站在山顶，俯瞰着这幅景象。从他的装扮来看，简直是这片绝地里的精灵或者恶魔。人们很难看出来他到底是接近四十岁还是六十岁。他的脸瘦削憔悴，羊皮纸一样褐色的皮肤紧紧地贴着那副突出的骨头。他须发斑白，眼睛深陷，目光呆滞，握着步枪的手瘦骨嶙峋。当他站立的时候，要依靠他的步枪作为支撑。然而，他高大的身材、魁梧的体格，表明他曾经是一个强壮、精力旺盛的人。可是，他憔悴的脸，松散地挂在枯萎四肢上的衣服，让他看起来如此衰老和不堪一击。由于饥饿和干渴，他已经濒临死亡了。

他忍着伤痛穿过山谷，来到这个小山顶上，抱着最后的希望来寻找水源。然而，展现在他眼前的只是无边的盐碱地和远处连绵的荒山，没有任何植物的影子。没有植物生长的地方就不会有水。在这片辽阔的大地上，没有一丝希望。他疯狂而疑惑地向四周张望，接着他意识到自己的流浪已经到头了，他就要死在这荒凉的峭壁上了。“为什么不在这儿呢，和二十年后死在羽绒床上有什么不同呢？”他咕哝着在一块巨石后面坐了下来。

坐下之前，他先将那把没用的步枪扔在地上，接着把背在右肩上那个用一块灰白色围巾包裹得紧紧的大包袱放了下来。看来他已经筋疲力尽了。当他放下包袱的时候，落地用力了些。因此，从这灰白色的包袱里立刻发出了抱怨的哭喊声，只见里面露出一张被吓坏的小脸，那脸上长着一双非常明亮的棕色的眼睛，并且伸出两只脏兮兮的小拳头。

“你把我弄痛啦。”一个稚气的声音埋怨道。

“是吗？”这个男人抱歉地说，“但我不是故意的。”说着他就打开了灰白色围巾，抱出一个五岁左右的小女孩。她穿着一双精致的鞋子，从整洁漂亮的粉红色连衣裙和亚麻布围兜可以看出，她的妈妈是多么细心。这个孩子脸色苍白，疲倦无力，但是她那发育良好的胳膊和小腿都表明她没有经历她同伴那样多的苦难。

“现在怎么样了？”他急切地问道，因为她还在揉着脑袋后面金黄色的鬈发。

“亲亲这里就好了，”她相当认真地说，并把受伤的地方指给他看，“妈妈过去经常这样做。妈妈在哪里？”

“妈妈走了。我估计你不久就会见到她的。”

小女孩说：“走了？嗯！奇怪，她甚至没有说再见。从前她如果到姑妈家去喝茶的话，总要说一声的。而这次她都离开三天了。哎，口太渴了，是不是？这儿是不是没有水，也没有任何其他可以吃的东西？”

“是的，什么都没有，可爱的小宝贝。你只需要再耐心片刻就会好的。像那样把头靠着我，这样你就会感觉好些了。当你的嘴唇干得像皮革一样时，说话就有些困难了，但是我想最好还是把实际情况告诉你。你手里拿的是什么东西？”

小女孩举起两块闪光的云母碎片，高兴地大声说道：“多漂亮的东西啊！太好了！我们一回家我就把它送给弟弟鲍伯。”

那个男人十分肯定地说道：“你会见到比它更漂亮的东西的。稍等一下，我正要告诉你，你还记得我们离开那条河时的情况吗？”

“哦，记得。”

“好，当时我估计很快就可以遇到另外一条河。你明白吗？但是罗盘，或者地图，还是别的东西出了些问题，河流并没有出现，水也没了，只剩下一点点，留给你们孩子喝。然后……然后……”

“你甚至都不洗脸了。”他的小伙伴望着他那肮脏的脸，严肃地打断他的话说道。

“是的，不但不能洗脸，连喝的也没有了。本德先生第一个走了，然后是印第安人皮特，接着是麦格雷戈太太、约翰尼·汉妮诗，再后来，亲爱的，就是你的妈妈了。”

“那么妈妈也死了。”小女孩流下眼泪喊着，用围裙挡住脸，伤心地痛哭起来。

“是的，他们全都走了，就剩下你和我。然后我认为这个方向可能会找到水。于是我就背着你，一起长途跋涉过来。看来情况好像还是没有好转。眼前我们能挺过去的机会很小了！”

那个小孩停止了哭泣，仰起泪流满面的脸问道：“你的意思是我们也要死了吗？”

“我想基本上就是这个样子了。”

小女孩开心地笑了，说道：“你刚才怎么不说呢？吓我一大跳。哎呀，现在只要我们一死，自然就又能和妈妈在一起了。”

“对，你会的，亲爱的小宝贝。”

“你也是。我要告诉她你有多么好。我敢打赌，她会拿着一大罐水在天堂的门口迎接我们，还有好多荞麦煎饼，热气腾腾，两面都烤过的，就像我和鲍伯喜欢吃的那种。可是还要多久呢？”

“我不知道，不会太长了。”那个男人凝视着北方的地平线说道。此时蓝色的天穹下，出现了三个斑点，越来越大，来势凶猛。很快就可以看出是三只褐色的大鸟，它们在这两个流浪人的头顶上空盘旋着，然后就在一块可以俯视他们的石头上落了下来。它们是三只秃鹰，也就是西部的秃鹫；它们的出现，就是死亡的前兆。

“公鸡和母鸡。”小女孩指着这些不吉祥的东西高兴地叫道。还拍着她的双手，想让它们飞起来。“喂，这个地方也是上帝创造的吗？”

“当然是他创造的。”她的同伴回答说。他对这个突如其来的问题，多少感到有些吃惊。

小女孩接着说：“他创造了下边的伊利诺伊州，还创造了密苏里州。我猜这个地方是别人造的，一点都不好，连水和树都给忘了。”

男人踌躇地问道：“献上祈祷吧，怎么样？”

她回答说：“还不是晚上呢。”

“没有关系的，它不需要非常定时的。你放心，上帝不会介意的。你现在就背诵它们吧，就像我们路过平原时每天晚上在车上背诵的那样。”

小女孩瞪着惊奇的眼睛问道：“你自己怎么不做呢？”

他回答说：“我忘记祷告词了。自从我有那只枪的一半高的时候，就再也没有做过祷告了。我想这个永远不会太晚。你把它们念出来，我站在旁边跟着你一起念。”

“那么你需要跪下来，我也是。”她说着把围巾铺开，表明了意思，“你还需要把双手像这样举起来，那样会使你感觉好些的。”

除了秃鹰外，此刻没有人目睹这样一个奇怪的情景：在狭窄的围巾上，并肩跪着两个流浪者，一个是天真无邪的小女孩，一个是粗鲁、坚毅的探险家。她胖乎乎的小圆脸和他的憔悴、棱角分明的脸都抬头望着晴朗的天空，虔诚地向神灵祈祷。然而，这是两种声音，一个细弱清晰，一个低沉沙哑，同声乞求上帝的仁慈和宽恕。祈祷完后，他们又重新坐在巨石的背后，直到那个孩子依偎在她的保护者宽阔的胸膛前沉睡过去。他看着她睡了一会儿，自己也实在无法抵抗那种本性的力量，因为他已经三天三夜都没有小憩或者睡过了。他的眼皮慢慢地垂下来盖住了疲倦的眼睛，脑袋也逐渐耷拉到胸前，他斑白的胡须和孩子金黄色的鬈发混在一起，两人都沉沉地睡熟了。

如果这个流浪汉再保持半个小时的清醒，就能看到一幅奇特的景象了。远远的，从这片盐碱地的尽头，扬起一片灰尘。最开始非常轻微，从远处望去，很难和雾气分开。但是后来灰尘逐渐变得飞扬和广阔起来，直到形成了一片浓烟，这团烟雾继续在弥漫，显然只有前进中的大队人马才能扬起这样的烟尘。如果在富饶的地方，人们可能会认为是一大群野牛经过。可是在这片不毛之地，显然是不可能的。灰尘飞扬着迅速向这两个流浪的人睡觉的巨石靠近。烟雾中出现了篷布顶的马车和带着枪的骑马的人，这是一支向西部前进的大商队。真是一支浩浩荡荡的商队啊！先头队伍已经到达山脚下，然而在地平线那边依然可以看见尾部。在这片巨大的荒原上，队列伸展开来，四轮马车，手推车，马背上的男人，徒步的人们。数不清的妇女肩扛重负踽踽前行，孩子们有些跟在车旁边蹒跚行走，有些坐在车上从白色的车篷里向外张望。显然，这不是一支普通的移民队伍，相反，更像一支游牧民族迫于环境压力在寻找新的乡土。晴空万里，人群中发出杂乱的撞击声和轰轰隆隆的轱辘声，伴随着轮子的咯吱声和马的嘶叫声。即使如此吵闹，也没有惊醒山上两个疲倦的徒步旅行者。

在队伍的最前面，是二十几个神情像钢铁般严肃的骑马人。他们身穿颜色暗淡的手工织的衣服，带着步枪，一到达峭壁下面就停了下来，简短地商讨了一会儿。

一个头发灰白、嘴唇紧绷、胡子刮得光光的人说："井在右边，兄弟们。"

另一个说："往布兰卡山的右边走，这样我们可以到达格兰德河。"

第三个人大声喊道："不要为水的事情担心。真神会从岩石中引水出来的，他不会放弃他的子民的。"

"阿门！阿门！"这些人齐声说道。

当他们正准备重新上路时，突然一个眼睛敏锐的年轻小伙子指着他们头顶上嶙峋的峭壁惊叫了起来。原来山顶上有一小缕粉红色的东西在飘动，在灰白色岩石的映衬下，显得更加耀眼突出。一看见这个，骑手们全都勒住马，取下枪支。与此同时，更多的骑手飞驰前来增援。每个人都喊道："红人。"

"这里不可能有很多红人的，"一位看起来像是领袖的人说，"我们已经经过波尼族人的居住区了，在穿过大山以前不会再有其他部落了。"

其中一个说道："我上去看看好吗，斯坦节逊兄弟？"

"我也去，我也去。"十多个人一起叫道。

那位长者回答道："把你们的马留在下边，我们在这儿等你们。"

这些年轻人立刻翻身下马，把马拴牢后，就沿着陡峭的斜坡，向那个引起他们好奇心的目标攀登上去了。

他们悄无声息地迅速向上移动，显示出老练的侦查员所特有的沉着和熟练。下面平原上的人们只见他们在岩石间行走如飞，一直看到他们的身影出现在天际。走在最前面的是那个首先发出警报的年轻人。突然，跟在他后面的人看见他举起双手，好像相当惊讶。他们上前一看，映入眼帘的景象同样让他们惊呆了。

在这贫瘠的山顶上的一小块平地上，耸立着一块巨大的石头。巨石的后面躺着一个身材高大的男人，他留着长长的胡须，面貌冷峻，异常消瘦。他平静的面容和均匀的呼吸显示他睡得很熟。身边还躺着一个小女孩，她那胖乎乎白嫩的胳膊搂着男人褐色结实的脖子，她那披着金黄色头发的小脑袋，静静地依偎在这个穿棉绒上衣的男人胸口，红润的嘴唇张开着，露着两排雪白整齐的牙齿，那稚气的脸上还带着可爱的微笑。她又圆又白的小腿，穿着白色短袜，脚上穿着带闪闪发光纽扣的干净鞋子。这些和她身边枯瘦憔悴的形象形成奇妙的对比。在这两个奇怪的人上面的岩石边上，站着三只贪婪的秃鹰，一见有人来了，便尖叫着失望地飞走了。

这两个熟睡的人被那些肮脏的鸟的叫声惊醒了，他们困惑地瞪着眼前的人们。男人摇摇晃晃地站了起来，向山下的平原望去。他睡觉的时候还是那么荒无人烟的平原，现在却横贯了庞大的人马。他张望的时候，脸上露出一副疑惑不解的神情。他举起那瘦骨嶙峋的手放在眼睛上面，喃喃自语道："我猜这就是所谓的神经错乱吧。"那个孩子站在他的身边，拉着他上衣的衣角，什么也没有说，带着儿童那种好奇的眼神看着周围。

这些人很快就让这两个漂泊的人相信，他们的出现并不是所谓的幻觉。他们中的一个人抱起小女孩，把她放在肩膀上，另外两个人扶着她那骨瘦如柴的伙伴，帮助他走向马车。

这个流浪者解释道：“我叫约翰·费瑞厄。二十一个人里面就只剩下我和那个小孩子了。在离开南部以后，他们都先后死于干渴和饥饿。”

有人问道：“她是你的孩子吗？”

那个男人底气十足地大声说道：“我想，现在她是了。她是我的，因为我救过她。没有人可以把她从我这里夺走，从今天开始，她就叫作露茜·费瑞厄。但是，你们是谁？”他好奇地看着这些强壮高大、面色黝黑的救助者，接着说道，“你们好像有很多人呢。”

一个年轻人说：“快接近一万了。我们是受到迫害的上帝儿女，天使梅罗娜的子民。”

这个流浪者说：“我从来没有听说过这位天使，他似乎选对了你们这样一批相当正直的子民。”

另一个人严肃地说：“不准开玩笑，神是不可冒犯的。我们是信仰宗教经典的人，它们是用埃及文字写在镀金的金属片上的，在帕尔迈拉交给了神圣的约瑟·史密斯。我们来自伊利诺伊州的纳府，在那里我们建造了我们的神殿。我们正在寻找一个避难所以躲避那些暴徒和无神论者，纵然在沙漠腹地也不要紧。”

提到纳府这个地名，约翰·费瑞厄立刻就想起来了，他说：“我知道了，你们是摩门教徒。”

“我们是摩门教徒。”他们异口同声地说道。

“那么你们现在去哪里呢？”

“我们不知道。上帝之手，哦，就是我们的先知，会指引我们的。你必须先去见见他，他会指明怎么安排你们的。”

这时，他们已经到达山脚下，马上一大群朝圣者围了上来，有面色苍白的温顺的妇女，有发育良好的嬉笑的儿童，还有目光恳切的男人。他们看着这两个陌生人，一个是那么幼小，而另外一个是那么虚弱，由于震惊和同情，许多人都不由自主地潸然泪下。然而，护送他们的人并没有停下来，而是推开人群继续前进，后面跟着一大群摩门教徒，直到来到一辆明显与众不同的高大华丽的马车面前。这辆马车套有六匹马，而其他的都是两匹马，或者，最多的也不过四匹马。在车夫的旁边，坐着一个年龄不超过三十岁的男人，但是他那大大的脑袋和刚毅的神情表明他是一个领袖。他正在阅读一本褐色封面的书。当人群靠近他的时候，他把书放在一旁，仔细听取了关于这个插曲的汇报，接着转向这两个流浪者。

他用庄重的口气说道：“如果要我们带上你们一起走，只有信奉我们教义的信徒才可以。我们不允许贪婪者混进来。与其让你们这些腐烂的小斑点日后把整个水果弄坏掉，倒不如让你们的尸骨在这荒野里腐烂掉。你愿意同意这些条件跟我们走吗？”

“只要能跟你们走，我什么条件都答应。”费瑞厄那种强调的语气，连那些庄重的长者都忍不住笑了。只有那位首领独自保持着严肃、威武的神情。

他说:“斯坦节逊兄弟，你收留他吧，给他食物和水，孩子也一样。你还要负责教他我们神圣的教义。我们已经耽误很长时间了，出发！前进，向锡安山前进！”

“前进，向锡安山前进！”很多摩门教徒喊了起来。命令就像波浪一样穿过长长的车队，一个接一个传下去，直到渐渐地在远处变得模糊起来。然后响亮的鞭声、车轮的嘎吱声此起彼伏，大队车马移动起来，很快整个队伍都开始前进了。那位长者把这两个流浪者带到他的车上，那里已经为他们准备好了食物。

他说:“你们就待在这吧。过些日子你们就能从疲劳中恢复过来。同时，记住，从现在开始直到永远，你们就是我们的教徒了。布里格姆·扬是这样说的，他是约瑟·史密斯的代言人，那是上帝的旨意。”

二　犹他之花

我在此不必过多描述摩门教徒最后抵达安全居所以前，在移民过程中经历的考验和困难。他们在从密西西比河两岸一直到落基山脉西部斜坡的路上，几乎经历了历史上空前的不屈不挠的奋斗。他们有着盎格鲁－萨克逊人那种坚韧不拔的精神，克服了野人、野兽、饥饿、干渴和疾病等大自然能够降临的所有磨难。然而，长途跋涉和无穷无尽的恐怖，即使他们中间最坚强的人也动摇了。所以，当他们看到脚下广阔的犹他山谷沐浴在阳光之下，并听到他们的领袖宣称，这片处女地就是神赐予他们永远的乐土时，全都双膝跪地，虔诚祷告。

很快，布里格姆·扬就证明自己不仅是一个果断的领袖，还是一个能干的管理者。图纸和规划制订好以后，未来城市的蓝图也就勾勒出来了。周边的农场根据每个教徒的地位加以分配。商人仍然做他们的生意，工匠照旧做他们的事情。城里的街道、广场不可思议地出现了。在乡村，挖沟筑篱，清障种植。

到了第二年夏天，只看见整个乡村被金黄的麦浪覆盖着。在这个陌生的移民区，一切都是如此兴旺；尤其是他们在城市中央建造的那座雄伟的教堂，也逐渐高大起来。每天从破晓第一缕霞光出现直到黄昏结束，榔头的撞击声和锯子的刺啦声不绝于耳。这座教堂是移民们为感谢引导他们平安渡过众多艰险最终抵达平安之地的上帝而建造的。

这两个流浪者，约翰·费瑞厄和那个已经被他收养为女儿的小女孩相依为命。他们跟随着摩门教徒们来到他们迁徙之途的终点。

小露茜·费瑞厄生活在长者斯坦节逊的篷车里，非常招人喜爱。她和那位摩门教徒的三个妻子，还有他任性、早熟的十二岁儿子住在一起，不久便恢复了健康。由于儿童的天真可爱，再加上幼年丧母的身世，她很快就得到了女人们的疼爱，也很快适应了这种漂泊不定、四处为家的生活。与此同时，费瑞厄也从困苦中恢复过来，作为一个出名、有益的向导和不知疲倦的猎手，他迅速赢得了新同伴的尊敬。当他们抵达流浪终点时，全体一致同意，除了布里格姆·扬和斯坦节逊、肯鲍、约翰斯顿及德雷伯等四位主要长者以外，他应该和其他任何移民一样，拥有一大片富饶的土地。

于是约翰·费瑞厄就在他分得的这片土地上建造了一座结实的木屋。以后每年不断扩建，这所房子逐渐变成了一栋宽敞的别墅。费瑞厄是个很有实际经验的人，做生意精明，手艺灵巧。他铁一般的体魄能让他一天到晚改良和耕作他的土地。因此，他的家业变得极其兴旺。三年之内，他就比他的邻居境况好多了；六年后，他已经过上小康生活了；第九年，他非常富有了；十二年之后，整个盐湖城，比他富足的人已经找不出半打了。从这个巨大的碱水湖起，一直到遥远的瓦萨奇山脉为止，再也找不到比约翰·费瑞厄名声更大的人了。

然而，有一件事，他伤害了教友的感情。那就是无论怎样跟他辩论和讲理，都不能说服他按照其他教友的方式娶妻成家。他一再拒绝，从没给出理由，只是坚定不移地坚持他的决定。有人指责他对信仰的宗教不虔诚；也有人认为他是守财奴，不愿意花费；还有人说他之前有过一段风流韵事，在大西洋沿岸有一位金发女郎为他憔悴而死。不管是什么原因，费瑞厄依然过着绝对的独身生活。而在其他方面，他完全遵循这个新兴移民地的教义，并且赢得了大家的普遍认同，他是一个正直的人。

露茜·费瑞厄在木屋里长大，帮助她的养父打点一切事务。山里清新的空气和松树林中飘溢的那种松香的气味，就像护士和母亲一样抚育着这个年轻的女孩。一年又一年过去了，她也逐渐长大成人。她面颊日益红润，步态也越发轻盈。许多人经过费瑞厄家农场边的大路，当他们看见娉婷的少女穿过麦田，或是碰见她骑着父亲的马，那种西部少女独具的洒脱优美的姿态展现无遗，让那些已经遗忘的回忆又涌上心头。当年的花蕾如今已经长成一朵奇葩。岁月如梭，她的父亲成了最富有的农场主，她也成为整个太平洋沿岸地区难得一见的标致美国少女。

然而，并不是他的父亲第一个发现这个孩子已经成长为少女。这种事情很少由父亲第一个发现。这种神秘的变化是如此难以捉摸，是逐渐变化的，并且是难以用时间来衡量的。尤其是少女自己难以察觉，直到她听到某人说话的腔调，或者接触到某人的手让她心头颤动，心里有种自豪和害怕交织的感觉，她才知道，一种新颖和更加自由的天性已在她内心被唤醒了。几乎所有人都能回忆起自己当年的情景，都记得预示着自己新生命开始那天发生的小插曲。就露茜·费瑞厄来说，撇开这种变化对她和对其他许多人命运的影响，就事情本身而言，情况已经非常严重了。

那是六月一个温暖的上午，接近中午时圣徒们依然像蜜蜂一样忙碌着——他们以蜂巢作为族群标志。田野里，大街上，到处都是人们劳动时的“嗡嗡”声。尘土飞扬的大路上，川流不息的驮着重物的骡子排着队向西部前进。因为加利福尼亚州突然掀起了淘金狂潮，横跨美洲大陆的路线正好穿过伊莱彻城。还有来自边远地区成群移动的牛羊和成群结队疲惫的移民，经过长途跋涉后，已是人困马乏。人畜混杂之中，露茜像一个技术娴熟的骑手，夺路飞奔而行。她那白皙的脸庞由于运动而变得红润，长长的栗色头发在脑后飘动着。她是在父亲的委托下，前往城里办事的。就像以前很多次一样，凭借着年轻人的大胆，她横冲直撞，心里只想着如何去完成任务。那些风尘仆仆的探险家在后面惊讶地凝视着她，即使那些运送皮货的印第安人，也对这个美丽白净的少女感到惊奇，不禁放松了他们一贯严肃的表情。

当她抵达城市郊区时，发现有六个面目凶恶的牧人，赶着大量从平原来的牲口，把道路堵得水泄不通。她等得很不耐烦，于是就急切地策马朝出现的缺口中间冲去，竭力想通过这个障碍。然而，她几乎是刚刚进去，后面的牛就把缺口围住了，她发现自己完全陷入了到处都是长着凶猛眼睛和长角的公牛群中。因为她已经和牛相处习惯了，所以在这种情况下，并没有惊慌失措，而是抓住每一次机会策马前行，希望能够穿过。不幸的是，一头牛的触角有意无意地碰了一下马的侧腹，马受惊了，立刻变得狂躁起来，一下子前蹄腾跃而起，愤怒地嘶叫不已；马摇晃跳跃得非常剧烈，如果不是最有技巧的骑手的话，已经被摔下来了。情况万分危急，每一次颠簸都会碰到牛角，这让马更加暴跳如雷。此时，女孩只有紧紧抓住马鞍，万一摔下去，就会被受惊的牲畜乱蹄踩死。由于她很不适应这种意外情况，已经开始感到头晕目眩，眼看抓牢马鞍的手就要松开了；加上尘土飞扬，还有那相互拥挤的牲畜发出的气味让她窒息。在这危急时刻，她就要绝望地放弃努力了，这时一个亲切的声音使她确信有人伸出了援助之手。与此同时，一只强壮有力的棕色大手，一把捉住了受惊的马的马勒，并且挤出一条路，很快就把她带到了外边。

这位见义勇为者彬彬有礼地说道："我希望您没有伤着，小姐。"

她抬头看了一下那张黝黑粗犷的面孔，嫣然一笑，天真无邪地说："吓死我了。谁会想到庞娇[①]竟会被一群牛吓成这个样子！"

他认真地说："谢天谢地，你没摔下来。"这是一个身材高大、狂野的年轻小伙子，骑着一匹黑白相间的骏马，身穿粗制的猎人衣服，背着一杆长长的步枪。他说："我猜你是约翰·费瑞厄的女儿吧。我看见你从他的别墅骑马过来。你见着他的时候，问问他是否还记得圣路易斯城的杰弗逊·霍普一家。如果他和那个费瑞厄是同一个人的话，我父亲和他曾经还是相当亲密的朋友呢。"

她故作正经地问道："你自己去问他不是更好吗？"

这个年轻人听到这个建议，似乎相当高兴，乌黑的眼睛中闪耀着愉快的光芒。他说："我会这样做的。我们已经在山里待了两个月了，而且事情还没有结束。此外，现在这副样子也不能去拜访。他见着我们的时候，一定会款待我们的。"

她回答说："他会非常感谢你的，我也是。他非常爱我，如果这些牛把我踩死的话，他会伤心一辈子的。"

这个年轻人说："我也会的。"

---

① 露茜的马。——译者注

“你！啊，无论从什么角度，我都看不出这和你有什么关系。你甚至还不是我们的朋友呢。”

这个年轻的猎人听了这句话后，黝黑的脸立刻变得失望起来，露茜见了不禁放声大笑起来。

她说：“关于那一点，我不是这个意思。当然，现在我们是朋友了。你一定要来看我们。我必须走了，否则，父亲不会再叫我帮他做事情了。再见！”

“再见。”他说着举起他的墨西哥宽边帽，弯腰吻了一下她的小手。接着她掉转马头，扬起马鞭，在灰尘飞扬中，沿着大道飞奔而去。

年轻的杰弗逊·霍普和他的同伴们骑着马继续前进。一路上，他心情沮丧，沉默寡言。他们一直在内华达山脉中勘探银矿，现在正在返回盐湖城，希望能够筹集到足够的资金去开采他们发现的矿藏。他以前和他们中的任何人一样热衷于这种生意，直到这件偶然发生的事情使他的心思转移了。这个美丽而有活力的少女，就像山脊上的轻风一样清新和健康，而与她的邂逅已经深深地搅乱了他那颗炽热奔放的心。当她从他的视线中消失后，他意识到这是他生命中的关键时刻，不论是银矿买卖，还是任何其他问题，都没有这件刚刚发生、让他魂不守舍的事情重要。爱情已在他心中涌现，这不是孩子那种变化无常的喜欢，而是一个意志坚定、性格刚毅的成熟男人那种狂热猛烈的热情。他已经习惯于他所取得的成功。他在心里暗暗发誓，如果说人类只要努力和坚持不懈终会取得成功的话，那么这次他也不会失败的。

那天晚上，他就去拜访了约翰·费瑞厄。以后又去了很多次，最后他们彼此已经很熟悉了。约翰最近十二年来一直居住在山谷之中，专注于他的工作，几乎与世隔绝。霍普能把这些年在外面的见闻都绘声绘色地讲给他听，露茜也同她的父亲一样饶有兴趣。霍普是最早一批到达加利福尼亚的人，他可以娓娓道来很多在那些狂热的日子里关于财富得失的奇怪故事。他曾经当过侦探，抓过野兽，也找过银矿，做过牧场工人。无论什么地方有刺激的冒险，杰弗逊·霍普都要去探寻一番。他很快就成了费瑞厄最喜欢的人，费瑞厄不停地夸奖着他的优点。每当这时，露茜总是沉默不语。可是，她绯红的脸颊、明亮幸福的眼睛，都十分明显地表明了，她那颗年轻的心已经不属于她自己了。她老实的父亲还没有注意到这些迹象，但是这些绝对没有逃过那个赢得她喜爱的男人的眼睛。

那是一个夏天的晚上，他骑马沿着大道飞奔而来，在一个栅栏门前停了下来。她站在门口，走出去接他。他把缰绳扔在篱笆上，在小路上迈着大步。

“我要离开了，露茜，”他说着握住她的双手，温柔地看着她的脸，“现在我不会要求你跟我一起走，但是当我再回到这里的时候，你愿意跟我走吗？”

“那么是什么时候呢？”她红着脸笑着问道。

“最多两个月，我会回来娶你的，亲爱的。谁都不能把我们分开。“

她问道：“那么父亲会同意吧？”

“他已经同意了，如果我们的开采进行得顺利的话，我就不用担心这个问题。”

“哦，好吧。如果你和父亲已经全都安排好了，就不需要再多说什么了。”她把脸贴在他宽阔的胸前低声说道。

“谢天谢地！”他嘶哑地说道，然后弯下腰去亲她，“那么，就这么定了。我待得越久，就会越难舍难分了。他们正在卡依等着我呢。再见吧，我心爱的人，再见了！两个月之内，你一定会再见到我的。”

他说着推开她，猛地翻身上马，头也不回地飞驰而去，仿佛如果他回头看一眼他离别的人，他的决心就要动摇了。她站在门口，呆呆地凝望着他远去的背影，直到他消失在她的视线里，才走回屋里。她已经是整个犹他州最幸福的姑娘了。

三　约翰·费瑞厄和先知的对话

杰弗逊·霍普和他的同伴们离开盐湖城已经三个星期了。每当约翰·费瑞厄想到当这个年轻人回来之日，便是自己失去养女之时，内心就不禁感到十分痛楚。然而，女儿那高兴和幸福的面容，比任何理由都更能让他愿意接受这个安排。事实上他早已决定，无论如何也不能把女儿嫁给摩门教徒。他认为，这样的婚姻根本就不是婚姻，完全是一种奇耻大辱。不管他对摩门教徒的教义如何理解，然而在这一点上，他是坚定不移的。可是，对于这个问题，他必须守口如瓶，因为在圣徒的领地，发表不符合教义的言论是十分危险的事情。

是的，这一点的确非常危险，危险到甚至连那些最德高望重的教徒们，也只敢在背地里非常谨慎地谈论他们对教会的看法，唯恐从他们嘴里说出去的话遭到误解。过去受到迫害的人，为了私怨，现在变为迫害者，而且变本加厉，更加恐怖。塞尔维亚宗教法庭、德国秘密法庭还有意大利秘密党，那些可怕的行动组织，和摩门教徒在犹他州的天罗地网相比，简直是小巫见大巫。

这个组织的无形和神秘让它倍加恐怖。它似乎是无所不知和无所不能的；可是，他们的行动既看不到，也听不到。只要有人反对教会，就会突然消失。没人知道他的下落，也没有人知道他发生了什么。他的妻儿在家中望眼欲穿，但是他再也不会回来倾诉他在秘密判决者手中的遭遇。任何鲁莽的言词或者轻率的行为都会招来灭顶之灾。可是没有人知道这种笼罩在他们身上的可怕势力到底是什么。人们都在胆战心惊中生活，即使在荒郊野岭也不敢悄悄地对这种压迫他们的势力提出质疑。

起初，这种神秘而可怕的力量只针对已经皈依摩门教、后来变得堕落和违法教义的人。然而，很快它的范围就扩大了。由于缺少足够的成年妇女，一夫多妻的教规就形同虚设。于是各种奇怪的传闻就开始到处散布，谣传在印第安人从来没去过的地方，有移民途中被枪杀，营地遭到抢劫。而与此同时，长老们的内室里出现了陌生的女人，她们显得很憔悴，不停地哭泣，脸上还留着不可磨灭的恐惧。据山中很晚归来的游民说，在暮色渐浓时分，有好几帮蒙面、带枪的人从旁边静悄悄地疾驰而过。这些故事和谣传只是道听途说，但是越来越有证据表明这是事实，直到被确切证明是某人所为。直到今天，在西部荒凉的大农场上，“但族帮”和“复仇天使”依然是邪恶和不祥的代名词。

越是知道这个爪牙遍布的组织，越是增加人们心中的恐惧。没有人知道哪些人属于这个残忍的组织。这些人打着宗教的幌子，事实上却干着血腥和残暴的勾当，他们的姓名是绝对保密的。如果你对朋友表达了对先知和他使命的不满，而这位朋友可能正是夜晚前来用武力向你实施可怕报复的人中的一个。因此，人人自危，再也没有一个人敢讲真话了。

一个晴朗的上午，约翰·费瑞厄正要出发去他的麦田，忽然听到门闩"喀哒"响了一声。他从窗户向外望去，只见一个身体肥胖、淡黄色头发的中年男子从小路上走了过来。他紧张得心都快要跳出来了，因为这不是别人，正是伟大的布里格姆·扬本人。他全身颤抖，因为他知道这种访问绝不是什么好事情。费瑞厄赶紧跑到门口去迎接这位伟大的摩门教首领。然而，后者对于他的热情非常冷淡，他板着脸跟他进了客厅。

"费瑞厄兄弟，"他说着坐了下来，浅色睫毛下的双眼尖锐地盯着这个农场主，"虔诚的信徒们一直像朋友一样对待你。当你们在沙漠里忍饥挨饿时，我们救了你们，还把食物分给你们，最后平安地把你们带到这个上帝选择的山谷里，还给你们分了一大片土地，在我们的庇护下，你逐渐富裕起来，情况是不是这样呢？"

"是的。"费瑞厄回答说。

"所有这些，作为回报我们只提出过一个要求，那就是：你应当皈依我们真正的宗教，并且在每一方面都要严格遵守它的教规。这是你已经答应过的；那么，如果传闻属实的话，在这一方面，你却已经忽视了。”

费瑞厄摊开双手辩解道：“那么，我究竟是怎么忽视的呢？我没有缴纳公共基金吗？我没有去教堂守礼拜吗？我没有……”

“那么，你的妻子们在哪儿？”布里格姆·扬问道，向四周看了看，“叫她们出来，我想见见她们。”

费瑞厄回答说：“我没有结婚，这是事实。但是，女人已经很少了，另外比我更需要的人还很多。我不是一个孤独的人，我还有我的女儿照料我呢。”

这位摩门教的领袖说：“我就是为你女儿的事来找你的。她已经长大，成为犹他州的一朵花了。这里很多有地位的人都看中了她。”

约翰·费瑞厄心中不禁暗暗叫苦。

“外面有很多传言，说她已经和某个异教徒订婚了。这些我都不会相信，都是些爱嚼舌头的家伙的流言蜚语。圣约瑟·史密斯经文第十三条说什么？‘让每一个圣教的少女都嫁给上帝的子民’，如果她嫁给了一个异教徒，就犯下了弥天大罪。情况就是这样，既然你已经宣称信奉了教义，就不应该纵容你的女儿亵渎它。”

约翰·费瑞厄没有做出回答，只是紧张地玩弄着他手中的马鞭。

“在这个问题上可以完全考验你的信仰了，这是‘四圣会’

的决定。这个姑娘还年轻，我们不会把她嫁给一个老头子的，也不会完全剥夺她选择的权利。我们这些长老已经有很多‘小母牛’[①]了，但是我们的孩子还需要。斯坦节逊有一个儿子，德雷伯也有一个儿子，他们中的任何一家都十分高兴能把你的女儿娶回去。让她在这两个青年中间选择一个吧。他们年轻又富有，都是虔诚的教徒。对于这件事你有什么要说的？”

费瑞厄皱着眉头，沉默了好一会儿。

他最后说道：“您得给我们一些时间。我的女儿还很年轻，这个年龄就结婚太少见了。”

“她有一个月的选择时间，”布里格姆·扬说着从椅子上站了起来，“一个月后，她就要给出她的答案。”

当他经过门口时，突然转过身来，脸涨得通红，双眼露出凶狠的目光，大声说道：“约翰·费瑞厄，你要是胆敢违抗‘四圣会’的命令，倒不如让你们父女俩当年都死在布兰卡山上的好！”

他做了一个威胁的手势，就转身出去了。费瑞厄听见他沉重的脚步踩在石子小路上发出嘎吱嘎吱的声音。

他把肘支在膝头，呆呆地坐在那里，正考虑着如何对女儿说这件事。这时，一只温柔的手放在他身上。费瑞厄抬头一看，原来是女儿站在旁边，一看见她那苍白惊恐的脸，他就知道她

---

① “小母牛”系摩门教首领之一 H.C. 肯鲍在一次讲道中提到他的一百个妻子时所用的字眼。——译者注

已经听到刚才的谈话了。

看着父亲愁容满面，她说道:“我没法不听见，他的声音整个房子都听得见。天哪，爸爸，我们该怎么办啊？”

“你不要吓唬自己，”他说着把她拉到身边，用他宽大粗糙的手抚摸着她栗色的头发，“我们总会有办法解决的。你不会对那个小伙子冷淡下来吧，是吗？”

她只是用手紧紧握着他的手，低声抽泣。

“不，当然不会。我不希望听到你说你会。他是一个有前途的小伙子，而且他还是一个基督教徒。单凭这一点，就比这些人强多了，尽管他们不停地祷告和布道。明天有人动身去内华达州，我想给霍普捎个信，让他知道我们现在的困境。如果我没看走眼的话，他接到信儿后会像电报似的，飞奔回来的。”

露茜听了父亲的这番话，不禁破涕为笑。

“他回来后，肯定会给我们想个好办法的。但是我担心的是你，爸爸。听说那些反对先知的人会遭到厄运，一些恐怖的事情会毫无例外地降临到他们身上。”

她的父亲回答说:“我们现在还没有反对他。如果我们那样做的话，就需要时刻提防危险了。我们现在还有整整一个月的时间。一个月之内，我想我们必须想法从犹他州逃走。”

“离开这里？”

“只能这样了。”

“但是农场呢？”

“我们尽可能地把它换成钱，其他的就不要管了。说实话，露茜，这并不是我第一次这样想。我不在乎屈服于任何人，就像这些老百姓屈服于他们该死的先知一样。我是一个自由的美国人，我对这里完全陌生。也许我太老了，已经学不来他们那一套了。如果他敢到我的农场里来胡作非为的话，他就有机会试试迎面而来的子弹的味道了。”

他的女儿反驳道：“他们不会让我们离开的。”

“等到杰弗逊回来，我们就可以逃走了。这段时间，你不要让自己不愉快，我亲爱的宝贝，也不要让你的眼睛哭肿了，否则，他要是看到你这副模样，一定会来找我麻烦的。没有什么需要担心的，而且根本也没有什么危险。”

约翰·费瑞厄以非常肯定的语气说了这些安慰的话语。然而那天晚上，她却注意到他异乎寻常地把每扇门小心地锁好，而且还取下挂在他卧室墙上的那把生锈的猎枪，仔细地擦拭干净，装上子弹。

四　逃亡

在和摩门教先知见面后的第二天早上，约翰·费瑞厄就去了盐湖城。在那里，他找到了准备去内华达山脉的朋友，委托他的朋友把一封信带给杰弗逊·霍普。在信中他告诉那个年轻人将要发生在他们身上的迫在眉睫的危险，以及他回来是多么必要。做完这件事后，他感觉安心多了，就心情放松地回家了。

当他接近农场时，惊讶地看见栅栏门两旁的柱子上各拴着一匹马。然而更让他惊讶的是，当他走进屋里时，发现客厅里有两个年轻人。一个面色苍白的长脸家伙正躺在摇椅里，两只脚翘得老高放在火炉上；另一个长得五大三粗，公牛一样的脖子，面容粗俗，一副自命不凡的样子，此时他正站在窗户前，双手插在口袋里，嘴里吹着一只流行的曲子。当费瑞厄进来的时候，他们向他点了点头。在摇椅上的那个人先说话了。

他说："可能你还不认识我们，这位是德雷伯长老的儿子，我是约瑟夫·斯坦节逊。当上帝伸出它的手，将你们带进真理的怀抱时，我们就和你们一起在沙漠里跋涉过。”

另一个家伙带着浓浓的鼻音说道：“上帝迟早会把所有人都带进正教的。他用心良苦，虽然过程缓慢，却毫无疏漏。”

约翰·费瑞厄冷淡地鞠了一躬。他已经猜到这些访客是谁了。

斯坦节逊接着说道：“我们到这儿是奉了父亲之命，向你女儿求婚的，请你和你的女儿看看，我们中间谁比较合适。我只有四个老婆，而德雷伯兄弟已经有七个了，所以我看我比他更需要。”

另一个大声叫道：“不，不，斯坦节逊兄弟，问题不在于我们有了多少老婆，而是我们能够养活多少老婆。我父亲现在已经把他的工厂给我了，那么我是更有钱的人。”

另一个激动地说：“但是我的前途更好。等到上帝带走我的父亲时，我就可以拥有他的硝皮场和制革厂了。到那时，我就是你的长老了，在教会里的地位会更高了。”

小德雷伯照着镜子得意地说道：“那就让这位姑娘来决定吧。我们一切都听她的。”

当这两个年轻人争论不休时，约翰·费瑞厄站在门边都要气炸了，他差点就要用他的马鞭抽这两个家伙的后脊背了。

最后，他大踏步走上前去说道：“听着，我女儿叫你们来的时候，你们才能来。但是在那之前，我不想再见到你们。”

那两个年轻的摩门教徒惊讶地瞪着他。在他们眼里，能够这样争着向他女儿求婚，对于他或者他的女儿来说，是一种无上的荣耀。

费瑞厄喝道："这儿有两条路可以出去，门和窗户，你们愿意走哪条？"他褐色的脸看起来如此凶狠，消瘦的双手是那样骇人可怕。

访客们跳起来，拔腿就跑。他一直跟着他们到了门口。

他讥讽地说："等你们决定好了选哪条路，再告诉我吧。"

"你这是自寻麻烦！"斯坦节逊大声叫道，气得脸都白了，"你竟敢公然反抗先知和'四圣会'。你会后悔一辈子的！"

小德雷伯也叫道："上帝之手会重重惩罚你的。他会让你生不如死的！"

"那么我就让你先死。"费瑞厄愤怒地叫道。要不是露茜拉住他的胳膊制止他，他已经冲上楼去拿枪了。他还没有从她手中挣脱出来，就听到一阵马蹄声，他知道已经追不上了。

他擦着额头上的汗水，大声说道："这两个虚伪的小流氓！我的孩子，我宁愿你死掉，也不愿意把你嫁给他们中的任何一个。"

她勇敢地回答说："爸爸，我会那样做的。但是，杰弗逊马上就会回来了。"

"是的，要不了多长时间他就会回来了。越快越好，因为我们不清楚他们下一步会采取什么行动。"

的确，现在是这个刚毅的老农场主和他的养女的危急关头，正需要一个能够为他们出谋划策的人。在整个移民地的历史中，从来没有发生过这样公然违抗长老命令的事情。如果很小的过错都将受到严厉惩罚的话，那么，做出这种大逆不道的事情，又会是什么命运呢？费瑞厄知道，他的财富和地位毫无用处。以前，那些和他一样富有和知名的人都被悄悄除掉了，他们的财产都归了教会。他是个勇敢的人，然而，这种笼罩在他身上神秘莫测、难以捉摸的恐怖依然让他感到心惊胆战。任何已知的危险，他都可以咬紧牙关挺下来；但是这种不可预知的恐惧却让他惶惶不安。不管怎样，他还是把他的恐惧对女儿隐瞒起来，装出一副不在乎的样子。然而，他女儿那双充满爱意和敏锐的眼睛，已经看得非常清楚了，父亲正提心吊胆呢。

他认为自己的这种行为必然会招致布里格姆·扬的某种责难或是告诫。只是警告的方式却是以前从未想到的。第二天早晨，他起床的时候，吃惊地发现，就在他胸口部位的被单上，钉着一张方方正正的小纸片，上面用粗笔写着一行醒目的大字：

“限你二十九天之内改正，否则——”

这个破折号比任何威胁都要令人恐惧。这个警告到底是怎么进入他的房间的，这让约翰·费瑞厄百思不得其解。因为他的仆人睡在外屋，另外门和窗户都关得严严实实的。他把这张纸条揉成一团，没有对女儿说起这件事。然而，这个意外还是让他感到恐惧。二十九天显然是指布里格姆·扬答应期限所剩下的天数。对付一个拥有如此神秘力量的敌人，力气和勇气又有什么用呢？钉纸条的那只手，完全可以刺进他的心脏，而且他永远也不会知道是谁杀了他。

紧接着的那个早晨，更加让他震惊的事情发生了。当他们坐下来吃早餐的时候，露茜指着上面惊叫了起来。在天花板的中央，明显是用烧过的棍子潦草地写着数字“28”。他的女儿对于这个感到难以理解，他也没有向她做任何解释。那天晚上，他就拿着枪坐着，时刻戒备着。一夜之间，他什么都没有看到或者听到。然而，次日早晨，一个大大的“27”却已经写在门外了。

日子一天天过去了，就像清晨每天必将来临一样，他发现隐藏在背后的敌人也一直在记着数字，而且都标记在一些明显的地方，指出宽限他的日期还剩下多少天。有时，这个致命数字出现在墙上，有时是在地板上。偶尔，它们是写在小纸片上，粘在花园的门上或者栏杆上。约翰·费瑞厄虽然万分警觉，但是仍然不能发现每天的警告到底是怎么来的。他一看到它们，就涌上一种几乎是迷信般的恐惧。他变得憔悴不堪，情绪更加急躁，眼睛里流露出被追逐的动物那种紧张不安的眼神。而现在他唯一的希望就是那个年轻的猎人从内华达归来。

“20”变成“15”，“15”又变成“10”，但是霍普依然毫无音讯。期限在一天天减少，还是不见他的踪影。无论什么时候大路上响起马蹄声，或是有车夫吆喝马队的喊声，这个老农场主都会急忙跑到门口，以为是他的帮手终于到了。最后，他看着数字从“5”变成了“4”，又变成了“3”，开始心灰意冷了，并且放弃了所有逃走的希望。他没有帮手，又对移民区周围的山脉不太了解，他知道自己是无能为力了。主要的道路都已经被严密把守起来，没有“四圣会”的命令，谁都不能通过。他该怎么办呢，看来是无法逃脱这场临头大祸了。然而，这位老人从来没有动摇过他的决定，他宁愿豁出性命，也不会答应这件侮辱他女儿的事情。

一天傍晚，他独自坐着，沉思着他的困境，却想不出任何摆脱困境的方法。那天早晨，他房子的墙上已经出现了数字“2”，明天就是限期的最后一天了。那时会发生什么事情呢？他满脑子想的都是各种模糊不清而又可怕的情景。他死后，他的女儿会怎么样呢？难道他们真的逃不出这个笼罩在他们周围的无形的天罗地网吗？他想到自己毫无办法，不由得趴在桌子上哭了起来。

外面是什么声音？万籁俱寂，他听到一阵轻微的擦刮声。虽然很轻，但是在寂静的夜晚，却显得异常清晰。声音是从房门那边传来的。费瑞厄悄悄走进了门厅，侧耳倾听。稍微停顿了一下，这个低沉的声音又响起来了。显然是有人在轻轻地敲门。难道这是行刺者半夜前来执行秘密法庭暗杀的指令吗？或者是那个爪牙，正在标记着期限的最后一天已经到了。约翰·费瑞厄这时觉得痛快地死掉也比这种悬而不决带给他的惶恐不安、胆战心惊的折磨要强得多。于是，他跳上前去，扒开插销，打开了门。

外面一片寂静，晴朗的夜空，满天星斗在头顶闪烁不定。老农场主眼前只是一个被篱笆和门包围起来的小花园。然而，不论是那里还是路上，不见一个人影。费瑞厄左右看了一下，才舒了口气。可是他无意间朝自己脚下望了一眼，吃惊地看到一个人手脚伸开平躺在地上。

看到这种情景，老人万分惊恐。他靠在墙上，用手按住自己的喉咙，才忍住没有喊出来。开始，他认为这个趴在地上的人可能是个受伤或者垂死的人。然而，当他仔细看时，只见对方在地上像蛇一样迅速而悄无声息地一直爬进了门厅。一进来，这个人就站了起来，关上门。让老农场主感到惊讶的是，出现在他面前的是杰弗逊·霍普，脸上带着凶狠和刚毅的表情。

"我的上帝！"约翰·费瑞厄喘着气说，"你把我吓坏了。你为什么那样进来？"

"快给我吃的，"霍普声音嘶哑地说，"我已经四十八小时没吃过东西了。"主人的晚饭依然放在桌子上，他急忙跑过去，抓起那些冷肉和面包毫无顾忌地狼吞虎咽起来。吃饱后，他才问道："露茜还撑得住吗？"

"是的。她还不知道这些危险。"费瑞厄回答道。

"那就好。这所房子每一面都被人监视起来了，这就是我那样进来的原因。他们已经相当机灵了，但是还没机灵到能够抓住一个瓦休湖猎人。"

约翰·费瑞厄现在意识到他有了一个忠诚的帮手，立刻精神振奋了。他紧握这个年轻人粗糙的手，诚挚地说道："你是个值得我们骄傲的人。没有人愿意来分担我们的危险和麻烦了。"

这个年轻猎人回答说："你说对了，伙计。我很尊重你，可是，如果这件事情只关系到你一个人的话，那么，在我把脑袋伸进这样一个黄蜂窝里之前，我是要再三考虑的。我是为露茜来的，在他们伤害到她之前，我要带她远走高飞了，犹他州再也不会有霍普家族了。"

"现在我们应该做什么？"

"明天就是你们最后的期限了，如果你今晚不行动的话，就来不及了。我弄了一头骡子和两匹马，正在鹰谷那里等着。你有多少钱？"

"两千金币和五千现钞。"

"够了。我也有这么多钱，可以凑在一起。我们必须穿过大山力争到卡森城去。你最好叫醒露茜。还好仆人没有睡在这个房间里。"

当费瑞厄走开去叫他的女儿准备上路时，杰弗逊·霍普把所有他能够找到的可以吃的东西打成一个小包，又把一个陶器灌满了水，根据经验，山里面水井稀少。他刚刚收拾好，农场主就带着他的女儿出来了，两人都已经穿戴齐整，准备出发了。这对情侣热情而简短地打了招呼，因为现在每一分钟都是宝贵的，而且眼下还有很多事情要去做。

"我们必须立刻出发了。"杰弗逊·霍普声音低沉而坚决地说道，就像一个明知山有虎、偏向虎山行的人，“前后出口都有人在看守。只要小心些，我们就可以从侧边的窗户爬出去，穿过农田。一旦上了大路，只要再走两英里，我们就可以到鹰谷了，马正在那里等着。天亮之前，我们必须赶一半的山路。”

费瑞厄问道：“如果我们遇到阻挡呢？”

霍普拍了拍前面衣服下面露出的左轮手枪的枪把，冷笑着说：“如果他们人太多的话，我们也要干掉他两三个给我们陪葬。”

房间里的灯已经全部熄灭了。费瑞厄从黑洞洞的窗户凝视着外面那片曾经属于自己的土地，现在他要永远放弃了。对于这种牺牲，他揪心了很长时间。然而，想到女儿的名誉和终身幸福时，即使让他倾家荡产他也不会悔恨的。瑟瑟作响的树林和广阔无边的田地，一眼望去是那么平静和幸福。可人们很难想到那些杀手像幽灵一般正潜伏在中间。那个年轻猎人面无表情，脸色发白，表明当他靠近这座房子时，已经把这里的危险情况观察得一清二楚了。

费瑞厄提着装金币和现钞的袋子，杰弗逊·霍普带着不多的食品和水，露茜拎着一个小包，里面放着一些她认为非常珍贵的东西。他们非常缓慢和小心地打开窗户，一直等到一片乌云飘过使得夜色逐渐朦胧时，才逐个爬过窗户进入小花园。他们屏住呼吸，蹲下身来，在树篱的遮掩下摇摇晃晃地穿过花园，来到一个通向玉米田的篱笆缺口处。他们刚走到那个地方，这个年轻人突然抓住他的两个同伴，把他们拽到阴暗处。他们安静地趴在那里，不停地发抖。

幸好霍普在大草原上久经磨砺，练就了一双异常灵敏的耳朵。他们刚躲起来，就听到离他们不远的地方发出猫头鹰的惨叫声。立即，在稍微不远处就听到一声回应。这时一个模糊的身影在他们刚才开的那个缺口的地方出现了，接着他又发出一声哀叫的暗号声，另一个人便从阴暗处出来了。

“明天午夜，夜鹰叫三声动手。”第一个看起来像头儿的人说道。

另一个回答:“好的，要我告诉德雷伯兄弟吗？”

“让他传下去，通过他告诉别人。九到七！”

“七到五！”另一个回应道。接着这两个人便朝不同方向迅速跑开了。他们最后说的话显然是一种暗号。他们的脚步声刚刚消失在远处，杰弗逊·霍普就跳起来，帮助他的同伴穿过缺口，以最快的速度领着他们穿过田地。当露茜累得筋疲力尽时，他又半扶半搀着她向前跑。

“快！赶快！”他不停地喘着气催促着，“我们已经过了警戒线了。能不能成功就看跑的速度了，快跑！”

一到大路上，他们就迅速前进了。一路上只有一次发现有人，于是他们躲进农田里，以免被人发觉。他们快到城里的时候，霍普又拐进了一条通往大山狭窄而崎岖不平的羊肠小道。黑暗中，只见两座嶙峋的山峰阴森森地压在上面。他们走的这条峡谷就是鹰谷，马正在这里等着他们。凭着毫无差错的直觉，杰弗逊·霍普在巨石中夺路前行，他们沿着一条干涸的河床来到一处被岩石挡住的拐角处。那些忠心的牲畜就拴在那里。露茜骑上骡子；老费瑞厄背着钱袋，骑上了一匹马；而杰弗逊·霍普骑着另外一匹马，带着他们沿着陡峭危险的山路前进。

对于任何不熟悉大自然荒凉原始一面的人来说，这种山路肯定会让他们望而却步、惊慌失措。一边是万丈悬崖，黑咕隆咚，深不可测；峭壁上长长的玄武岩石柱，就像是麻木不仁的怪兽的肋骨一样。另一边则是散落的卵石和碎块，无路可走。中间只有这条弯曲的小路，有些地方极其狭窄，只能单行通过，有些地方非常陡峭不平，只有老练的骑手才能攀爬过去。虽然危险重重，但这几个逃命者心情却相当愉快，因为他们每前进一步，就离那个专制的地方远了一步。

可是，不久他们就发现一个事实：依然在摩门教徒的势力范围内。当他们到达山路中最荒凉和偏僻的地方时，露茜指着上面，惊叫了一声，在夜色中一块岩石显得格外漆黑和清晰，上面站着一个形影孤单的哨兵。他们察觉他的时候，他也看见了他们。接着，寂静的山谷里响起一声军人似的喊声：“什么人？”

“去内华达州的旅客。”杰弗逊·霍普答道，同时握住挂在马鞍边的步枪。

他们可以看见，那个孤单的哨兵扣着枪的扳机，正往下凝视着他们，好像对他们的回答并不满意。

他又叫道："是谁允许的？"

费瑞厄回答说："四圣会。"

他在摩门教的经验告诉他，他所说的人是教会中权威最高的。

哨兵叫道："九到七。"

"七到五。"杰弗逊·霍普迅速回答道，他记住了在花园里听到的这句口令。

上面的声音说道："可以过去了，上帝与你们同在。"

过了这一哨位后，道路变宽了，马可以放开大步跑起来了。回过头来，他们还能看见那个哨兵独自一个人，倚靠着他的枪。此时，已经闯过了摩门教徒的外围，他们知道，自由就在前面了。

五　复仇天使

整整一夜，他们走过错综复杂的峡谷和布满岩石的小路。虽然不止一次迷路，但霍普对山中情况十分熟悉，才让他们重新回到道路上。天亮以后，他们发现，眼前的景色尽管荒凉，但仍不可思议的美丽：周围全是白雪皑皑的山峰，连绵不绝一直延伸到遥远的地平线；两边都是悬崖绝壁，那些落叶松看起来像是悬在他们头上一样，只要一阵风就能将它们吹落下来。这些恐惧并不是完全出于幻想，因为这个荒凉的山谷草木丛生，乱石交错，树木石块很容易滚落下来。正当他们前进的时候，一块巨大的石头在这寂静的山谷里雷鸣般滚落下来，把那困乏的马惊得狂奔不已。

当太阳从东方地平线上缓缓升起的时候，那些高大的山峰就像节日里的灯一样一个接着一个被点亮了，直到它们全都变得耀眼起来。这种壮观的场面让这三个亡命者精神大振，他们的身体仿佛被注入了新的力量。在一个急流奔涌而出的山谷边，他们停了下来，给马饮了水，仓促吃了早饭。露茜和她的父亲很想多休息一会儿，但是杰弗逊·霍普坚决不同意。他说："这个时候，他们已经在后面追赶我们了，一切都决定于我们的速度了。只要我们安全到达卡森城，就可以休息一辈子了。"

整整一天时间，他们在峡谷里挣扎着前进。接近黄昏的时候，他们已经逃出超过三十英里了。夜间，他们选择在一块突出的可以躲避寒风的悬崖底部安顿下来。为了取暖，他们挤成一团，只睡了几个小时。然而，天还没亮他们又动身赶路了。一路上他们没有发现被追踪的迹象，杰弗逊·霍普开始认为他们已经完全逃离了那个迫害他们的可怕组织的范围了。他完全不知道这个铁腕能够伸多远，他更没有想到那只魔掌已经快要逼近了，将把他们捏得粉碎。

大概在他们逃跑的第二天中午，本来就不多的食物马上就要吃完了。不过，这并没有让霍普感到不安，因为深山老林之中，有猎物可以充饥——他以前经常靠着他的步枪维持生活。他找了一个隐蔽的保护处，收集了一堆干燥的树枝，生了火，好让他的同伴暖和一些。因为他们现在身处海拔五千英尺的高山上，冷风瑟瑟，寒气彻骨。他把马匹拴好，和露茜告别后，就背上枪，准备去碰碰运气。他回过头来，看见老人和少女正蹲在炙热的火边，三只牲畜站在后面一动不动。接着，岩石便把他们挡住了，再也看不见了。

他从一个峡谷翻到另一个峡谷，走了两英里路，一无所获。

但是，从树皮上的痕迹和其他的迹象来看，他判断这附近有不少熊出没。在经过两三个小时毫无结果的搜寻，他绝望地正打算返回的时候，忽然向上一看，不禁欣喜若狂。在离他头顶三四百英尺高的一块突出的悬崖边上，站着一只长得有些像羊的动物，可是却长着一对巨大的触角。那是大角羊，正在为同类放哨呢。幸运的是，它正背对着霍普，没有察觉到他的出现。他趴在地上，把枪架在岩石上，在扣动扳机之前他花了很长时间瞄准。那只动物跳了起来，在悬崖边踉跄了一会儿，接着就滚到下面的山谷里去了。

野兽太重，无法背起来，霍普就砍了一条腿和一部分侧面的肉。背起这些战利品，他加紧步伐往回赶，因为夜晚马上就要降临了。然而，他刚要动身，就发现遇到了麻烦。因为太专心，他已经远离不久前还熟悉的山谷，而要认出他走过的路，显然不是件容易的事了。他发现自己所在的山谷不停地分成一道又一道峡谷，它们是那么相似，难以区分。他沿着一条山谷走了大约一英里路，来到一个山涧，他肯定自己以前没有见过。确信自己走错了路，他又试了另外一条路，但是结果一样。夜晚很快就降临了，最后他终于发现自己在一条熟悉的小路上了，这时天已经完全黑了，即使找到了路，可想要保持正确的路线也不是件容易的事。因为月亮还没有升起来，道路两旁的悬崖峭壁更使得四周模糊不清。身上的重负压得他直不起腰来，刚才的忙碌现在忽然让他感到疲惫不堪。但他依然东倒西歪地走着，一想到每前进一步，离露茜就更近一步，他周身就充满了力量，而且他还带了足够他们今后在旅途上吃的食物，以后的行程就有了保证。

现在，他已经来到中午离开他们时的那个峡谷口。即使在黑暗之中，他依然能够认出那些挡住入口峭壁的轮廓。他想，他们肯定在焦急地等着他呢，因为他离开几乎五个钟头了。他心里感到非常高兴，于是把双手放在嘴边，借着峡谷的回音，大声呼喊着，表示他回来了。他喊了一声，停了一下，等待回答，但是除了他自己的呼喊声在这死气沉沉的山谷里传回无数的回声之外，什么都没有。他又喊了一次，这次比刚才更响亮，然而还是没有听到朋友们的回音。一种模糊的难以形容的恐惧涌上心头，他疯狂地向前跑去，慌张中，丢掉了他视若珍宝的食物。

当他转过弯去，原来生火的地方看得一清二楚。那里一堆木炭依然在燃烧，但是很明显，自从他离开后，没有人照看过。周围死一般的寂静，他的担心全都变成了事实。他急忙跑上前去，火堆旁边没有任何活的东西：牲畜、老人和少女都不见了。这显然只能是在他离开后发生了某些突如其来的可怕灾难，他们没有逃脱，并且没有留下任何线索。

这个打击让杰弗逊·霍普感到十分震惊，不知所措。他感到头晕目眩，只好扶着步枪，避免自己摔倒。然而，他到底是个实干家，很快就从这种短暂的无能为力中恢复过来。他从火堆里拾起一段烧了半截的木头，把它吹燃，借着光亮，仔细检查了这个小小的营地。地面全都被马蹄踩烂了，这说明，一大队骑兵已经追上了逃亡者。从他们的踪迹看，说明他们返回盐湖城去了。他们是不是把他的同伴们全都带走了呢？霍普差不多肯定他们一定那样做了。突然他的眼睛落在一件让他胆战心惊的东西上。在离营地一侧不远的地方，有一堆低矮的发红的土，这一定是刚才没有的，无论如何都不会有错，这是一个新墓。当他走近的时候，发现上面还插着一根棍子，裂缝的地方夹着一张纸片。上面只有寥寥数字，却写得清清楚楚：

约翰·费瑞厄

生前系盐湖城人氏。死于一八六零年八月四日。

他才离开这么短的时间，这位强壮的老人就这样死去了，而这寥寥的几个字就是他的墓志铭。杰弗逊·霍普疯狂地四处寻找，看是否有第二座坟墓，但是毫无痕迹。露茜已经被他们可怕的追赶者带回去了，承受她最初就注定的命运，成为某位长老儿子的一位妻妾了。当年轻小伙子意识到这就是她的宿命，而他对此无能为力时，真希望也能够跟着这位老农场主一起躺在这个寂静的坟墓里安息。

然而，积极的精神再一次让他摆脱了这种由绝望带来的气馁。如果确实没有一点办法的话，至少他可以用他的一生来复仇。杰弗逊·霍普有着不屈不挠的忍耐力和坚韧不拔的毅力，他内心充满了强烈的复仇动力，可能是从那些和他生活过的印第安人那里学来的。当他站在凄凉的火堆边，觉得只有彻底、完全的复仇——亲自杀死他的敌人，才能减轻他的悲痛。他下定决心，要把他坚强的意志和无穷的精力全部都用来报仇，直到最后。他面无表情，脸色苍白地一步步走回他刚才丢掉食物的地方，然后把快熄灭的火重新燃起来，烤了足够维持几天的肉，接着把肉包起来。尽管已经十分疲惫，但是他仍然踏着那帮追赶者的足迹，穿过大山，一步一步地往回走去。

他沿着先前骑马经过的峡谷，一直走了五天，直到疲惫不堪，脚也受了伤。晚上，他就躺在乱石中间，随便睡上几个小时。不等天亮，他就接着赶路了。第六天，他到了鹰谷，他们就是从这里踏上不幸的逃亡之路的。从那里向下望去，可以看见教徒们的房子。这时他已是形销骨立、疲惫不堪了。他倚靠着步枪，愤怒地对着脚下宁静广阔的城市挥动着他骨瘦如柴的拳头。他注意到在一些大街上悬挂着旗帜和其他的节日标记。他正想着那代表着什么意思时，突然听到一阵马蹄声，只见一个人骑着马向他跑来。当那人靠近的时候，他认出这是一个叫考伯的摩门教徒。霍普曾经帮过他多次，因此，当那人走近时，霍普走上前去跟他搭讪，想探听一下露茜的命运究竟怎么样了。

他说："我是杰弗逊·霍普。你还记得我吗？"

那个摩门教徒带着毫不掩饰的惊讶神色看着他。的确，很难认出这个穿着破烂、蓬头垢面的流浪汉就是以前那个整洁漂亮的年轻猎手。然而，当他终于认出这就是霍普本人时，惊讶马上就变成了惊慌失措。

他叫道："你简直疯了，还敢跑到这儿？要是我被人看见和你说话，我的命可能也保不住了。因为你协助费瑞厄父女逃走，'四圣会'已经下令捉拿你了。"

霍普诚挚地说："我不害怕他们，也不害怕什么抓捕。考伯，你一定听说这件事了。我求你千万要回答我几个问题。我们永远是朋友，看在上帝的分上，请不要拒绝我。"

那个摩门教徒不安地问道："什么问题？快说，这些石头都长着耳朵，这些树也有眼睛呢。"

"露茜·费瑞厄发生什么事了？"

"她昨天和小德雷伯结婚了。坚持住，老兄，坚持住。看，你怎么魂不守舍啦？"

"别管我。"霍普虚弱地说。他的嘴唇都发白了，跌坐在他刚才依靠着的那块石头上，问道："你是说结婚了？"

"昨天结的婚，这么多房子挂着彩旗就是为这事啊。到底谁该拥有她，小德雷伯和小斯坦节逊之间还争论过。他们两人都加入了追赶他们的队伍，斯坦节逊开枪打死了她的父亲，看起来他有最佳理由得到她。但是，当他们开会争执的时候，因为德雷伯一方权势更大，所以先知就把露茜给了他。然而，没有人可以长时间占有她，因为昨天我看见她时她的脸像死人一般，她更像个鬼，而不是女人。那么，你要离开了吗？”

“是的，我要走了。”杰弗逊·霍普说着已经站了起来。他的脸就像大理石雕琢的一样，表情冷酷死板，眼睛里冒着凶恶的怒火。

“你要去哪里？”

“别管。”他回答着，一面背起他的武器，大步往峡谷走去，远远地一直走到大山深处野兽出没的地方。这里再也没有比霍普更凶猛和危险的动物了。

那个摩门教徒的预言完全应验了。不知是因为她父亲的惨死，还是因为被迫接受这个可恶的婚姻的影响，不幸的露茜从此一蹶不振，憔悴了下去，不到一个月，便郁郁而终了。她那可恶的丈夫之所以要娶她，主要是为了约翰·费瑞厄的财产，所以对于她的死，并没有感到多么悲痛，反倒他的妻子们表示了对她的哀悼，并且按照摩门教的习惯，在埋葬之前，整夜守候着她。一天凌晨，正当她们围坐在棺材周围的时候，让她们感到万分恐惧和惊讶的是，门猛地被推开了，一个衣衫褴褛、饱经日晒雨淋的野人闯了进来。他毫不理睬那些万分惊恐、目瞪口呆的女人们，径自走向那个曾经一度容纳露茜·费瑞厄纯洁灵魂的苍白、安详的遗体旁，弯下腰，在她那冰冷的额头上虔诚地吻了一下。接着抓住她的手，从手指上取下那只结婚戒指，愤怒地咆哮道：“她不会这样下葬的。”在警报还没来得及拉响之前，他就已经飞身下楼不见了。事情发生得如此奇怪和突然，如果不是露茜手指上那枚作为新娘标志的金戒指不见了这一不可否认的事实，就是那些在现场的人都难以相信这是真的，更别说让其他人相信了。

杰弗逊·霍普在大山中游荡了几个月，过着一种与世隔绝的原始生活，心中充满了复仇的渴望，这让他几近疯狂。这时，传言在城里散播开来，说是一个神秘而可怕的人一直在城郊游荡。一次，一颗子弹呼啸着穿过斯坦节逊的窗户，射在离他不到一英尺远的墙上。还有一次，当德雷伯从悬崖下面经过的时候，突然一块巨大的石头哗啦一声砸向他，他急忙卧倒，才逃脱了这场劫难。这两个年轻的摩门教徒没过多久便明白了有人企图谋害他们的原因。他们再三深入山中，希望能够捉住或者杀掉他们的敌人，然而，总是失败而归。于是，他们采取了预防措施，决不一个人外出，也不在天黑后外出。另外他们叫人把他们的宅院守卫起来。过了一些时候，他们以为能够放松警戒了，因为既没有听到也没有看到任何关于他们的对手的事情。他们希望时间能够淡化他的仇恨。

然而，事情远非如此，他们仇敌的复仇心反而更加坚定了。坚韧不拔是猎人的天性，除了念念不忘要报仇雪恨之外，他的心里再也没有地方可以容纳其他感情了。然而，最重要的是，他是个非常实际的人。他很快就意识到即使他有铁一般的身体，也经受不住这样过度劳累，那反而会让他成为牺牲品的。风吹日晒、缺乏健康的食物让他筋疲力尽，如果他像一条野狗那样死在大山中，那么，他的复仇计划又怎么能完成呢？如果他这样下去，一定必死无疑。他觉得，如果那样的话，不正合了敌人的心意吗？所以他很不情愿地返回了内华达州原来的矿井，在那里恢复他的健康，并且积累足够多的金钱，以便能够让他在没有困难的情况下继续追击目标。

他原本打算最多离开一年，但是种种意想不到的情况让他几乎五年都无法离开矿井。然而，在后来的那段时间里，他痛苦的回忆和复仇的渴望和当年他站在约翰·费瑞厄坟墓边那个难忘的晚上一样强烈而迫切。他乔装打扮，变名易姓，返回盐湖城。只要能够伸张正义，他早已将生死置之度外了。当他抵达盐湖城，发现有个可怕的消息正等着他。几个月之前，教会发生了分裂，一些年轻的摩门教徒反抗长老的统治，结果许多不满者退出了教会，离开了犹他，变成了非摩门教徒。德雷伯和斯坦节逊也在其中，但是没有人知道他们去哪里了。传闻德雷伯已经把他的大部分财产设法变卖成钱了，所以他离开的时候非常富有，而他的同伴，斯坦节逊却是相当地穷困潦倒。然而，他们的去向无人知晓。

一般的复仇者，不论他有多么强烈的复仇心，面对这种困难重重的局面时，大多会产生放弃的念头。可是，杰弗逊·霍普从来没有片刻犹豫过。他带着为数不多的钱，在美国一个城市接着一个城市地寻找他的仇人。没钱的时候，他就找点工作勉强维持着生活。一年年过去了，他的一头黑发变成花白的头发，可是，他依然流浪下去，就像一条嗅觉灵敏的猎犬，把他的全部心思和生命都倾注在追踪仇敌上面。最后，他的坚持不懈终于得到了上天的回报。有一天，他看见了他，虽然只不过是看了一眼而已，但就是这一眼告诉他：他所疯狂追杀的人就在俄亥俄州的克利夫兰城中。他返回他那破烂不堪的住处，安排好全部复仇计划。然而，碰巧的是，德雷伯也从窗户里认出了这个大街上的流浪汉，而且从他的眼睛里看出了杀气。他急忙在已经成为他秘书的斯坦节逊的陪同下，找到了一位治安官，向他指出，由于从前的一个对手对他们的嫉妒和仇恨，他们的生命受到威胁。那天晚上，杰弗逊·霍普就被拘留了。因为找不到保人，他被拘留了几个星期。当他终于被释放出来的时候，发现德雷伯的房子早已荒废，他和他的秘书已经出发去欧洲了。

复仇计划再一次失败了，可是心中积累的仇恨也再一次激励他继续追杀下去。然而由于资金不足，他不得不再工作一段时间，为他的行程节省下每一分钱。最后，他积攒了足够维持生活的钱后，就动身前往欧洲了。他辗转欧洲各地追踪他的仇敌。任何低贱的工作他都做过，但是一直没有追上那两个逃命者。当他赶到圣彼得堡时，他们已经去了巴黎；当他追到巴黎时，他又听说他们刚刚出发去哥本哈根了；当他赶到哥本哈根时，再次晚了几天，因为他们已经去伦敦旅行了。最后在伦敦他终于成功地找到了他们。至于以后发生的事情，我们最好还是引用华生医生日记里准确记录的这位老猎人自己的叙述。这个故事，我们在前面早已经拜读过了。

六　约翰·华生回忆录续篇

我们的俘虏进行疯狂的反抗，但是对我们显然并没有什么恶意，因为当他发现自己无能为力时，便温和地微笑起来，并且表示，希望在混战过程中，没有伤害到我们中间的任何一个人。他对福尔摩斯说："我猜你们准备把我带到警察局去。我的马车就在门口。如果你们把我的腿松开，我会自己走下去上车的。我不像过去那样随便可以被抬起来的。"

格雷森和雷斯垂德相互使眼色，好像他们认为这个要求太胆大了。可是，福尔摩斯却马上听信了这个俘虏的话，把我们绑在他脚腕上的毛巾解开了。他站起来，伸了伸腿，好像是要确认一下它们是否重获自由。我还记得，当时我看着他的时候，心里想到，我很少看到像他这样身材魁梧的人。他那饱经沧桑的黝黑的脸上显现出的坚定和精力充沛的表情，就像他的身体的力量一样让人望而生畏。

他带着衷心敬佩的眼神凝视着我的同伴，说道："如果警察局长的位子空着的话，我认为你是最合适的了。你对于我这个案子的侦查方法，的确十分高明。”

福尔摩斯对那两个侦探说：“你们最好跟我一起去。”

雷斯垂德说：“我可以为你们驾车。”

“很好，那么格雷森可以和我坐到车里。你也是，医生。你对这个案子已经产生了兴趣，不妨和我们一起去吧。”

我欣然同意，于是我们一起下了楼。我们的俘虏没有任何逃跑的企图，只是平静地走进那辆原本是他的马车里去，我们则跟在他后面上了马车。雷斯垂德坐上车夫的位子，一抽鞭子，马向前跑起来，没过多久，便把我们带到了目的地。我们被带到一个小房间里，那里有位警官记录下案犯的姓名以及他被控告杀害的两个人的姓名。这位警官是个面色苍白、表情冷淡的人，他非常机械呆板地完成了工作。他说：“案犯将在本周内提交地方法官审讯。与此同时，杰弗逊·霍普先生，你还有什么想要说的吗？我必须提醒你的是，你所说的话都将被记录下来，并且作为呈堂证供。”

“我有很多话要说，”我们的犯人缓慢地说道，“各位先生，我想把它们都告诉你们。”

警官问道：“等到审判的时候再说不更好吗？”

他回答说：“我可能永远不会受到审判了，你们用不着这么吃惊的样子，我没有自杀的念头。你是位医生吗？”当他问最后这个问题时，转向我，用他那敏锐乌黑的双眼看着我。

我回答说：“是的，我是。”

“那么，请把你的手放在这里。”他微笑着说道，同时用他被铐着的手向胸口指了一下。

我照做了，马上感到里面有一种非同寻常的心跳，甚至有些接近骚动。他的胸腔似乎震动得非常厉害，好像在一座不牢固的房屋里面，一台动力强劲的机器正在工作一样。在这寂静的房间里，我甚至能够听到那里不停地发出嗡嗡的响声。

我叫道：“怎么，你得了主动脉瘤！”

他平静地说：“他们就是这样说的。我上个礼拜找过一位医生看过，他告诉我，用不了多少天，血管瘤就要爆裂。这些年来，病情越来越严重了。由于在盐湖城大山里饱经风霜，营养不良，才落下了这个毛病。现在我的事情已经完成了，我不在乎这么快就死了。可是，我想在走之前，把事情说清楚，我不想让别人当我是一个普通的凶手。”

警官和两个侦探急忙地商讨了一下，想知道同意犯人现在讲述他的事情是否明智。

警官问道：“医生，你认为这种危险很紧迫吗？”

我回答说：“的确如此。”

这位警官于是说道：“显然，我们的责任是取得他的口供。如果是那样的话，为了维护公义，先生，你被允许提供你的陈述了。我再一次提醒你，你所说的都将被记录下来。”

“对不起，我需要坐下来。”犯人说着就坐了下来，“我这个动脉瘤很容易让我疲劳，还有，半个小时前，我们的扭打，更让我的病无可救药了。我快要死了，我是绝对不会欺骗你们的。我所说的每一句话，都是绝对真实的。至于你们如何处置，对我来说已经不重要了。”

杰弗逊·霍普说完这些话，就背靠着椅子，开始了下面惊人的陈述。他以平静的口气，讲述得井井有条，仿佛他经历的事情十分普通。我能保证这份附加供词的准确性，因为我有权使用雷斯垂德的笔记本，上面非常严密地记录下了罪犯的口述。

他说：“为什么我憎恨这些人，这对你们是不重要的。他们对于两个人——一位父亲和一位女儿的死负有不可推卸的责任，所以他们也要赔上自己的性命，他们是罪有应得。他们的罪行已经事发多年，在任何法庭上，我都提供不出任何证据来指控他们有罪，尽管我知道他们有罪。我决定，我要把法官、陪审团和死刑执行者都集于一身。如果你们有任何男子汉气概的话，如果你们站在我的位置上的话，你们也会做出同样的事情的。

“我刚才说的那个女孩，二十年前本来是要嫁给我的。她被迫嫁给了这个德雷伯，导致她含恨而死。我从死者手指上取下了这枚结婚戒指，并发誓，一定要让德雷伯看着这枚戒指死掉，还要让他最后意识到正是因为他的罪行让他受到了惩罚。我一直带着这个戒指追踪他和他的同谋，一直跨越了两个大洲才追上他们。他们打算把我拖垮，可是，那是根本不可能的。如果我明天死了，照现在的样子是非常有可能的。可是在我死的时候能够知道我在这个世界上的事情已经完成了，而且干得非常漂亮，我就很满足了。他们已经被我亲手杀死了，我再也没有任何希望和要求了。

“他们是有钱人，我是个穷光蛋，所以对我来说，追踪他们并不是件容易的事情。当我到达伦敦的时候，我的口袋已经快空了。我必须开始做些事情，以便维持我的生活。驾车、骑马对我来说，就像走路一样平常。于是我去了一家出租马车的主管办公室找工作，很快工作就定下来了。每个星期我要向主人缴纳一定数目的费用，剩下的不管多少就归我自己了。虽然剩下的非常少，但是我总能设法勉强维持生活。最困难的事情是要认识路。我认为在所有迷宫一样的城市里，这个城市是最难以辨认的了。我随身带了一张地图，直到我熟悉了一些主要的旅馆和车站后，我的工作才干得顺手起来。

“过了一段时间，我才找出那两个家伙居住的大概地方。我不断地打听，直到最后我偶然遇见他们。他们住在河对岸坎伯韦尔的一家公寓里。只要我把他们找出来，我知道，他们就逃不出我的手掌心了，我已经留了胡子，这样他们就不可能认出我。我紧跟着他们，等待时机。我下定决心，绝对不会再次让他们跑掉。

“尽管如此，他们还是差点就溜掉了。他们在伦敦走到哪里，我就跟到哪里。有时候我赶着马车跟着他们，有时步行。但是前者是最好的，因为这样他们就无法逃离我了。只有在清晨或者深夜我才赚点钱，结果我开始无法向我的雇主缴纳费用了。然而，我并不关心这个，只要我能够亲手杀死他们。

“但是，他们十分奸诈。他们肯定想到，可能会有人跟踪他们，因为他们从来不单独外出，傍晚后也绝不出去。这两个星期以来，我每天驾车跟在他们后面，可是压根儿没有见他们分开过一次。德雷伯总是喝得醉醺醺的，斯坦节逊却从来不给人可乘之机。我从早到晚监视着他们，但是根本没遇到一丝机会。然而，我并没有气馁，因为有种感觉告诉我，那个时刻就要来了。我唯一害怕的就是我胸口的这个东西，它可能会过早地爆裂，让我的复仇大事前功尽弃。

“终于，一天晚上，我驾车在他们投宿的那条叫陶尔魁里的大街徘徊的时候，忽然看见一辆马车赶往他们的门前。不久，一些行李被拿了出来，过了一会儿，德雷伯和斯坦节逊跟着出来了，然后驾车离开了。我扬起马鞭，跟在他们看不见的地方，感到非常心神不宁，因为我担心他们又要换地方住了。他们在尤斯顿车站下了车。我让一个小孩看住我的马，就跟着他们到了月台上。我听到他们询问去利物浦的火车，警卫回答他们，有一班刚刚走，几个小时内不会再有其他班次了。斯坦节逊听了后好像非常灰心，然而德雷伯却比什么都高兴。混在吵嚷的人群中，我离他们非常近，这样我可以听到他们说的每一句话。德雷伯说，他有点小事需要去处理一下，如果斯坦节逊愿意等他的话，他会很快回来的。他的同伴劝阻他，而且提醒他，他们曾经决定要在一起，不单独行动。德雷伯回答说，这是件隐秘的事情，他必须单独去。我没有听清斯坦节逊对他说了些什么，只听见德雷伯突然咒骂起来，并且提醒他只不过是他的仆人罢了，不要这样放肆地给他下命令。这样，那位秘书就泄气了，只是简单地和他商谈了一下，如果他错过了最后一班火车，可以到哈里代私人旅馆去找他。德雷伯回答说，他会在十一点以前返回。说完他就离开了车站。

“我期盼已久的千载难逢的时刻终于来临了，我的仇敌已经在我掌握之中。他们在一起的时候，可以相互保护，一旦分开，就要受我摆布了。然而，我并没有鲁莽行事。我的计划早已制订好了。复仇的时候，如果没有让罪犯明白是谁杀害了他，以及为什么他会遭受到这种惩罚，那么这样的复仇是不能让我满意的。根据我已经安排好的计划，我要让这个害苦了我的人有机会明白，他罪不可恕，死有余辜。碰巧，几天前有位去布里克斯顿路查看房屋的绅士，把其中的一把钥匙掉在我的车厢里了。当天晚上他就把钥匙领回去了，可是，在这段时间里，我已经做了个模子，并且弄了把复制品。这样至少在这个大城市里，我可以找到一个可靠的地方，能够不受阻碍地自由地做我的事情。我现在需要解决的难题就是如何把德雷伯弄到那个房子里去。

“他在路上漫步，中间走进一两家卖烈性酒的酒店。在最后一家，他几乎停留了半个小时。当他出来的时候，已经是跌跌撞撞的了，明显是酩酊大醉了。刚好在我前面有一辆汉萨姆马车[①]，他就向它招手示意停下。我紧紧跟在后面。我的马的鼻子距离他的车不超过一码远。我们经过了滑铁卢大桥，在大街上跑了好几英里。让我感到惊讶的是，我们又回到了他原来投宿的地方。我想象不出，他返回那里到底有什么目的。可是，我还是继续前进，在距离房子一百码左右的地方把马车停了下来。他走了进去，接着他的马车就离开了。如果你愿意的话，请给我一杯水，我的嘴都快说干了。”

我递给他一杯水，他一饮而尽。

他说：“好多了。嗯，我等了一刻钟，或者更久，突然房子里传来一阵人们厮打的吵闹声。紧接着，门被推开了，两个男人出现了，其中一个是德雷伯，另一个是我从来没有见过的年轻小伙子。这个家伙抓住德雷伯的衣领，当他们走到台阶下边的时候，他猛地一推，接着又是一脚，一直把德雷伯踹到了大街中间。他对着德雷伯挥动着手中的木棍大声叫道：‘你这个狗东西！我叫你侮辱良家妇女！’他怒火冲天，要不是因为那个恶棍拖着他的狗腿拼命沿街跑开，我想，那小伙子肯定会用他的棍子把他痛打一顿的。他一直跑到拐角处，然后，看见我的马车，于是向我招手，就跳上车来。他说：‘送我去哈里代私人旅馆。’

---

① 旧式的双轮双座马车，其特点是车夫座位高踞于马车的后部。以其设计人约瑟夫·汉萨姆的名字命名。——译者注

“当我看见他实实在在地坐进了我的马车里，我高兴得心都快跳出来了。我唯恐在这最后一刻，我的动脉瘤要坏事。我缓慢地驾车前行，心中盘算着怎么做最妥当。我可以把他带到乡下去，在僻静的小路上，和他算总账。我差不多已经做出决定了，他突然为我解决了这个难题。他的酒瘾又犯了，要我在一家豪华大酒店外面停下来，然后吩咐我等着他，就进去了。他一直待到打烊，出来的时候，已经是烂醉如泥了，我知道，我已经胜券在握了。

“不要以为我会冷不防地杀了他。如果我那样做的话，只不过是机械地进行公正的审判罢了。然而，我自己决不会那样干的。我早就决定给他一次机会，如果他能抓住机会的话，还是有一线生机可以活下去。在我浪迹美洲大陆的日子里，我干过许多种工作。我曾经在纽约大学的实验室里当过看门人和清洁工。有一天，教授在做关于毒药的讲座时，把一种叫作生物碱的东西展示给学生们看。这种毒药是他从一些南美洲土著人用的箭毒中萃取出来的，它的毒性非常强烈，即使一小粒，足以让人立刻死亡。我在存放毒品的那个瓶子上画了个点儿，当他们全都走了后，我自己就弄了一点。我是一个相当厉害的配药师，所以能把这些生物碱做成一些可以溶解的小药丸。我把每一粒毒药放进一个小盒子里面，同时每个盒子里再放进一粒同样的但是没有毒性的药丸。我当时决定，只要我有机会，我的每位仇人都要从其中的一个盒子里取出一粒，而我将服下剩下的那粒。这样完全可以致命，比蒙上手帕开枪少了很多响声。从那天起，我就一直带着这些药盒子，现在是我用到它们的时候了。

“当时已经过了十二点，快一点钟了。那是一个阴冷的夜晚，外面狂风暴雨，景象令人忧郁，而我心里却异常兴奋，高兴得几乎就要大声叫起来了。如果你们其中的任何一位先生曾经渴望一件事情，一直等待了二十年之久，一旦突然伸手可及，就会理解我的心情了。我点了一支雪茄抽着，来稳定我的紧张心情。但是我的手在不停地发抖，太阳穴也由于兴奋而‘突突’直跳。当我驾车的时候，看见老约翰·费瑞厄和可爱的露茜正在黑暗中冲我微笑，就像我看着这屋里你们所有人一样清楚。一路上，他们就在我的面前，在马的两边，一边一个，一直跟到我在布里克斯顿路的那所房子前停下。

“那里不见一个人影，除了下雨的滴答声，再也听不到其他声音了。当我从车窗向里看时，发现德雷伯蜷缩成一团，正喝醉了呼呼大睡呢。我摇着他的胳膊说道：‘该下车了。’

“他说：‘好的，车夫。’

“我猜，他以为我们已经到了刚才他提到的那个旅馆，因为他没有再说话就下了车，跟着我来到了花园里。我不得不紧紧跟着他，防止他摔倒，因为他仍然有些头重脚轻。我们来到门口，我开了门，把他带进了前屋。我保证，一路上，费瑞厄父女一直在我们前面。

“‘太黑了。’他说着来回跺着脚。

“‘我们很快就有亮光了。’我说着便擦着了一根火柴，把我随身带的一支蜡烛点燃了。我转向他，把蜡烛靠近我的脸继续说，‘现在，伊诺克·德雷伯，看看我是谁？’

“他睁着惺忪的醉眼盯着我瞅了半天。接着，我看见他脸上突然涌现出了惊恐万状的神色，整个脸都抽搐起来，表明他已认出我是谁了。他顿时脸色乌青，跌跌撞撞地往后退。我看见豆大的汗珠从他的额头上冒出来，他的牙齿也格格作响。看到这个情景，我不禁背靠着门，大笑起来。我早就知道，复仇是件最痛快的事情，但是，我从来没有想到复仇的快感竟是如此强烈。

“我说：‘你这个狗东西！我从盐湖城一直追踪你到圣彼得堡，你总是溜掉。现在，你游荡的日子终于结束了。因为，不是你就是我，将永远看不到明天的太阳升起来了。’当我说话的时候，他又向远处退了几步。从他的脸上我看出来，他认为我是疯了。那个时候，我的确是疯了，我太阳穴上的动脉就像大锤不停地击打。我认为，要不是当时我鼻孔里涌出血来，让我放松一下的话，我的病可能就要发作了。

“‘你现在对露茜·费瑞厄有什么看法？’我大声叫着，锁上了门，还把钥匙在他眼前晃了晃，‘惩罚来得是太迟了，但是它最终还是抓住你了。’我看见当我说话的时候，他那怯懦的嘴唇不停地发抖，他还想要我饶命。但是他很清楚，那是毫无意义的了。

“他结结巴巴地说：‘你要谋杀我吗？’

“我回答说：‘哪有什么谋杀。杀死一条疯狗，谁会说是谋杀？当你把我可怜的爱人从她被屠杀的父亲身旁拖走的时候，当你把她抢到你那可恶、无耻的房间里去的时候，你对她有过丝毫的仁慈吗？’

“他叫道：‘并不是我杀死了她的父亲。’

“‘可是，是你打碎了她那颗纯洁的心！’我尖叫道，把盒子推到他面前，‘让至高无上的上帝为我们裁决吧。选一粒吃下去。一粒是死亡，另外一粒是生命。我会把你选剩下的吃掉。让我们看看，这个世界上究竟还有没有公道，或者我们都在被命运控制。’他惊叫着畏缩到一边，乞求饶命。可是，我拔出刀，顶住他的脖子，直到他乖乖地听话为止。接着，我也咽下了另一粒。我们安静地面对面站在那里，大约有一两分钟的样子，等着看到底谁生谁死。我怎么能够忘记当他知道自己吞下毒药时，那痛苦万分的脸呢？我看着，不觉大笑起来，并把露茜的结婚戒指放在他眼前。但是仅仅过了一会儿工夫，因为生物碱的毒性发作太快了。一阵痛苦的抽搐让他的脸都扭曲了，他双手向前伸着，摇晃着，然后，就嘶哑地哭叫着，重重地跌倒在地板上。我用脚把他翻过来，把手放在他的心口上，没有动静了，他死了！

“我鼻子里不停地流着血，可是我并没有在意。我不知道怎么回事，脑子里灵机一动，便在墙上写下了一个字。可能是出于一种恶作剧的想法，想让警察误入歧途，因为当时我感到非常轻松和愉快。我记得，在纽约曾发生过一件德国人被谋杀的事件，在死者的身上写着‘RACHE’这个字。当时报纸上争论过，认为一定是秘密党所为。我猜，那个让纽约人感到苦恼的字，也会使伦敦人感到困惑。所以，我就用手指蘸着我自己的血，在墙上方便的地方写下了这个字。然后，我回到我的马车那儿，发现四周一个人也没有，夜晚仍然是狂风暴雨。我驾车走了一段距离后，把手伸进我通常放露茜戒指的口袋里，才发现它不见了。我大吃一惊，因为这是她留给我唯一的纪念物了。我想，也许是在我弯腰查看德雷伯尸体时丢的。我又驾车赶回去。把车停在一条小巷里，壮着胆子朝屋子走去。我宁愿冒任何危险，也不愿失去那枚戒指。当我刚走到那儿时，就和一个出来的警察撞了个满怀。我只好假装喝得酩酊大醉，以免引起他的怀疑。

“这就是伊诺克·德雷伯的死亡经过。然后我要做的事，就是要用同样的方法去对付斯坦节逊，这样就可以讨还约翰·费瑞厄的血债了。我知道他正待在哈里代私人旅馆里。我在旅馆附近逗留了一整天，但是他从来没出来过。我猜测，可能是因为德雷伯一直未露面，他起了疑心。斯坦节逊的确很狡猾，总是很警惕。如果他以为只要一直待在屋子里，就可以避开我，那么他就大错特错了。我很快就弄清了他的卧室的窗户。第二天一大早，我就利用放在旅馆后面小巷子里的梯子，趁着天还没有大亮，爬进了他的房间。我把他叫醒，告诉他现在是他要为很久以前杀害过的人偿命的时候了。我向他描述了德雷伯死的情况，接着我要求他同样选择一粒药丸。他不愿接受提供给他的活命机会，从床上跳了起来，朝我的咽喉飞扑了过来。为了自卫，我朝他的心脏刺了一刀。不管怎样，结果都是一样的，因为天意永远不会允许他那罪恶的手选到无毒的药丸的。

“我还有些话要说，说了也好，因为我也快不行了。做完这些事情后，我又赶了一两天马车，因为我想加油干，以便能存够钱返回美国。那天，我正停在广场上，突然有一个衣着破烂的小孩打听是否有个叫杰弗逊·霍普的车夫，还说，贝克街221B 号有位先生要雇他的马车。我毫不怀疑地跟着来了。接下来就是这位年轻人把我手腕给铐住了，铐得是那么干净利落，是我平生从来没有见过的。先生们，这就是我的全部经历。你们可以认为我是一个凶手，可是，我坚持认为我和你们一样是正义的执法官。”

他的讲述是那样惊心动魄，他的态度是那样令人印象深刻，以至于我们都全神贯注地坐在那里安静地听着。即使这两位职业侦探也不厌其烦地记下每一个细节，看起来他们对这个男人的故事也相当感兴趣。当他讲完后，我们都坐在那里沉默了几分钟，只有雷斯垂德速记最后几句时，铅笔发出的沙沙声，打破了室内的安静。

福尔摩斯最后说道：“只有一点，我想多知道一些。我刊登广告后，前来领取戒指的那个同谋是谁？”

这个犯人诙谐地朝我的朋友眨了眨眼，说道：“我只能说出我自己的秘密。可是，我不想给别人带来麻烦。我看到你的广告后，想这可能是个陷阱，但也可能就是我想要的那枚戒指。我朋友自告奋勇去看一看。我想你自己也认为他做得很漂亮吧。”

“那毫无疑问。”福尔摩斯肯定地说道。

这时警官严肃地说：“现在，各位先生，必须遵守法律程序。本周四，案犯将被提交地方法官审讯，各位届时务必出席。在那之前，他将交由我负责。”说着他按了一下铃，然后杰弗逊·霍普就被两个守卫带走了。而我和我的朋友也离开了警察局，叫了一辆马车回贝克街了。

七　尾声

我们都已经接到通知，需要在本周四出庭。然而，当星期四来临的那天，再也不需要我们出庭做证了。一位上级审判者已经接手了这个案件，杰弗逊·霍普已经去了一个“特别法庭”，去接受一次绝对公正的审判了。原来，就在他被捕的那天晚上，他的主动脉瘤破裂了。第二天早晨，他被发现面带平静的微笑，直挺挺地躺在牢房的地板上，仿佛在他临死的那一刻，他还在回想他的生命没有浪费，复仇事业已经顺利完成。

第二天晚上，当我们闲聊这件事的时候，福尔摩斯说道：“对于他的死，格雷森和雷斯垂德肯定要气疯了。现在，他们自吹自擂的资本没有了！”

我回答说：“我看不出，他们在捉拿凶手上，到底做了多少事情。”

我的伙伴沮丧地说道：“在这个世界上，你做了些什么，并不重要。问题是，如何让别人相信你已经做了这些事。”停了一下，他又声音洪亮地说，“没关系，我不会错过任何调查机会的。在我的记忆里，再也没有比这件案子更精彩的了。它虽然简单，但仍然有几点非常有意义的地方。”

“简单？！”我不禁叫了起来。

“是的，确实是。除此以外，很难用其他词语来形容它了。”夏洛克·福尔摩斯说。对于我的惊讶，他微笑起来，“除了一些非常普通的推理，没有获得任何帮助，我就能在三天之内抓到这个罪犯，这就证明了它本质上是非常简单的了。”

我说：“那倒是真的。”

“我已经向你解释过，凡是不符合常规的事物，通常都是一种线索，而不是一种阻碍。在解决这类问题时，最关键的事情就是能够逆向推理。那是一种非常有用的技巧，而且也是很容易的。但是，人们在实践中却用得不多。在日常生活中，正向推理更有用些，因此逆向推理也就被人们忽视了。如果有五十个人能够综合推理，那么，只有一个人能够用分析的方法推理。”

我说：“我得承认，我并没有十分明白你的话。”

“我几乎没有指望你弄明白。让我看看是否能够让它更清楚些。大部分人，如果你把一系列事件向他们叙述后，他们就会告诉你可能的结果，他们可以把这些事情在心中联系起来，然后通过这些，就能得出会发生什么了。然而，只有少数人，如果你告诉了他们结果，他们就能够通过潜意识逐步推理出引起结果的各个步骤来，这种能力就是我说到的‘逆向推理’或者‘分析推理’。”

我说：“我明白了。”

“现在，你已经知道了这件案子的结果，其他全部过程就要你自己去发现了。现在让我尽力向你说明我对这个案子各个步骤的推理过程。从头说起吧。你知道，我是走路到达那所房子的，我的脑子里完全没有任何预先的想法。我自然从车道开始检查，这些我已经向你解释过了，我清晰地看见马车的痕迹，经过查问，我确定它们必定是晚上留下的。我看到车轴狭窄，这使我断定那是一辆出租马车，而不是私人马车，因为伦敦普通的出租马车车轴都比上等人的私家马车狭窄一些。

“那是我得到的第一点。接着，我又沿着花园小路缓慢行走，刚好它是一条黏土路，很容易留下脚印。很可能，在你看起来，它只不过是一条被踩得乱七八糟的烂泥路而已。但是，在我这双训练过的双眼看来，它表面上的每一个脚印都有一个含义。侦探学上再也没有其他分支像足迹追踪这样如此重要又如此被人忽视的了。幸好，在这上面我花了很大力气，经过多次实践后，它已成为我的第二天性了。我看到了警察们沉重的足迹，然而我也看到了最先经过花园的那两个人的脚印。这就很明白告诉我们，他们比其他人先到。因为在一些地方，他们的脚印已经完全被其他人的足印给破坏殆尽了。这就形成了我推理的第二个环节。这个环节告诉我，这里来过夜间访客，而且是两个。一个异乎寻常地高，我是从他的步长计算出来的；另一个穿着时尚，是从他留下的小巧别致的靴印上判断的。

“一走进屋子，刚才的推断马上就得到了证实。那位穿着漂亮靴子的先生就躺在我面前。如果这是起谋杀案的话，那么那个高个子就是凶手。死者身上并没有伤口，但是他脸上惊恐万状的表情，让我有把握相信他已经预料到即将降临到他身上的命运。一个人要是死于心脏病，或者任何突发的自然死亡，从来不会出现那种扭曲恐怖的表情的。我闻了一下死者的嘴唇，发现有一种轻微的酸味，所以我得出结论，他是被迫服毒致死的。我之所以说他是被迫的，是从他脸上那种厌恶和恐惧的神情看出来的。使用排除法，我已经得出结论了，因为没有其他假说可以解释这些事实。不要以为那是异想天开，在犯罪历史上强迫服毒并不是件新鲜事。奥德萨市的玩偶案件，蒙彼利埃的乐日土尔事件，都发生在毒药专家身上。

“那么接下来的主要问题就是谋杀动机。不是抢劫，因为什么东西都没有被拿走。那么，是一起政治性案件吗，还是一起情杀案呢？那就是我面临着的问题。我比较倾向于后一种假设。如果是暗杀，刺客一旦得手，就会立刻逃走。而这件谋杀案正好相反，做得非常从容不迫，而且罪犯还在房间里到处留下了他的脚印，说明，他一直是在现场的。所以这必定是起私人恩怨，不是什么政治案件，只有仇杀才需要这样有条不紊的报复。

当写在墙上的字被发现后，我就比以前更加倾向我的观点了。那件事情明显是故意让人迷惑。然而，当戒指被发现后，问题就很明确了。显然，凶手就是用它来怀念已死或者离开的女人。在这一点上，我曾经问过格雷森，在他发往克利夫兰的电报中，是否询问到德雷伯以前生活中是否有任何特别的地方。你应当记得，他给予了否定的回答。

“接着，我就对这间屋子进行了一番非常仔细的检查。检查的结果，证明了我对凶手身高的判断。我还有一些额外的发现，比如特里奇雪茄烟、他指甲的长度等。因为屋子里并没有打斗的迹象，所以我得出了结论，地板上的血迹是凶手激动的时候流出的鼻血。我察觉到，血迹和他的脚印一致。除非他是一个血气非常旺盛的人，很少会有人像这样因感情突然爆发而流鼻血。因此，我大胆地认为，罪犯或许是个强壮和脸色发红的人。事实证明我的判断非常正确。

“离开房子后，我就去做了格雷森疏忽的事。我给克利夫兰警察局的头儿发了封电报，询问了关于伊诺克·德雷伯婚姻的情况，回复的信息很确凿。他告诉我，德雷伯曾经因为一个叫作杰弗逊·霍普的旧情敌的原因，申请过法律保护，这个霍普目前正在欧洲。我知道，我已经抓住了这件秘密案子的线索了，剩下的就是捉住凶手了。

“我心里早已断定，和德雷伯走进房子里的人不是别人，正是那个赶马车的人。从街道上的一些痕迹我看出，马匹在一定程度上四处走动过，如果有任何人看着它，那种情况就不可能发生。那么，车夫如果不是在这间房子里，又会去哪里呢？还有，假如任何神志正常的人会在别人——可以说是一个必定会告发他的第三者眼皮底下犯罪，那也太荒谬了。最后，假定一个人想在伦敦紧跟着其他人，还有什么比做一个空闲的马车夫更好的方法呢？在考虑了所有这些问题后，我得出一个必然结论，杰弗逊·霍普可以在城里的马车夫中找到。

“如果他原来是马车夫，没有理由判断他现在不是了。从他的角度来看，突然不干了反倒可能引起他人的注意。大概，他会在短时间内，继续做他的工作。也没有理由假定他会更名改姓。在一个没有人知道他真名的国家里，为什么要更改姓名呢？因此，我就把街头流浪儿组成了一支侦查队，派他们系统地去伦敦每一家出租马车厂去打听，直到他们找到我要找的这个人为止。他们完成得很漂亮，我这支队伍是多么迅速高效，这些你依然记得很清晰吧。至于斯坦节逊被谋杀，完全是件没有预料的小插曲。不管怎样，这些事情是很难避免的。你知道，在这个过程中，我找到了一些药丸。我已经猜想到它们一定存在。你看，整件案子就是一条逻辑上毫无间断和瑕疵的锁链。”

“精彩极了！”我叫道，“你的功劳应该被公之于众，应该把案子的情况发布出去。如果你不愿意，我来替你发表。”

“你想怎么做就怎么做吧，医生。”他回答说，“看这个！”

他递给我一张报纸，继续说着，“看看这个！”

这是今天的《回声报》，他指给我的那段就是报道这件案子的。报上这样说：

由于霍普的突然死去，公众失去了一个轰动一时的谈资。他是谋杀伊诺克·德雷伯先生和约瑟夫·斯坦节逊先生的嫌疑犯。案件的细节可能永远无法揭晓了，我们从权威人士那里获悉，案件起因是一件由来已久的情感纠纷，涉及爱情和摩门教等问题。看来这两位被害者年轻的时候也是盐湖城的摩门教徒。已故的案犯霍普同样来自盐湖城。如果这件案子没有其他意义的话，至少它显示了我们警察部门办案效率之神速，并且给所有外国人上了一课：他们最好明智些，在国内解决自己的纠纷，不要把它们带到英国的土地上来。漂亮的抓捕行动完全归功于苏格兰场知名警官雷斯垂德和格雷森先生，这已是公开的秘密。据悉，罪犯是在一位名叫夏洛克·福尔摩斯的先生家中被捕的。他作为一名私家侦探，在侦查方面也显示了一定的才能，在两位神探指导下，迟早会达到他们的水平的。作为对他们工作的表彰，两位警官将会受到特别嘉奖。

夏洛克·福尔摩斯大笑着说:“我开始不就这样告诉过你的吗?这就是我们对血字的研究的全部结果:给他们带来了奖赏!”

我回答说:“没关系,我已经在日记中记录下了全部事实,公众会知道它们的。同时,案件已经成功破获,你应感到心满意足,就如罗马智者之言:‘笑骂由你,我自为之;家有万金,唯我独赏。’”

四签名

一　演绎法的研究

夏洛克·福尔摩斯从壁炉台的角上取下一瓶药水，又从一只整洁的山羊皮皮匣里取出皮下注射器。他用白皙、强健的长手指装好了纤细的针头，挽起了左臂的衬衫袖口。接着，他对着自己肌肉发达的胳膊凝神沉思了一会儿，那儿布满了密密麻麻的针孔。终于，他把纤细的针头扎进肌肉，推动小小的活塞，然后躺在绒面的扶手椅里，满足地长吁一大口气。

几个月以来，我每天都要目睹他做三次这样的动作，但是始终不能对此习以为常。相反，随着日子一天天地过去，这种情形使我越来越烦躁不安。每当夜深人静，一想起我缺乏勇气阻止他，就感到良心不安。我曾一次又一次地发誓说，要把我的心里话告诉他。但是他那淡漠冷静、若无其事的神情，让我觉得要想使他轻易地听取朋友的忠告，是一件非常困难的事。他卓越的才能，不凡的气度，以及在和他共处时，领教到的他那超群的本领，这一切都使我踌躇胆怯，不敢去劝阻他。

但是，这天下午，不知是我在午饭时喝了些波恩红葡萄酒，还是他那满不在乎的态度激怒了我，我突然感到再也不能沉默下去了。

“今天注射的是什么？”我问他，“吗啡还是可卡因[1]？”

他刚打开一本旧的黑体活字印刷的书，听到我的问话，他无精打采地抬起头来。

“是可卡因，”他说，“百分之七的溶液，你想试试吗？”

“我才不试呢，”我毫不客气地回答说，“我的体质至今还没有从阿富汗战役的损害中恢复过来。我可不愿让它再受到任何摧残了。”

他对我过激的言辞笑了笑。“华生，也许你是对的。”他说，“我明白这对身体是有害的，可是我发现它能强烈地刺激大脑，使大脑异常清醒，所以，其副作用也就无关紧要了。”

“可是你要想想，”我诚恳地说道，“算算你付出的代价！也许像你所说的那样，你的大脑能够因刺激而兴奋起来，然而这正是一种病变的过程。它会引起人体组织不断地发生变化，最轻微的也会导致长久的衰弱。你也清楚这种药会引起不良反应，实在是得不偿失。为什么你仅仅为了一时的快感，损毁你天生具有的卓尔不群的才能呢？你应该明白，我不单是作为一个朋友在劝告你，而且还是一个对你的健康在某种程度上负责任的

① 可卡因（Cocaine），又名古柯碱，是与鸦片、吗啡同类的麻醉品，用久可以成瘾。——译者注

医生才说这番话的。”

他看起来并没有生气，反而把自己的手指尖顶在一起，两肘靠在椅子的扶手上，像是一个对交谈很感兴趣的人。

“我的脑子，”他说道，“不能停止思考。给我难题，给我工作，给我最深奥的密码，或者最错综复杂的分析工作，这样我才感觉回到了自己的一片天地，我才能不依赖外在的刺激。我非常憎恶单调乏味的生活，我渴望保持精神上的兴奋，这就是我为什么选择这种特殊职业的原因，或者更确切地说是我创造了这个职业，因为世界上从事这种职业的仅仅就我一个人。”

“唯一的私人侦探吗？”我抬眼问道。

“唯一私家咨询侦探，”他说，“在侦探方面我是权威的最高裁决机关。当格雷森、雷斯垂德或阿瑟尼·琼斯束手无策的时候——顺便说一下，这是他们通常的状态——他们就把这些难题摆在了我面前。我以行家里手的身份，审查材料，并发表一个专家的意见。我这样做并不要求任何的荣誉，报纸上也从不刊登我的名字。工作本身为我特殊的才能提供了用武之地，这种快乐就是对我最高的奖励。你不是已经亲眼所见我在杰弗逊·霍普案中的工作方法了吗？”

“是的，的确如此，”我诚恳地答道，“我一生中还从来没有遇见过让人如此震撼的事件。我已经把这件事写成了一本小册子，取了一个新颖的标题——《血字的研究》。”

他失望地摇了摇头。

“我大致看过一遍，”他说，“坦白地说，这本书写得并不真实。侦探学是一门学问，或者应该说是一门精确的科学，因此应该用冷静客观的态度来研究它，并且不能掺杂任何感情色彩。你却使它染上了一层浪漫的色彩，这样产生的效果就如同是在几何定理里掺进了爱情故事或者私奔事件一样了。”

“但是，这件事中确实存在一些浪漫因素，”我反驳道，“我不能篡改事实。”

“有些事实可以不提，或者，在处理这些事情时至少要清楚哪些是重点部分。那件案子中，唯一值得一提的是，我怎样运用严谨的分析推理，从事实的结果中找出原因，我就是根据这一推理成功破获此案的。”

我写那篇作品，原本是想使他高兴的，没想到反而受到了他的批评，心中大为不快。我也承认正是他自尊自大的神情激怒了我，那种神情似乎要求我的作品必须字字句句全部用来描写他个人的行为。和他同住在贝克街的那些年中，我不止一次地注意到我那朋友在冷静和说教的态度下，总隐藏着一些虚荣。我不愿再说什么了，只是坐在那儿抚摩我受伤的腿。我的腿以前曾被阿富汗长滑膛枪子弹打穿过，虽然走路不成问题，但是一遇天气变化就疼痛得让人心烦意乱。

“最近我的业务已经发展到欧洲大陆了。”福尔摩斯停了一会儿，给烟斗装满了烟丝，接着说道，“上星期就有一个叫作福朗斯瓦·勒·维拉尔得的人来向我请教，你也许知道，这个人近年来在法国侦探界里已崭露头角。他具有凯尔特民族的敏感的直觉，但是却缺乏进一步提高他的技术水平所必需的广泛而精确的知识。他所请教的是与一件遗嘱相关的案子，有一些很有意思的特征。我提供了两个类似的案子给他作参考：一件是一八五七年发生在里加的案件，另一件是一八七一年发生在圣路易斯的那个案子，这两个案子使他深受启发。这儿有一封今天早晨接到的他寄来的感谢信。”

他一边说，一边递给我一张皱皱巴巴的外国信纸。我随便扫了一眼，信中夹杂着许多溢美之词，什么“伟大”“技艺高超”“有力的行动”等等，足以表明那位法国人对福尔摩斯充满了热情洋溢的感激之情。

“他好像是一个在对老师说话的小学生。”我说道。

“哦，他把我所给他的帮助评价得太高了。”夏洛克·福尔摩斯淡淡地说，“他自己也具有非凡的才能，具备一个理想的侦探家所必须具备的大部分才能。他善于观察，推理能力也很强。他唯一缺少的就是学识，不过假以时日，他是能够获得的。他现在正把我的几篇不值得一提的作品译成法文。”

“你的作品？”

“哦，你还不知道吧？”他笑了起来，大声说道，“很惭愧，我写过几篇专题文章，全是技术方面的。举个例子，有一篇是《论各种烟灰的辨认》。在那篇文章中，我列举了一百四十种雪茄烟、纸烟、烟斗丝的烟灰，还用彩色的插图说明各种烟灰之间的差别。这个重要的证据在刑事案件审判中常常出现，有时还是全案最重要的线索。比如说你能确定某一个谋杀案是由一个抽印度雪茄烟的人干的，这样，你的侦查范围显然就缩小了。在训练有素的人看来，印度雪茄烟黑色的烟灰和‘鸟眼’的白色烟灰的区别，就如同白菜和土豆的区别一样明显。”

“你对于细节问题确实具有非凡的天赋。”我评论道。

“我特别重视它们的重要性。这儿有一篇我写的关于脚印跟踪的专题文章，里边还谈及如何使用熟石膏保存脚印的方法。这里还有一篇新奇的小论文，论述了一个人的职业对他的手形的影响，并配有石匠、水手、木刻工人、排字工人、织布工人和磨钻石工人等不同的手形插图。这些对于科学办案是有很大的实用价值的，特别是在遇到无名尸体案和确定罪犯身份的时候。我只顾谈论我的嗜好，让你感到乏味了吧？”

“一点也不。”我真诚地回答道，“对我来说，这是再有趣不过的事情了，尤其是我曾经有机会亲自看见过你是如何应用这些方法的。你刚刚谈到观察和推理，显然，这两方面在某种程度上是可以互相替换的呢。”

“啊，那可不一样。”他舒适地靠在扶手椅椅背上，嘴里吐出一圈圈浓浓的蓝烟，“举例来说，根据观察发现，你今天早上去过韦格摩尔街邮局，而通过推理，我知道你在那里发了一封电报。”

“对啊！”我说，“一点不错！但是我搞不懂，你是怎么得出这个结论的？那是我一时心血来潮去的，而且没有对任何人讲过。"

"这件事本身就很简单，"他说道，看到我惊奇的样子，他笑了起来，"简单得近乎可笑，任何解释都是多余的，但是解释一下倒可以界定观察和推理的范围。我观察到有一小块红色的泥土沾在你的鞋面上，韦格摩尔街邮局对面正在修路，从路上挖出来的泥土，堆积在人行道上，走进邮局的人就只有从泥土上面踏过去。那里的泥土带有一种特殊的红色，据我所知，周边再没有那种颜色的泥土了。这些都是从观察上得到的，剩下的就都是推理了。"

"那么你是怎么推断出我去发电报呢？"

"哦，当然我知道你没有写过一封信，因为今天整个上午我都坐在你对面。在你的桌子上面，我还看见有一整张邮票和厚厚的一捆明信片。那么，你到邮局去除了发电报还会做什么呢？排除其他所有因素，剩下的一定就是事实了。"

"这件事确实是这样的，"我想了一会儿说道，"正像你说的那样，确实太简单了。如果我让你的理论接受一个更为严峻的考验，你会不会认为我鲁莽无礼呢？"

"恰恰相反，"他答道，"这倒可以使我免去第二次注射可卡因了。你所提出的任何问题，我都非常乐意探究的。"

"我曾听你说过，任何一件小物品，经过日常使用之后，定会在上面留下一些能反映使用者特征的某些痕迹，而一个受过训练的观察者会很容易把这些特征辨认出来的。现在我这里有一块最近得到的表，你能不能从这表上面发现它旧主人的性格和习惯呢？”

我把表递给了他，心里暗自感到有些好玩。因为我认为这个考验是无法通过的，算是我给他平日所表现出的武断作风一个教训吧。他掂了掂手中的表，目不转睛地端详着表盘，然后又打开表的后盖，检查里面的零件，先用肉眼，接着又用高倍放大镜观察。最后，他合上表盖，把表还给了我。他垂头丧气的表情差点使我笑了出来。

“上面几乎找不到任何痕迹，”他说，“因为这块表最近被清洗过，把最能给人暗示的痕迹清理掉了。”

“不错，”我回答道，“这块表是经过清理之后才落到我手中的。”我心中暗自责备我的朋友竟然用这种最蹩脚和最无力的借口来掩饰他的失败。就是一块未经清理的表，又能发现什么有助于推理的痕迹呢？

“虽然不能令人满意，但是我的观察并非一无所获。”他用梦幻般的茫然无神的眼睛仰望着天花板说道，“如果说得不对，请你指正。我断定这块表是你哥哥的，他是从你父亲那里继承下来的。”

“毫无疑问，你是从表的背面上所刻的H．W．两个字母推测出来的吧？”

“确实是这样的。字母W代表你的姓。这块表大概是五十年前制造的，表上刻的缩写字母和表一样的陈旧，所以我知道这是上一辈的产物。按照习惯，凡是珠宝一类的东西通常是传给长子，长子很有可能袭用父亲的名字。如果我没有记错的话，你父亲已去世多年，因此，我断定这块表在你哥哥手中。”

“这些说得都对。”我说，“还有别的吗？”

“他是一个不注重整洁的人，非常懒散而且粗心大意。当初他前程似锦，可是他把好机会都白白放弃了，所以常常过着贫困潦倒的生活，偶尔也有境况好转的时候，最后因为酗酒而死。这就是我推断出来的。”

我从椅子上跳了起来，心烦意乱地在屋内转来转去，无限辛酸涌上心头。

“福尔摩斯，你真够卑鄙的。”我说，“我真不敢相信，你的道德竟然会败坏到这种地步，你一定对我哥哥不幸的过去事先做了调查，现在假装用一些奇怪的方法，推断出这些事实。你甭指望我会相信这些事实都是你从这只旧表上观察到的！坦白地讲，这种行为一点都不友好，甚至有些江湖骗术的味道。”

“我亲爱的医生，”他和蔼地说，“恳请你能原谅我。我把这件事情当作一个纯理论的问题来进行分析，却忽视了这对你而言可能是一件多么痛苦的事情。但是，我向你保证，在你把这块表给我观察之前，我从来不知道你还有一位哥哥的。”

“可是你怎么能如此神妙地得知这些事实呢？你所说的在每一个细节上都是绝对正确的。”

“啊！那只是运气使然，我只是在思量之后说出事实的可能性，并没想到会如此丝毫不差。”

“那么并不仅仅是猜测出来的了？”

“不，不，我从来不猜测。猜测是一种极度糟糕的习惯，它对于人的逻辑推理能力具有很大的破坏性。你之所以觉得难以理解，是因为你没有了解我的思路，没有注意到那些细小的事实，而重大事件通常是从那些细小的事实中推断出来的。比如说，我开始曾说你哥哥非常粗心大意。你注意表壳的下方，不仅边缘上有两处凹痕，整个表面还有无数的划痕，这是因为他习惯把表和其他硬物（如硬币和钥匙）一起放在衣袋里的缘故。能够随随便便地对待一只价值五十多英镑的表，这样的人一定是非常粗心大意的，看出这点当然不需要什么多高明的技术。一个人若能继承如此贵重的物品，那么他在其他方面也是非常富足的，这样推论也绝不牵强附会。”

我点了点头，表示明白了他的推理。

“在英国，典当商的习惯做法是：每收到一块表，必定要用针尖在表的里面刻上当票的号码，这个办法比贴标签更为方便，可以防止号码遗失或者混淆。我用放大镜看过表壳内侧，发现了不少于四个这样的号码。由此得出的结论是：你哥哥常常手头拮据。另一个结论是：他有时景况不错，否则他就没有能力去赎回自己的典当品了。最后请你看看表的里盖的钥匙孔[①]，

① 过去很多表要用钥匙上发条。——译者注

钥匙孔的周围有数不清的划痕。哪一个头脑清醒的人会用钥匙划出那么多的沟槽呢？而每一个醉汉的表上没有不留下这些痕迹的。他晚上上发条时，由于手腕颤抖，所以留下了那些痕迹。这一切又有什么神秘的呢？”

“真是昭然若揭。”我说道，“很抱歉刚才错怪了你。你才能如此超群，我本应该更加信任你才对。请问你目前是否正在进行某件案子的侦查？”

“没有，所以才注射可卡因。停止转动脑筋，我就无法活下去了。除此之外，活着还有什么意义呢？请站到窗户旁边来。难道有过如此沉闷、令人沮丧而又无聊的世界吗？你看，那黄雾沿着街道滚滚而去，飘浮着穿过一幢幢暗褐色的房屋，还有比这个更使人绝望、更乏味无趣和卑俗的吗？医生，如果英雄无用武之地，才能非凡又有什么用呢？犯罪是平凡之事，生活也是平凡之事，除了这些平凡之事，这个世界上还能有什么呢？”

我正准备开口回答他那激烈的言辞，忽然传来响亮的敲门声。我们的房东走了进来，端着一个黄铜托盘，上面放着一张名片。

“先生，一位年轻女士求见。”她对我朋友说道。

“玛丽·摩斯坦小姐。”他念道，“嗯！我一点也记不起这个名字。赫德森太太，请她上来。医生，你别走，我希望你留在这里。”

二　案情的陈述

摩斯坦小姐走进屋来，她步履稳重，仪态端庄。她是一个金发碧眼的年轻女郎，身体娇小精致，戴着一副好看的手套，穿着十分得体。然而，一身简单朴素的衣服表明她经济上并不宽裕。她的衣服是用暗褐色的毛呢料做成的，没有花边也没有装饰，配着一顶同样暗色的小帽子，只是在帽檐边上别了一根白色的翎毛才显得不那么单调。她没有秀美的脸庞，也没有美丽的肤色，但是神情却很温柔可爱，一双天蓝色的大眼睛，饱满有神，含情脉脉。我见过许许多多国家的女人，跨越了三大洲，但是从来没有见过谁的脸庞像她那样高雅而聪慧。当福尔摩斯请她坐下时，我看见她嘴唇微微颤动，两只手在发抖，种种迹象表明了她内心的紧张和激动。

"福尔摩斯先生，我今天来见你，"她说，"是因为你曾经为我的女主人塞西尔·弗里斯特夫人解决过一桩小的家庭纠纷，你的善良和才能给她留下了非常深刻的印象。"

“塞西尔·弗里斯特夫人，”他若有所思地重复道，“我记得我是给过她一些微不足道的帮助。不过，我记得那是一件很简单的案子。”

“她可不认为简单。不过至少你不能说我所请教的案子也是同样简单吧。我很难想象还有其他事情比我现在的处境更奇怪、更令人费解的了。”

福尔摩斯双手互相摩擦着，两眼顿时光芒四射。他坐直了身子，在他那轮廓分明且像鹞鹰一般的脸上表现出一副全神贯注的神态。

“说一说你的案子吧。”他轻快而又郑重地说道。

我感到自己待在那里有些不便。

“请原谅，我失陪了。”我站起身来说道。

出乎我意料的是，那位年轻的女士伸出她戴着手套的手留住了我。

“假如你朋友，”她说道，“愿意你留下来的话，或许能够给我很大的帮助呢。”

于是我又重新坐了下来。

“简单地说，”她继续说道，“事情是这样的：我父亲曾经是一位驻印度的军官，他在我很小的时候就把我送回了英国。我母亲去世以后，因为在国内举目无亲，他就把我送到爱丁堡城一所非常不错的寄宿学校里。我一直到十七岁才离开那里。一八七八年，作为兵团里资格最老的上尉，我父亲请了一年的探亲假返回国内。他从伦敦发来电报说，他已顺利到了伦敦，催促我立即前往他住的朗汉姆旅馆见面。我还记得他的那封电报里洋溢着关切和慈爱。我一到伦敦就坐车赶到朗汉姆旅馆。服务人员告诉我说，摩斯坦上尉的确住在那里，不过昨天晚上出去后到现在还没有回来。我等了整整一天，也没有他的任何消息。那天晚上，我听从了旅馆经理的建议，去警察署报了案，并在第二天早上的所有报纸上刊登了寻人启事。我们的寻找毫无结果。从那天起直到今天，我依然没有得到与我那不幸的父亲相关的任何消息。他满怀希望回到国内，希望过上安宁舒适的生活，可是……”

她将一只手放在喉部，哽咽着说不下去了。

“哪一天的事情？”福尔摩斯打开了他的记事本问道。

“他是在一八七八年十二月三日失踪的，差不多是十年以前了。”

“他的行李呢？”

“行李仍然在旅馆里，但是从里面找不出任何蛛丝马迹——有一些衣服和一些书籍，还有大量安达曼群岛的古玩，他曾经是那里监管囚犯的军官。”

“他在城里有没有朋友？”

“我们只知道一个舒尔托的人。他是驻孟买陆军第三十四团的少校，和我父亲同在一个团里。这位少校不久前已经退伍，住在上诺伍德。我们当然与他联系过，但是他连自己的战友已经回到英国的事情都不知道。”

“真是一桩奇怪的案子。”福尔摩斯说道。

“我还没有告诉你最奇怪的事情呢。大约六年前——准确日期是一八八二年五月四日，《泰晤士报》刊登了一则广告，征询玛丽·摩斯坦小姐的住址，广告上还说如果她能回应，对她是有好处的。广告上没有署名，也没有附地址。那时我刚到塞西尔·弗里斯特夫人家里做家庭教师。我接受了她的建议，在报纸广告栏里登出了我的住址。就在同一天，有人通过邮局寄给我一个小纸盒，里面装着一颗很大的闪闪发光的珍珠，但没有附任何字条。从那以后，每年到了那一天，我总会接到一个相同的纸盒，里面装有一颗同样的珍珠，没有能发现有关寄东西的人的一丁点儿线索。这些珍珠经过内行人鉴定过，说是稀世之宝，价值连城。你们看看这些珍珠，的确非常美。”

她边说边打开了一个扁平的盒子，我生平从未见过的六颗上等珍珠便呈现在眼前。

“你所说的非常有意思。”福尔摩斯说道，“另外还遇到过其他的事情吗？”

“遇到过，而且就在今天。这也是我来向你请教的原因。今天早上我接到了这封信，请你自己看看吧。”

“谢谢，”福尔摩斯道，“请把信封也给我看一下。邮戳，伦敦西南区；日期，七月七日。啊！信封角上有一个大拇指印痕，估计是邮递员的。信纸的质量非常好，信封是六便士一扎的，写信人对信纸信封很讲究，没有寄信人的地址。信上写道：

> 今晚七时请到莱西姆剧院外左边第三根柱子前等候。若有怀疑，请偕两友同来。你是受过委屈的女子，定将得到公道。切勿带警察来，否则一切皆成泡影。
>
> 你的不知名的朋友

“哦，确实，这真是一件非常有趣的小秘密！摩斯坦小姐，你打算怎么办呢？”

“这正是我要向你请教的呀。”

“那么毫无疑问，我们必须要去。你和我，还有——噢，华生医生也是不可缺少的人。给你写信的人不是说可以带两位朋友吗，他和我一直在一起工作。”

“但是他肯去吗？”她用恳求的语调问道，表情非常诚恳。

“若能为你效劳，我将感到荣幸之至。”我热情地说道。

“你们二位真是太好了。”她说，“我和外界没有什么接触，没有什么朋友可以求助。我六点钟到这里来，应该可以吧？”

“不能再晚了。”福尔摩斯说，“还有一个问题，这封信上的笔迹和珍珠盒上的笔迹相同吗？”

“我把它们全部带来了。”她说着便拿出六张纸来。

“你真是一个模范的委托人，考虑得非常周全。咱们来看看吧。”他把那些信纸在桌上铺展开，然后飞快地扫视了一遍。

“除了这封信外，其他的笔迹全是伪装的，”他立即说道，“但写信人的身份已不是问题。你看这个压制不住的希腊字母 e 是多么突出，还有最后这个字母 s 的螺旋状。毋庸置疑，它们都是出自同一个人之手。摩斯坦小姐，我可不愿给你无谓的希望，但是这些笔迹与你父亲的没有一点相似之处吗？”

“没有丝毫相似之处。”

“我期望你会如此回答。那么我们六点钟等你过来。请你留下这些信纸，在去之前我可能还要再研究一下。现在才三点半。好啦，再见。”

“再见。”我们的客人答道，她用明快、友好的目光看了看我们，就把珠宝盒塞进怀里，匆匆离开了。

我站在窗前，看着她轻快地沿街走去，直到她那暗色的帽子和白色的翎毛消失在昏暗的人群当中。

“真是一位富有魅力的女郎！”我回头向我的伙伴说道。

他已经重新点燃了烟斗，垂着眼睑靠在椅背上，无精打采地说道：“是吗？我怎么没有发现。”

“你真是个机器人——一台计算机！”我大声说道，“有时你简直连一点儿人情味都没有。”

他微微一笑，大声说道：“不要让你的判断能力因一个人的特质而受到影响，这是最为重要的。一个委托人，对我来说，仅仅是一个单位——问题里的一个因素。感情作用会使清醒的理智受到影响。我可以确切地告诉你，我认识的一个最迷人的女人，曾经为了获取保险金而毒杀了三个小孩，最终被处以绞刑；我认识的一个最讨人嫌的男士，却是一位慈善家，捐赠了将近二十五万英镑用来救济伦敦贫民。”

“不过，在这个案子中……”

“我从来不作任何例外。规律没有例外。你不是也研究过笔迹的特征吗？对于这个人的笔迹，你怎么看？”

“字迹清楚、整齐，”我答道，“说明他是一个做事认真的人，并且性格坚强。”

福尔摩斯摇了摇头，说道：“你看他写的那些笔画较长的字母，差不多都没有高过笔画较短的字母，那个‘d’看起来像‘a’，还有那个‘l’像‘e’。有个性的人字迹不管写得多么潦草，总是会明显地突出那些笔画较长的字母。他的‘k’字写得不大一样，写大写字母时又显现出有些自负。现在我要出去了，还有些问题要调查清楚。我推荐一本书给你，一本最卓越的著作，温伍德·瑞德写的《成仁记》，我一个小时后回来。”

我捧着那本书坐在窗前，但是思绪并没有停留在作者那些大胆的推测上。我还在想刚才来过的那位客人——她甜美的笑容、深沉圆润的声音以及她所遭遇的古怪神秘的事情。如果她父亲失踪那年她只有十七岁，那么现在一定二十七岁了——正是一个妙龄女郎，这个年龄的人稚气已经消退，人生经历已经使她变得端庄成熟了。我就这样坐在那里沉思默想，直到危险的念头闯进我的脑子里。于是我赶紧坐到书桌前，专心致志地看起最新的有关病理学的文章。我算什么呢？一个有着一条伤腿的军医，又没有多少存款，怎么敢有那样的念头呢？她只是案子里面的一个单位，一个因素——此外再不是别的什么了。既然我前途黯淡，最好还是像个男子汉一样勇敢地去面对它，而不能凭着虚无缥缈的想象，妄图使自己的前途一片光明。

三　寻求解答

直到五点半的时候，福尔摩斯才回来。他兴致勃勃，精神极好，一副热切兴奋的样子，一反他办案前的心灰意冷、意志消沉的状态。

“这件案子没什么神秘的，”他端起我给他沏好的一杯茶，说道，“这些事实看起来只有一种解释。”

“什么？你已经把问题解决了吗？”

“哦，还不能这么说。不过我已经发现了一件有启发性的事实，是一个非常有用的线索，但还需要进一步了解一些细节。我在查阅《泰晤士报》以前的合订本时，发现住在上诺伍德的前驻孟买陆军第三十四团的舒尔托少校，已经于一八八二年四月二十八日去世。”

“也许我的脑子太过迟钝了，福尔摩斯，我看不出这条信息透露出什么启发性的线索。”

“真看不出吗？你真出乎我的意料。那么，我们这样来看看这个案子吧。摩斯坦上尉失踪了。在伦敦，他可能去拜访的只有一个人，那就是舒尔托少校，可是舒尔托少校竟说对于他曾来伦敦的事情毫不知情。四年以后，舒尔托去世了。就在他去世后一个礼拜之内，摩斯坦上尉的女儿便收到了一件贵重的礼物，从那以后每年收到一次。现在又收到了一封信，竟说她是一个被冤屈的女人。除了她失去自己的父亲以外，还有什么冤屈呢？另外，为什么仅仅在舒尔托刚刚去世，她就开始收到礼物了呢？难道舒尔托的继承人知道其中的秘密，想要借此弥补罪过吗？你对这些事实还有其他的看法吗？”

“如此弥补罪过，实在不可思议！还有，他为什么现在才写信，而不在六年前呢？再说，信上说要给她公道。她能得到什么公道呢？总不能假定她的父亲依然活在世上吧？而且你又不清楚她是否还遭遇过其他不公道的事情。”

“有一些困难，当然是有一些困难。”福尔摩斯沉思道，“不过我们今天晚上出去走一趟，就可以使案情真相大白的。啊，过来了一辆四轮马车，摩斯坦小姐正在里边。你准备好了吗？我们必须下去了，时间已经不早了。”

我戴上帽子，拿了我那根特别笨重的手杖。我注意到福尔摩斯从抽屉里拿出了他的手枪，并把它放进了口袋里。显然，他认为今天晚上的事态特别严重。

摩斯坦小姐披着黑色的披风，她敏感的面容虽然还保持着镇定，可是脸色苍白。如果她对于我们今晚的冒险行动一点也没有感到不安的话，她的确比一般女子坚毅多了。不过，她的自制力确实非常强，不假思索地回答了夏洛克·福尔摩斯向她提出的几个新问题。

“舒尔托少校是我父亲特别要好的朋友。”她说道，“父亲在来信中经常提及这位少校。他们当年都是驻安达曼群岛军队的指挥官，所以经常在一起。另外，在我父亲的书桌里发现了一张无人能破解的奇怪的字条，我想它不一定和本案有关系，不过，也许你愿意看看，所以我把它带来了。就是这个。”

福尔摩斯小心翼翼地打开纸条，在膝盖上放平，然后用双层放大镜仔细审视了一番。

“这纸是印度当地造的，”他说道，“曾经在木板上钉过。从纸上的图表来看，它应该是一所大建筑物某一部分的样图，其中有不少的大厅、走廊和甬道。有个地方用红墨水画了十字，十字上方用铅笔写着‘左 3.37’，字迹模糊不清。纸的左角上有一个古怪的符号，像是四个十字左右相接连在一起。在符号旁边潦草地写着‘四签名——乔纳森·斯茂，穆罕默德·辛格，阿巴杜拉·克汗，多斯特·阿克巴’。我实在不能断定这个和本案有多大关联。可是它显然是一个重要文件。这张纸一直被小心谨慎地收藏在皮夹子里，因为它的两面都很干净。”

“我们确实是从他的皮夹子里发现的。”

“请你好好保存它吧，摩斯坦小姐，可能将来对我们有用。现在我感觉这个案子比我最初所想象的更深奥，更令人费解。

我需要重新整理一下思路。”

他仰身靠在车座靠背上。从他紧皱的眉头和心不在焉的眼神中我可以看出，他正在专注地思考。摩斯坦小姐和我小声地交谈着，聊着我们眼下的行动和可能的结果，但是我们的同伴始终缄默不语，一直到我们抵达目的地。

那天是九月的一个傍晚，还不到七点钟，天色已经变得昏暗，整个城市笼罩在浓浓的迷雾之中。令人压抑的团团黑云低悬在泥泞的街道上空。河滨马路两边的路灯暗淡不清，斑斑点点，将微弱的光线投射到满是泥浆的人行道上。还有淡淡的黄光从商店的橱窗里射出来，穿过迷茫的雾气，摇曳不定地照在拥挤的大街上。朦胧摇曳的灯光照射在川流不息的行人脸上，有的忧愁憔悴，有的欢天喜地，在我看来，显得有些荒诞和怪异。如同所有人的一生，从黑暗走向光明，又由光明返回黑暗。我不是很容易触景生情的人，但是这个阴郁沉闷的夜晚和我们将要经历的奇怪事情，使我不禁紧张不安、沮丧万分。从摩斯坦小姐的表情中，可以看得出，她和我是一样的感受。只有福尔摩斯没有受到外界的任何影响。他把笔记本摊放在膝盖上，借着随身携带的电筒的光亮，不时地记录一些数字和事情。

莱西姆剧院两旁入口已经被观众们围得水泄不通。剧院前，一辆辆双轮马车和四轮马车仿佛流水一般辚辚而至，从上面走下来一个个穿着晚礼服、胸前露着白衬衣的男人和披着围巾、珠光宝气的女人。我们刚刚走近约定的第三根柱子前面，一个身材短小、肤色黝黑、一身马车夫装束的精壮男子便走了过来，向我们打招呼。

“你们是同摩斯坦小姐一起来的吗？”他问道。

“我就是摩斯坦小姐，这两位先生是我的朋友。”她答道。

他犀利的双眼逼视着我们。

“请原谅我，小姐，”他态度强硬地说道，“你必须向我保证你的同伴中没有警官。”

“我可以保证。”她回答。

他吹了一声刺耳的口哨，就有一个街头流浪汉带过来一辆四轮马车。流浪汉打开车门，刚才和我们说话的那个人跳到车夫的座位上，我们也陆续在车内入座。还没等我们坐稳，马车夫已经扬鞭策马，马车急速地驰行在雾蒙蒙的街道上。

我们的处境真是非常奇特，既不知道去往何处，也不知道去做什么。邀请我们或者是一个纯粹的骗局——这是一个不可思议的假设——或者我们有理由相信，这次出行能够遇到重大的事情。摩斯坦小姐的态度仍然和以前一样地坚决镇定。我竭力设法使她高兴，逗她开心，还给她讲我在阿富汗的冒险经历。可是，说实话，我自己对我们所处的环境感到惴惴不安，对我们要到达的目的地充满好奇，以至于我的故事讲得颠三倒四。直到今天，她还拿我给她讲的一个故事取笑我呢：一支步枪在夜深人静之时怎样钻进了我们的帐篷，我又是怎样用双管小老虎向它射击。最初，我还能弄清楚我们去的方向，可是没过多久，由于马车速度太快，大雾弥漫，加之我对伦敦又不太熟悉，很快就分不清东南西北了，只知道似乎已经走了很远的路程，其余的全然不知了。福尔摩斯对此却一清二楚，在马车穿过广场，穿梭在迂回曲折的小道上时，他都能轻声地说出所有的地名。

“罗切斯特街。”他说，“这是文森特广场。现在我们到了沃克斯霍大桥路。显然，我们正走向萨利区那边。对，没错，正是这样在走。我们现在上桥了，你们可以看见河水。”

我们果然看见了灯光照耀下的泰晤士河的景色，宽阔的河面光滑平静。但是我们的车仍在向前飞奔，不一会儿，就到达河对岸迷宫一样的街道中了。

“沃兹沃斯路。”我的伙伴又说道，“修道院路，拉克霍尔巷，斯托克维尔街，罗伯特街，冷港巷，马车好像没有把我们带往繁华热闹的地方。”

我们的确来到了一个可疑而又险恶的地方，两旁都是连续不断的灰暗的砖房，只是拐角处的小酒店放射出粗俗、刺眼的光芒，才使这个地方稍显生气。接着又是几排两层楼房的住宅，每幢楼房前面都有一个小小的花园，随后是一片簇新的引人注目的砖造楼房——这个大都市在郊区扩建的新区域。最后，马车在新巷的第三个门前停了下来。其他的房子都还没有住人，我们停靠的那座房子和周围的房屋一样暗淡，只有厨房窗户里射出的一线微弱的光。我们刚一敲门，立刻就有一个印度仆人猛地把门打开了。他头戴黄色的包头，身穿宽大的白色衣服，系着一条黄色腰带。在这个普通三等郊区住宅的门前出现了一个东方仆人，显得十分诡异，很不协调。

“我的主人正等着你们。”他说道。还没等他把话说完，就有人在里屋高声叫道：“吉特穆特迦[1]，带他们到我这里来吧，直接来我这里。”

① 对住在印度的英国人家庭中的印度男仆的称呼。——译者注

四　秃头人的故事

我们跟随那个印度仆人穿过一条肮脏、平常的甬道。甬道里光线昏暗，陈设简陋，走到靠右边的一扇门时，他一下子把门推开，顿时一道强烈的黄光照射在我们身上。在灯光下站着一个身材矮小的男人，他有着高而突出的脑袋，脑袋的边缘长着一圈刚硬的红发，中间的秃顶油光发亮，宛如杉树林中耸起的一座山峰。他站在那里，双手紧紧地握在一起，一副神情不定的样子——一会儿面带笑容，一会儿又愁眉苦脸，一刻也不能心平气定。他嘴唇下垂，露出一排非常明显的错落不齐的黄牙，不停地用一只手在脸的下半部晃来晃去，但是并不能起多大作用。他虽然已经秃头，但是给人的印象还很年轻，实际上他刚刚步入而立之年。

"摩斯坦小姐，我愿为你效劳。"他不断高声重复说道，声音尖细，"先生们，我愿为你们效劳。请到我的小屋子里来吧。房间很小，小姐，不过都是按照我所喜欢的样式布置的。这可是伦敦南郊荒凉的沙漠中一片小小的绿洲啊。”

走进屋子后，里面的景象使我们都大吃一惊。粗陋的房屋和摆设显得格格不入，就像一颗上等的钻石镶在一个铜托子上。墙壁上挂着极其华丽考究的窗帘和挂毯，有些地方用绳子卷了起来，中间露出裱贴得精美的油画和富有东方特色的瓶子。琥珀色和黑色相间的地毯又厚又软，踩在上面微微下陷，舒适极了，就像踏着一层苔藓一般。两张巨大的虎皮横铺在上面，一只印度大水烟筒立在屋角的席子上，更显得富有东方韵味的奢侈华贵。一盏银色的鸽子式的挂灯，悬挂在屋顶中央一根隐隐可见的金黄色的线上。灯火燃烧的时候，空气中便弥漫着一股淡淡的清香。

“我的名字叫塞笛厄斯·舒尔托，”矮个子男人说道，依然是神情不定，面带微笑，“你当然是摩斯坦小姐了。这两位先生是……”

“这位是夏洛克·福尔摩斯先生，这位是华生医生。”

“啊，医生？”他兴奋地喊叫道，“你带听诊器了吗？我能否请你——你是否愿意帮我听一听？我怀疑我心脏的二尖瓣有毛病。我的大动脉还没什么问题，可是对于我的二尖瓣，我应该听听你宝贵的意见。”

按照他的要求，我听了听他的心脏，除了他因为极度紧张而导致的浑身发抖外，并没有发现什么毛病。

“心脏正常，”我说，“不用担忧。”

“摩斯坦小姐，请你原谅我的焦虑，”他轻快地说道，“我承受了太多的折磨，很长时间以来一直怀疑我的心脏不好。既然担忧是不必要的，我感到非常高兴。摩斯坦小姐，要是你的父亲当时能控制自己，不伤到他的心脏，他或许现在还健在呢。”

我气愤得真想当面给他一记耳光。这样一件敏感的事情，他竟然若无其事、随随便便就说出口了。摩斯坦小姐坐了下来，面色变得十分苍白。

“我心里早已明白父亲已经不在人世了。”她说道。

“我会把所有一切都告诉你的。”他说，“并且，我还要为你主持公道，无论我哥哥巴索洛谬要说什么，我也要替你主持公道。我非常高兴把你的两位朋友也邀请到这里来，他们两位不仅仅是你的保护人，还可以见证我要说的话和要做的事。咱们四人可以大胆地对付我哥哥巴索洛谬，但是我们不能让外人参与进来——不能有警察或官员。我们可以不需要外人的干预而圆满地解决我们之间的一切事情。要是把事情公开，我哥哥巴索洛谬肯定会大发雷霆的。”

他在一把矮矮的靠椅上坐下，那双无神的、泪汪汪的蓝眼睛一眨一眨，充满期待地看着我们。

“对于我来说，”福尔摩斯说道，“无论你说什么，我都不会告诉别人的。”

我也点头表示同意。

“那就太好了！那就太好了！”他说，“摩斯坦小姐，我能否敬你一杯基安蒂红葡萄酒？或是透凯酒[1]？我这里没有其他的酒。我开一瓶可以吗？不喝？那好吧，我相信你们不会反对我抽烟吧，这种东方烟草有柔和的香味。我有点儿紧张，我发现我的水烟弥足珍贵，能够起到很好的镇定作用。”

他用细蜡烛点燃了大烟斗，烟便从烟斗中的玫瑰香水中慢慢地飘了出来。我们三人围坐成一个半圆，头向前伸着，两手托着下巴。那个怪异而又不安的矮个子男人，坐在我们中间，高而突出的脑袋闪闪发光，忧心忡忡地吐出一团团烟雾。

“我一开始决定和你取得联系时，”他说道，“就应该把我的地址告诉你，可是担心你不重视我的请求，把一些不合适的人也带来了。因此，我就冒昧做出这种安排，让我的仆人威廉斯先和你们见上一面。我对他临机应变的能力是完全信任的。我叮嘱他，如果情况不妙，就不要把你们带来。请谅解这些有戒备的做法，因为我本人喜欢隐居的生活，甚至可以说是个情趣高雅的人，我认为再没有比警察一类的人更为粗俗的了。我天性就厌恶任何粗俗的实用主义，也很少同粗鄙的人接触。我的生活，就像你们看到的一样，周围都是高雅的气氛。我自命为艺术鉴赏家，这是我的嗜好。那幅风景画正是高罗特[2]的真迹，

① 意大利产红葡萄酒。——译者注

② 高罗特（Corot），1796—1875，法国画家。法国风景画从传统的历史风景画过渡到现实主义风景画的代表人物。——译者注

尽管有的鉴赏家可能会对那幅萨尔瓦多·罗萨[①]的作品的真伪有所怀疑，可是那幅布格罗[②]的画毋庸置疑是真品。我特别喜欢法国现代派的作品。”

“舒尔托先生，请原谅我，”摩斯坦小姐道，“我被请到这里来，是因为你要告诉我一些事情的，时间已经不早了，我希望我们的谈话尽可能简短一些。”

“至少还需要一些时间，”他答道，“因为我们肯定还得一起到上诺伍德去，找到我哥哥巴索洛谬。如果我们要想战胜他，大家必须一同前往。他对我采取的合情合理的步骤很不以为然，惹得他大动肝火，昨晚我和他还争吵了很久。你们简直想象不出，他发怒的样子是多么恐怖。”

“如果我们还需要去上诺伍德，那最好马上就动身。”我冒昧地说。

他哈哈大笑，笑得满脸通红。

“那样做太冒失了。”他高声说道，“如果我突然把你们带到他面前，我真不知道他会怎样说。不，我必须事先给你们讲一讲我们彼此的处境。我要告诉你们的第一件事就是，在这段故事里还有一些地方连我自己都没弄明白呢。我只能把我所知道

① 萨尔瓦多·罗萨（Salvator Rosa），1615—1673，意大利著名的风景画家、铜版画家、诗人及音乐家。——译者注

② 布格罗（Bougureau），1825—1905，法国画家，其作品多以宗教为主题。——译者注

的事实告诉你们。

“我的父亲，可能你们已经猜到了，就是过去在印度军队里的约翰·舒尔托少校。大约十一年前，他退役回来，住到上诺伍德的樱沼别墅。他在印度赚了不少钱，带回来一大笔钱和很多名贵的古玩，还有几个印度仆人。有了这些资本，他就买了一幢房子，过着非常奢华的生活。我父亲只有两个孩子，我和巴索洛谬，我们是孪生兄弟。

“我还清楚地记得摩斯坦上尉失踪时所引起的轰动，详情还是从报纸上了解的呢。因为我们知道他曾是我父亲的一位朋友，所以常常毫无顾忌地在父亲面前讨论这件事。他有时也和我们一起揣测究竟发生了什么事情。我们丝毫也没有怀疑过，他竟然知道这个案子的全部秘密——只有他一个人知道阿瑟·摩斯坦的命运。

“不过，我们的确也知道有些秘密存在我父亲心里，一种神秘的恐怖威胁着父亲。他不敢一个人出门，还雇请了两个职业拳击手为他守护樱沼别墅。今天为你们赶车的威廉斯就是其中之一，他曾经获得过英国轻量级拳击赛的冠军。我父亲对他所害怕恐惧的事只字不提，但是他对装有木腿的人表现出极度的厌恶。有一次他用枪打伤了一个装有木腿的人，结果那人只是一个来兜揽生意、并无恶意的商贩，我们不得不赔了好大一笔养伤费才算了结。我哥哥和我开始时以为这不过是父亲一时的冲动罢了，但是后来发生的一桩桩事情，才使我们改变了先前的看法。

“一八八二年春，我父亲接到了一封从印度写来的信，这封信对他是一个沉重的打击。他读完这封信后，差点晕倒在早餐桌旁。从此他就一病不起，一直到离开人世。关于信的内容，我们什么也不知道，可是在他拿着那封信的时候，我能看出信很短，并且字迹潦草。多年来他一直患有脾脏肿大的病，这一下，病情急剧恶化。到了四月底，医生告诉我们，他已经完全没有希望了，叫我们去听他最后的遗嘱。

“当我们走进房间的时候，只见他靠在高枕上面，呼吸急促。他让我们锁上门，到床的两边来。然后他紧紧地抓住我们的手，告诉了我们一件惊人的事情，由于痛苦不堪而又情绪激动，所以他的声音断断续续。我现在尽量把他的原话转述给你们。

“‘我只有一件事，’他说，‘在我临终的时候还压在我的心头，那就是我非常对不住摩斯坦可怜的孤女。困扰我一生的罪孽是万恶的贪婪，致使她没能得到那些财宝——那些财宝至少有一半是属于她的。然而我自己也丝毫没有动过那些财宝——贪婪真是既盲目又愚蠢的恶习。只要感到宝物就藏在我身边，我就心花怒放，又怎么舍得和别人分享呢。你们看到在装有金鸡纳霜的药瓶旁边的那一串珍珠项链了吗？尽管我是专门挑选出来送给她的，但还是难以割舍。我的儿子们，你们应当把阿格拉宝物公平地分给她。不过，在我去世之前绝不能给她任何

东西——就连那串项链也不要给她，因为即使病重到我这般田地的人，也还有好起来的可能呢。’

“‘我要告诉你们摩斯坦是怎么死的。’他继续说道，‘他患有多年的心脏病，可是从来没有向任何人提起过，只有我一个人知道。在印度的时候，他和我经历过一系列的奇异事情，获得了一大批财宝。我把那些宝物带回了英国。在摩斯坦回到伦敦的当天晚上，他就径直找到我这里来，索要他应得的那一份。他是从车站一路走到这里来的，由已故的忠实老仆人拉尔·乔达给他开的门。在财宝的分配上，摩斯坦和我之间发生了矛盾。我们大声争吵起来，摩斯坦盛怒之下从椅子上跳了起来，突然用一只手按住胸部，面无血色，向后跌倒下去，头撞在财宝箱的角上。当我弯腰扶他的时候，令我感到万分惊恐的是，他竟然已经死了。’

“‘我在椅子上坐了好大一会儿，心烦意乱，不知所措。开始时我想到的当然是报警，可是转念一想，意识到如果那样做我肯定会被指控为谋杀他的凶手。他是在我们争吵的时候死亡的，还有他头上的伤口，这些都对我不利。另外，警察在调查时肯定会问到财宝的事情，而这个秘密更是不能让别人知道的。他告诉过我：世上没有一个人知道他的去向。因此，这件事似乎没有必要让其他任何人知道。’

“‘当我正在沉思这件事的时候，抬头忽然看见仆人拉尔·乔达站在门口。他悄悄地走了进来，并随手把门闩上。“主人，别害怕。”他说，“没有人会知道你杀害了他。我们把他藏起来，这样还有谁会知道呢？”我说：“我并没有杀害他。”拉尔·乔达摇了摇头，笑着说道：“我全听见了，主人，我听见了你们的争吵，我听见了他的撞击声，不过我一定会守口如瓶的。屋里的人全都睡着了。我们把他掩埋起来吧。”他的话使我打定了主意。假如连我自己的仆人都不相信我是清白的，我还能指望坐在陪审席上的十二个愚蠢的商人会判我无罪吗？拉尔·乔达和我当天晚上就掩埋了他的尸体。没过几天，伦敦报纸就满是摩斯坦上尉神秘失踪的消息。你们从我所说的事实中可以判断出，这件事的责任很难归咎到我头上。我的过错在于除了把尸体隐藏起来以外，还把财宝也藏起来了。我得到了我自己应得的一份儿，还把摩斯坦的一份儿也据为己有，所以我希望你们把财宝归还给他女儿。把你们的耳朵凑近我嘴边来。那些财宝就藏在……’

“就在那一瞬间，父亲的表情突然变得惶恐不安。他双目怒张，颌部下坠，用一种令我永生也无法忘记的声音高叫道：‘赶走他！一定要赶走他！’我们都回头朝他所盯的窗户看去。黑暗中有一张脸正从窗外凝视着我们。我们还能够看见他那抵在玻璃上被压得发白的鼻子。那是一张布满了浓密的胡须的面庞，有着一双凶狠残暴的眼睛，表情充满恶意。我们兄弟二人立即冲到窗前，但是那个人已经消失得无影无踪了。当我们回到父亲身边时，只见他头已垂下，脉搏停止了跳动。

“我们当晚搜查了花园，没有发现那个不速之客的任何痕迹，只是在窗下的花圃里发现了一个明显的脚印。但是仅仅根据这只脚印，我们或许还以为那张凶狠的脸是出于我们的幻觉呢。然而，不久我们就得到了另外一个更确切的证据，原来在我们周围有一群神秘人士正在活动。第二天早晨，我们发现父亲卧室的窗户已经被打开，他的橱柜和箱子全都被搜查过，在他的箱子上别着一张撕下来的纸，上面潦草地写着‘四签名’。我们至今也没有弄清楚这句短语是什么意思，以及秘密来访者是谁。我们最多能肯定的是：虽然所有的东西全都被翻得乱七八糟，可是我父亲的财物并没有被偷走。我们兄弟二人自然会把这奇怪的事情和他平日的恐惧联系起来，但那件事对于我们来说，仍然是一个不解之谜。”

说到这里，矮个子停了下来，重新点着水烟筒，连吸了几口，沉思了一会儿。我们坐在那里，聚精会神地听他讲述那个离奇的故事。在听到关于她父亲死亡的那段叙述时，摩斯坦小姐脸色惨白。我担心她会晕倒，就悄悄地从放在旁边桌上的一个威尼斯产的玻璃水瓶里倒了一杯水给她，她喝了水之后才恢复过来。夏洛克·福尔摩斯靠在椅上，一副神情恍惚的模样，闭目深思。我看着他的时候，不由得想起，就在今天他还抱怨人生单调乏味呢，此时此刻至少有一个疑案将要对他的智慧做一次最严峻的考验。塞笛厄斯·舒尔托先生将我们一个个地扫视了一番，显然为他讲述的故事所产生的效果而扬扬自得，他吸着水烟壶又继续讲了起来。

“你们能够想象得到，”他说道，“我哥哥和我对于父亲所说的财宝全都感到兴奋不已。先是经过好几个礼拜的时间，然后又经过了好几个月，我们把花园的每一个地方全都挖掘过了，也没有见到财宝的任何踪影。一想起那些财宝收藏的地方刚到嘴边，他却咽气了，实在让人发狂。我们从那个拿出来的项链就可以断定，这批下落不明的宝物是多么贵重了。在对待那串项链的问题上，我的哥哥巴索洛谬和我也曾经做过一番商讨。那些珍珠显然是非常值钱的，他有些不忍割舍。因为在对待朋友方面，我哥哥和我父亲有着一样的缺点。他又想到，如果把项链送人，可能会引起些闲话，最后还可能给自己招来麻烦。我所能够做到的，就是说服我哥哥由我先找到摩斯坦小姐的住址，然后定期给她寄一颗拆下来的珍珠，这样她至少不会感到生活困窘。”

“你真是个心肠善良的人，”我的同伴诚恳地说道，“你这样做真是太让人感动了。”

这个矮小的男人不以为然地摆摆手。

“我们只是你财产的保管人，”他说，“我就是这么认为的。虽然我哥哥巴索洛谬的看法和我相左，但我们有足够多的财产，至少我已经感到心满意足。再说，用如此卑劣的手法对待一位年轻小姐，我认为是一件情理难容的事情。‘卑劣为罪恶之源’，这句法国谚语是非常有道理的。由于我们兄弟二人对于这个问题的意见分歧太大，因此我觉得最好还是能有个自己的家，于是我便带着一个印度仆人和威廉斯，搬出了樱沼别墅。但是就在昨天，我得知发生了一件极其重要的事情：财宝找到了！我立即与摩斯坦小姐联系。现在我们唯一要做的就是，驱车前往上诺伍德，向他索要我们应得的那一份儿。昨晚我已经向我哥哥巴索洛谬说过了我的想法，虽然我们不是他所欢迎的客人，但他还是同意等着我们的。”

塞笛厄斯·舒尔托先生不再讲话了，坐在他那豪华的长靠椅上不停地扭动着身子。我们全都静默无语，心里都在思量着这桩怪事中出现的新情况。福尔摩斯第一个站了起来。

“先生，你自始至终都做得非常圆满，”他说，“或许我们还可以告诉你一些你还不明白的事情，算是对你的一个小小的回报。正如摩斯坦小姐刚才说的，时间已经不早了，不能再拖延了，我们赶紧行动吧。”

我们的新朋友不慌不忙地卷起水烟筒的烟管，从幔帐后面取出一件长长的轻便大衣，衣领和袖口都衬有阿斯特拉罕的羔羊皮。虽然晚上相当闷热，他却从上到下把衣服扣得严严实实的，最后戴上一顶兔皮帽子，并用帽沿遮住了耳朵，除了他那张表情变换不定而又清瘦的面孔以外，似乎全身都被包裹起来了。

“我的身体有些虚弱，”他引导我们走出甬道时说，“我成了一个体弱多病的人了。”

马车正在外面等候着我们，这一切显然是事先安排好的，因为马车夫立即赶车飞奔而去。塞笛厄斯不停地说话，声音高过了车轮的“咔嗒”声。

“巴索洛谬真是个聪明人，”他说，“你们猜猜他是怎样找到财宝的？他最后得出的结论是：财宝藏在家里的某个地方。于是他把整座房屋的容积都计算出来，每个角落也都测量过了，没有漏算哪怕一英寸的地方。他最后算出这所楼房高 74 英尺。他钻穿了楼板，确定了楼板的厚度，然后把各个房间的高度都分别测量了，再和楼板的厚度加在一起，总共也不超过 70 英尺。一共有四英尺的差距没法解释。这个差距只能到房顶上去找。于是他在最高一层房屋的天花板（用板条和灰泥做成的）上打了个洞。在那儿，千真万确，他就在上面发现了一个封闭着的、无人知晓的小阁楼。那个财宝箱就放在阁楼的中央，架在两根椽子上面。他从洞口把财宝箱放到了下面的室内，发现里面果然有珠宝。他估计这批珠宝的价值不低于五十万英镑。”

一听到这个庞大的数目，我们全都瞠目结舌，面面相觑。假如我们能够确保摩斯坦小姐得到她应得的那一份，她就将由一个贫穷的家庭教师一下子变成英国最富有的继承人。当然，作为一个忠实的朋友，听到这个消息都应该为她感到高兴，可是无地自容的是，我的内心竟被一种自私的心理占据了，心情变得如同铅一样沉重。我吞吞吐吐地说了几句表示道贺的话，然后垂头丧气地坐在那里，低垂着脑袋，后来甚至没有听见我们的新朋友说了些什么。他显然是一个根深蒂固的疑病症患者，我梦幻一般听见他没完没了地说出了一连串的病症，并恳求我告诉他江湖医生给他的无数的秘方的配成和作用，有些秘方他还随身放在衣袋中的一个皮夹里。我真希望他能把我那天晚上给他的回答忘得干干净净。福尔摩斯说他还无意中听到我一方面告诫矮个子男人不要服用两滴以上的蓖麻油，另一方面又建议他服用大量的番木鳖碱[①]作为镇定剂。不管怎样，直到马车戛然停住，马车夫跳下车来为我们打开车门的时候，我才算真正解脱了。

"摩斯坦小姐，这里就是樱沼别墅。"塞笛厄斯·舒尔托先生边说边把她扶下车。

① 番木鳖碱（Strychnie），俗称士的年或士的宁，是一种剧毒性生物碱，在医药上用作神经兴奋剂。——译者注

五　樱沼别墅的惨案

我们到达当晚冒险历程的最后一站的时候，已经将近十一点了。伦敦的大雾已经离我们远去，夜晚非常晴朗。一阵温暖的风从西边吹过来，厚厚的云层逐渐飘散，半圆的月亮不时从云层中显现出来。已经能够看清比较远的地方了，但是塞笛厄斯·舒尔托仍旧从马车上取下一盏灯，以便我们路上能看得更清楚。

樱沼别墅孑然矗立在一片广场上，四周是高高的石墙，墙头上插着碎玻璃片。一个狭窄的钉有铁夹板的小门便是唯一的出入口。我们的向导像邮递员那样在门上"砰砰"地敲了两下。

"谁？"里边传来一个粗暴的声音。

"是我呀，麦克默多。这时候到这里来的肯定是我啊。"

里边传来一阵抱怨声，接着是钥匙刺耳的叮当声。门重重地向后打开，一个身材矮小、胸肌发达的男人站在门口，灯笼发出的黄色的光照在他向外探出的脸和两只眨着的多疑的眼睛上。

“塞笛厄斯先生，是你吗？可是另外几个人是谁？主人并没有告诉过我还有别人要来。”

“你不知道？麦克默多，我真没有想到。昨天晚上我就对我哥哥说过今天要带几位朋友过来。”

“塞笛厄斯先生，他今天一天都没有出过他的房间，我也没有听到什么吩咐。你非常清楚我必须遵守规矩，我可以让你进来，但是你的朋友必须在门外等着。”

这真是一个不曾预料到的麻烦。塞笛厄斯·舒尔托瞪着他，一脸茫然无助的表情。

“真是太不像话了，麦克默多，”他说，“我为他们担保，这总可以吧？这里还有一位小姐，她总不能在这个时候站在大街上吧。”

“非常抱歉，塞笛厄斯先生，”守门人仍然固执己见地说道，“这些人大概是你的朋友，可不是我主人的朋友。主人给我高薪的目的是让我尽职尽责，所以我就应当尽到我的职责。你的朋友我一个也不认识。”

“哦，麦克默多，你肯定认得的，”福尔摩斯和蔼地说道，“我想你应该不会忘记我的。四年前在爱里森场子里为你举行的拳击赛上，一个业余拳击手和你打过三个回合，难道你忘记了吗？”

“这不是夏洛克·福尔摩斯先生吗？”这位职业拳击手大

声嚷嚷道，“我的老天啊！我怎么没有认出来你呢？你站在那里干吗一言不发？你要是走过来对准我的下颏底下来上两拳，那我早就把你给认出来了！啊，你的天赋真是白白浪费了，真是浪费了！如果你做一名职业拳击手，你一定能取得很深的造诣的！”

“你瞧，华生，即便我一事无成，依然可以找到像拳击这样技术性很强的职业呢。”福尔摩斯笑着说，“我相信现在我们的朋友不会让我们站在外边受冻了。”

“请进来吧，先生，请进来吧！你和你的这些朋友们都请进来吧！”他答道，“塞笛厄斯先生，实在对不起，主人的命令非常严格，必须弄清楚你的朋友是谁，我才能请他们进来。”

院内有一条砾石铺成的小路，蜿蜒穿过一片荒芜的空地，直通到一栋巨大的房屋，房屋外形方方正正，构造普通平常。整座房屋全都隐藏在树丛的阴影中，只有一缕月光照在房子的一角，使顶楼上面的窗户若隐若现。这样大的房子在死一般的寂静中显得阴森可怕，就连塞笛厄斯·舒尔托也心神不定，手中的提灯不停地颤动，咯吱作响。

“我实在弄不明白。”他说道，“这里一定出了什么事。我确实跟巴索洛谬讲过我们要到这里来，可是他的窗子里连一点灯光都没有。真不明白这是怎么回事！”

“他平时总是这样戒备森严吗？”福尔摩斯问道。

“是的，他承袭了我父亲的习惯。你知道，父亲更偏爱他一些，我时常在想，我父亲告诉他的事情要比告诉我的多。月光照着的那扇窗户就是巴索洛谬的房间，虽然看上去非常亮，可是我想里面没有灯光。”

“是没有。”福尔摩斯说，“可是我看见靠近门旁边的那扇小窗里闪烁着一丝微光。”

“哦，那是女管家的房间。博恩斯通老太太就住在那间屋里。她会把一切情况都告诉我们的。不过，也许你们不会介意在此稍候一会儿吧，因为她事先不知道我们要来，如果我们大家一同进去，会把她给吓着的。可是，嘘！那是什么？”

他举起提灯，手抖得使灯光在我们四周闪烁不定。摩斯坦小姐紧紧地抓着我的手腕，我们都站在那里，侧耳倾听，心跳得怦怦直响。在这个静谧的深夜里，一阵阵悲惨恐怖的撕心裂肺的女人的声音从这所漆黑的大房子里不断地传出来。

“是博恩斯通太太的声音。”塞笛厄斯说道，“这栋房子里只有她一个女人。请在这里等着，我很快就回来。”

他急急忙忙赶到门前，用他特有的方式敲了敲门。我们看见一个身材高高的妇人请他进去，看见他就惊喜万分的样子。

“哦，塞笛厄斯先生，你终于来了，我太高兴了！你终于来了，我太高兴了！哦，塞笛厄斯先生！”

我们听到她不断地重复这些喜出望外的话，一直等到门关上以后，还能隐约听到她的声音。

我们的向导把提灯留了下来。福尔摩斯提着灯笼慢慢地转动，认真地查看着房屋的周边以及堆积在空地上的大堆垃圾。

摩斯坦小姐和我站在一起，她的手紧紧地握在我的手中。爱情真是一件难以捉摸的事情，我们俩此时紧紧地靠在一起，而在一天之前，我们还素未谋面，连一句情话都没有说过，甚至也没有过眉目传情，现在碰到了麻烦，我们的手便本能地握在一起了。后来我每次回想起这件事就感到惊奇，不过当时我走向她似乎是非常自然的事情，后来她也时常告诉我说，她当时从我这里寻求安慰和保护也是出于本能。我们两人就像小孩儿一样，手拉着手站在一起，尽管周围充满了危险，我们的心中仍然感到坦然无惧。

“多么奇怪的地方啊！”她环顾着四周说道。

“好像英国所有的鼹鼠全都放到这里来了。我曾在巴勒莱特附近的山边看见过类似的景象，当时采矿工人正在那里工作。”

“都是出于相同的原因。”福尔摩斯说道，“这里到处都是寻找宝物的人留下的痕迹。你们不要忘了，他们已经花费了六年的时间来寻找宝物。难怪这个地方看起来就像沙砾场一样。”

就在这时，房门忽然被打开了，塞笛厄斯·舒尔托跑出门外，双手往前伸出，眼睛里充满了恐惧。

“巴索洛谬出事了！”他叫道，“吓死我了！我承受不住了。”他万分惊恐，从那个硕大的羔皮领子中隐隐露出来的脸，不停地抽搐，苍白没有血色，那恳求哀怜的表情，就像一个惊慌失措的小孩。

“走，到屋里去。”福尔摩斯果断、干脆地说道。

“好，快进来。”塞笛厄斯恳求道，“我真不知道该怎么办了！”

我们跟着他一起走进了甬道左边女管家的房间里。这个老太太正在屋里踱来踱去，一副惊魂不定的样子，但一看见摩斯坦小姐，她就似乎得到了安慰一样。

“上帝啊，看你这副甜美、文静的脸！”她歇斯底里地向摩斯坦小姐哭诉道，“看见了你，我感到好多了！唉，我今天真是受尽了折磨！”

我们的同伴拍了拍她那双瘦弱粗糙的手，轻声对她说了几句温柔、安慰的话，老太太苍白的脸上才渐渐有了血色。

“主人把自己锁在房间里，也不搭理我。”她解释道，“一整天我都在这里等他使唤，因为他时常喜欢一个人待着。可是一个小时以前，我担心出事，就上楼从钥匙孔往他的房间看了看。你必须得上去一趟，塞笛厄斯先生，你必须得自己亲自去看一看！十年来，无论是巴索洛谬先生高兴的样子还是悲痛的样子，我都看见过，但是我从来没有看见过他现在的这个样子。”

夏洛克·福尔摩斯提着灯在前面引路，塞笛厄斯吓得牙齿不停地打战。他浑身战栗，两腿直打哆嗦，上楼梯时我不得不搀扶着他。我们在上楼时，福尔摩斯两次从口袋中取出放大镜，仔细地察看那些留在楼梯棕毛毯上的印迹。他慢慢地拾阶而上，低低地提着灯，左右不停地仔细检查。摩斯坦小姐留在楼下，陪伴着惊魂未定的女管家。

上到第三节楼梯时，前面就是一段较长、笔直的甬道，甬道的右墙上悬挂着一幅很大的印度挂毯，左边有三扇门。福尔摩斯仍旧不紧不慢地顺着甬道前行。我们紧随其后，身后的甬道上投下了我们长长的身影。第三扇门就是我们的目的地了。福尔摩斯用力敲门，里面没有任何动静；他接着转动门钮，试图强行把门打开。我们把灯靠近了门缝，才看见里面有一根宽大结实的插销把门闩上了。不过，钥匙已经扭转过了，所以钥匙孔没有完全被封起来。夏洛克·福尔摩斯弯腰从钥匙孔往里面看了看，很快又站了起来，深深地倒吸了一口气。

“这儿真是有些可怕，华生。”他说。我从来没有看见他如此激动的样子。“过来看看这是怎么回事。”

我俯身朝钥匙孔看去，吓得我马上缩回了身子。淡淡的月光照亮了房间，半空中隐约悬挂着一张脸，正注视着我，脸部以下全都被阴影遮住了。这张脸和我们的伙伴塞笛厄斯的脸一模一样，同样突出而发亮的头顶，同样的一圈刚硬的红发，同样毫无血色的脸庞，表情却是僵硬的，露出一种恐怖的狞笑，一种不自然的凝固不动的笑。在这样沉寂的、被月光照着的房间里，看到这样的笑脸，比看到任何神色悲苦或扭曲变形的脸还令人毛骨悚然。这张脸同我们那矮个子朋友的脸如此相似，我不由自主地转过头来看看他是不是还在我们身边。我忽然又记起他曾经对我们说过，他和哥哥是孪生兄弟。

“太恐怖了，”我对福尔摩斯说道，“该怎么办？”

“门必须要打开。”他答道，说着便使出全身的力气向门猛撞了过去。

门嘎吱作响，可是没有被推开。我们就一起再次向门撞去，这次“砰”的一声，门打开了，我们涌进了巴索洛谬的房间。

这间屋子布置得如同一间化学试验室。门对面的墙上摆着两排带玻璃塞的玻璃瓶子。桌子上胡乱地堆积着一些本生灯、试管和蒸馏器。墙的一角是许多装有迷幻药的瓶子，放在柳条编成的篮子里。其中一个似乎已经破漏，一股黑色的液体渗漏出来。空气中散发着一股特别刺鼻的焦油气味。屋子的一边，在一堆杂乱的板条和灰泥上，立着一架伸到天花板上的梯子，天花板上有个大小可以容一个人进入的开口。梯子底部有一卷很长的绳子，零乱地盘放在那儿。

在桌子旁边有一张扶手木椅，房间的主人就坐在椅子上面，头歪在左肩上，脸上带着可怕的、难以捉摸的笑容。他已变得僵硬冰冷了，显然已经死去很长一段时间了。我觉得不仅仅是他的面孔，就连他的四肢也是以十分怪异的形状扭曲着。在他手扶着的那个桌子上，放着一个奇特的器具——一根纹理细密的棕色木棒，上面用粗麻线捆着一块石头，形状像锤子一样。旁边放着一张撕下来的便条，上边潦草地写着几个字。福尔摩斯扫了一眼，然后把便条递给了我。

“你看看吧。”他意味深长地扬了扬眉毛，说道。

在提灯的灯光下，我惊恐地看见上面写着“四签名”。

“天哪，这一切究竟是怎么回事啊？”我问道。

“是谋杀。”他说道，弯腰去检查尸体，“啊！果然不出我所料，你看这里！”

他指着尸体的耳朵上方，那儿的头皮处扎了一根黑色的长刺。

“像是一根荆棘。”我说。

“正是一根荆棘。你把它拔出来。可是要小心，这根荆棘有毒。”

我用拇指和食指快速地将它从皮肤中拔了出来，皮肤上几乎没有遗留下任何痕迹，除了一个小小的血点。

“这对我来说真是一个不可思议的难解之谜啊。”我说道，“不仅没有搞清楚，反而越来越糊涂了。”

“恰恰相反，”他答道，“情况已经非常明晰了，我只需要再弄清楚几个遗漏的环节，整个案情就可以真相大白了。”

自从进屋以后，我们几乎已经把我们的同伴给忘记了。他仍旧站在门口，还是那副万分惊恐的模样，双手紧握并扭动着，独自悲叹。但是，突然之间，他失望地尖声叫了起来。

“财宝不见了！”他说道，“他们把财宝全都抢走了！我们就是从那个洞口里把财宝取下来的，是我帮他取下来的！我是最后一个看见他的人！我昨晚离开他下楼时，还听见他把门锁上了呢。”

“当时是什么时间？”

“十点。现在他死了，警察等会儿会来的，他们必定怀疑我与这件事有关。哦，会的，他们肯定会这样怀疑的。可是先生们，你们不会这样认为吧？你们肯定不会认为是我害死他的吧？如果是我害死他的，我还会请你们来吗？哎呀，天哪！哎呀，天哪！我真是快要发疯了！”

他舞动着双臂，跺着脚，歇斯底里，疯狂了一样。

“舒尔托先生，你没有害怕的理由。”福尔摩斯把一只手放到他的肩膀上，温和地说道，“听我的话，赶紧坐车去警察局报案。你答应尽可能地协助他们，我们在这里等你回来。”

矮个子的男人茫然地遵从了福尔摩斯的话，我们听见他摸着黑跌跌撞撞走下楼去了。

六　福尔摩斯的推断

“华生，”福尔摩斯搓着双手说道，“我们现在还有半个小时的时间，要好好利用。我刚才已经对你讲过，这个案子差不多就要弄明白了，可是我们不能过于自信，以免出现差错。这个案子现在似乎很简单，但其中或许还隐藏着某些深奥的问题呢。”

“简单？”我突然激动地喊道。

“当然简单。”他好像一个客观的老教授在对学生们讲解一样说道，“请你坐到那个角落去，别让你的脚印把事情弄复杂了。现在开始分析吧！首先，这些人是如何进来的？又是如何离开的？从昨晚以来屋门就一直没有打开过。窗户怎么样？”他提着灯走向窗口，同时大声嘟囔着他观察到的情况，好像不是在和我说话。“窗户是从里面锁好的，窗框也很结实，旁边没有折页。让我们打开看看外面，旁边没有水管，房顶离窗户也很远，但是窗台上确实有人上来过。昨晚下过小雨，窗台上有一个脚印。这里有一个圆形泥印，地板上也有一个，桌子边又有一个。华生，看这儿！这真是个绝好的证据。”

我看了看那些非常清晰的圆形泥印。

“那不是脚印。”我说道。

“这证据对我们来说价值更大。这是一根木桩留下的印迹。你看窗台上有一个靴印，那是一只后跟镶有宽大铁掌的厚靴子，旁边则是木桩的印迹。”

“就是那个装着木腿的人。”

“的确如此。但是还有另外一个人——一个非常精明能干的同谋。医生，你能从那堵墙爬上来吗？”

我从打开的窗户探头向外望去，月光仍然非常明亮地照着原来的屋角。我们离地面至少有六十英尺高，墙上找不到一个立足的地方，连一个裂缝都没有。

“绝对无法爬上这堵墙。”我答道。

“要是没人帮忙，是爬不上来的。可是假如这上面有你的一位朋友，把搁在我刚刚在屋角看到的那根粗绳扔到你手中，再把绳子的一头牢牢地系在墙上的大钩子上，我想，只要你是个动作灵活的人，即使装着木腿，也是能够爬上去的。当然，你也可以用相同的方式下去，然后你的同党会收起绳子，从大钩子上取下来，关上窗户，从里面闩牢，再从来路逃走。还有一个细节值得注意。”他指着绳子继续说道，“我们那个装有木腿的朋友虽然爬墙技术不错，却不是一个职业杀手。他的手绝没有起老茧。我用放大镜看到了不止一处的血迹，尤其是绳子末端。由此我可以推断出，他下滑的速度相当快，以至于把他的手掌皮都磨破了。”

“你所说的这一切都对，”我说道，“可是案情越来越让人难以捉摸了。谁是他的神秘同谋呢？他又是如何进屋的呢？”

“不错，那个同谋！”福尔摩斯沉思着重复说道，“关于这个同谋，确实有些有趣的特征。他把这件普通的案子搅得更加复杂了。我想这个同谋在我国的犯罪史上开创了新纪录——虽然印度曾经发生过类似的案子，如果我没有记错的话，在塞内冈比亚也发生过类似的情况。”

“那么他究竟是如何进来的呢？”我反复问道，“门是锁着的，窗户又无法够到，难道是从烟囱钻进来的？”

“烟囱太小了，”他答道，“我也考虑到了这个可能性。”

“那他到底是如何进来的呢？”我追问道。

“你总是不按我的规则考虑事情。”他摇头说道，“我不是多次告诉过你，当你排除了绝不可能的因素以后，不管余下的是什么——不管是多么的难以置信——一定就是事实吗？我们非常清楚，他不是从门进来的，不是从窗口进来的，也不是从烟囱进来的。我们也非常清楚他不可能事先藏在房间里面，因为屋里压根儿就没有藏身的地方。那么，他是从哪里进来的呢？”

“他是从屋顶那个洞口钻进来的。”我叫喊道。

“当然是从那个洞口进来的，这是毋庸置疑的。麻烦你帮我提着灯，我们到上边那间找到财宝的密室里去察看一下。”

他爬上梯子，双手按住了两边的椽子，纵身一跃进了阁楼。接着俯身朝下接过提灯，我也跟着上去了。

这间阁楼大概长十英尺，宽六英尺。地板是用椽子架成的，椽子之间铺了些薄板条，敷了一层灰泥，所以在上面行走时必须踩在一根根的椽子上。屋顶呈人字形，也就是这所房子的真正屋顶了。阁楼里一件家具都没有，多年的尘土在地板上积了厚厚的一层。

“你看，”夏洛克·福尔摩斯把手扶在倾斜的墙壁上说道，“这就是一个直通屋顶外面的天窗，我把这个天窗拉开，外面就是微微有点倾斜的屋顶。那么，第一个人就是从这里进来的。我们再找一找，看看他是否留下其他能说明他个人特征的痕迹。”

他提着灯往地板上照去，这时我又一次看到了那天晚上他脸上出现的那种惊诧不已的表情。我顺着他的视线看去，一股寒意顿时笼罩全身。地上到处都是赤足脚印，清晰可辨，完整无损，可是还没有普通成人脚的一半大。

“福尔摩斯，”我低声说道，“一个小孩子竟然干出这种可怕的事情！”

他马上就恢复了平静。

“一开始我也感到非常震惊，”他说，“其实这是一件十分平常的事情。我一时没有想起来，我本来应该预料到的。这里没有什么需要搜查的了，我们下去吧。”

“对于那些脚印，你是如何看待的呢？”当我们回到下面的屋子里时，我迫不及待地问道。

“亲爱的华生，你自己也应该尝试着分析一下啊。”他有些不耐烦地说，“你知道我的方法，得运用这些方法啊，然后我们再对比得出的结论，彼此也可从中受到启发。”

“我想不出任何能够遮掩这些事实的东西来。”我回答道。

“你很快就会完全明白的。”他不假思索地说道，“我想这里没有什么重要的线索了，但是我还要再看看。”

他取出放大镜和卷尺，跪在地板上快速地测量、比较和查看。他那细长的鼻子离地板只有几英寸，圆溜溜的眼睛深深凹陷，闪闪发亮，如同鸟儿的眼睛一样。他动作敏捷，无声无息，神秘莫测，真像一只训练有素的猎犬在寻找某种气味。我不禁想到：如果他把精力和智慧用来做违法的事情而不是维护法律，那将会是一个多么可怕的罪犯啊！他一边搜寻，一边不住地嘀咕着，最后突然高声欢呼起来。

“我们运气真好。”他说，“现在没什么问题了。第一个人不幸踩在木馏油①上面。你可以看见，在这堆刺鼻的东西旁边，有他的小脚印。这盛油的瓶子破了，里边的东西流出来了。”

“那又怎么样呢？”我问道。

---

① 本馏油，又名杂酚油，是从煤焦油中提炼出来的一种气味极浓的酚油，供防腐和医疗用。——译者注

“嗯，他已经插翅难飞了，就是这样。”他说道。

“我知道有一种狗能够顺着这种气味追到世界的尽头。如果一群野兽都能寻着青鱼的气味穿越一个郡，那么一条经过特殊训练的猎犬追寻这种刺鼻的气味不是更容易吗？这听起来就像是一道比例计算题：两内项乘积等于两外项乘积，结果肯定是……可是，哎呀！法律的正式代理人（警察）来了。”

楼下传来了沉重的脚步声和谈话声，接着大厅的门“砰”的一声关上了。

“在他们上来之前，”福尔摩斯说道，“来摸摸这个不幸的家伙的胳膊，还有他的两条腿。你感觉到什么没有？”

“肌肉坚硬得如木头一般。”我答道。

“正是如此。是肌肉极度收缩的结果，比一般死亡后自然僵直要厉害得多，再看看脸部的扭曲变形，这种希波克拉底式的微笑，或者像过去的作家们所说的‘苦笑’。你能从中得出什么结论吗？”

“他是中了某种植物性生物碱的剧毒而死的，”我答道，“类似马钱子碱能造成破伤风性症状这样的东西。”

“我一看到他那肌肉收缩的面部就想到了这一点。进屋以后我就立刻设法弄明白这种毒物是怎么进入他体内的。你也看见了，我发现了一根不费多大力气就能扎进或者射进他头皮的刺。如果当时死者是直坐在椅子上的，你会注意到刺入的部位正好对着天花板上的洞口。你再仔细检查一下这根刺。”

我小心翼翼地拿着那根刺对着灯光细看，是一根细长而尖利的黑刺，尖端比较光亮，好像是什么粘性的物质粘在了上面。刺的末端较钝，是用刀削过的。

“这是一根生长在英国的刺吗？”他问道。

“不是，肯定不是。”

“有了这些信息，你就应当能够做出合理的推断了。不过，那些正规军已经来了，辅助部队就可以撤退了。”

在他说话的时候，甬道上的脚步声已经越来越近了。一个身穿灰色制服、矮小健壮的胖子大步走了进来。他面色红润，魁伟结实，属多血体质，肿胀而松垂的眼皮中闪烁着一对小小的眼睛。身后紧随着一个穿制服的巡官和仍然发抖的塞笛厄斯·舒尔托。

“糟糕！”他用低沉、沙哑的声音嚷道，“真是糟糕透了！可是这些人是谁？这屋子怎么热闹得像个兔子场一样啊！”

“阿瑟尼·琼斯先生，我想你一定还记得我吧。”福尔摩斯轻轻地说道。

“哦，当然记得啊！”他喘着粗气说道，“这不是大理论家夏洛克·福尔摩斯先生嘛。记得！我永远不会忘记那次你在主教门珍宝案中教导我们的起因、推论和结果。你的确把我们引入了正轨，不过你也应当承认，那件案子被破主要还是运气好，而不是因为有了正确的指导才破案的。”

“那不过是一件十分简单的推理。”

“哎，好啦！好啦！用不着不好意思承认嘛。可是这是怎么回事？太糟糕了！太糟糕了！严峻的事实都摆在这里，根本不需要你的那些理论了。真是走运，我碰巧因为其他的案子来到上诺伍德！报案时我正在警察局里。你认为这个人是为何而死的呢？”

“啊，这个案子好像用不上我的理论吧。”福尔摩斯冷冷地答道。

“用不上是用不上，不过我们不得不承认，有时你还真能说中要害。哎呀，据说门是锁着的，可是价值五十万英镑的珠宝丢失啦。窗户怎么样呢？”

“关得很牢实，不过窗台上有脚印。”

“好啦，好啦。如果窗户关紧了，那脚印就与本案毫无关系了，这是常识。这个人可能是突然暴亡的，但是珠宝又怎么会不见了呢？哈！我找到原因了。我脑袋里有时也能灵光一闪呢。巡官，你先出去，还有你，舒尔托先生。你的朋友可以留下来。福尔摩斯先生，你怎么解释这件案子？舒尔托自己承认他昨晚与他哥哥在一起。他哥哥突然暴亡，于是舒尔托就乘机拿走了珠宝。这样解释如何？”

“这个死人考虑得非常周到，还爬起来把门锁上了。”

“哼！这里的确是个破绽。让我们根据常识来分析一下。这个塞笛厄斯·舒尔托昨晚肯定和他哥哥在一起，哥俩之间一定发生过争执。我们也知道他哥哥死了，珠宝丢失了。自塞笛厄斯离开后，就再也没有人看见过他哥哥了。他的床也一直没有人睡过。塞笛厄斯现在显然是最为心神不宁的了。他的外貌，嗯，并不怎么使人愉悦。你看，我正把一张大网撒向塞笛厄斯，大网开始在他身上收拢了。”

“你还没有了解全部的事实呢！”福尔摩斯说道，“这个我有充分理由认为它是有毒的尖刺，曾扎在死者的头皮里，你现在仍旧能够看到刺痕。这张纸，你看看，上面写着几个字，是在桌子上发现的，旁边还有这根非常奇特的顶端绑有石头的木棒。你的理论怎么来解释这些情况呢？”

“从任何一个方面我都能证实，”这个胖侦探自负地说道，“屋子里到处都是印度古玩。假如这根木刺有毒，别人能够利用它来杀人，塞笛厄斯一样也能拿它来杀人。这张纸不过是变戏法罢了——多半是一种障眼法。现在唯一的问题是：他是怎样逃走的？啊！当然，屋顶上有一个洞。”

由于身体笨重，他费了很大的劲才爬上了梯子，从洞口挤进了阁楼。没多大一会儿，我们就听见他高兴地喊道他找到了天窗。

“他也能发现些东西，”福尔摩斯耸了耸肩说道，“偶尔也有些模模糊糊的理性。正如法国谚语所说的那样，‘与有思想的愚人更难相处’。”

“你看，”阿瑟尼·琼斯从楼梯上走下来，说道，“事实毕竟胜于理论。我对这个案子的推断已经证实了：有一个天窗通向屋顶，现在还是半开着的呢。”

“那天窗是我打开的。”

“啊，很好！这么说你也看见天窗了。”他似乎有点沮丧，“好吧，不管是谁发现的，总之它说明了凶手是如何逃走的。巡官！”

“到！长官！”甬道里有声音答应道。

“让舒尔托先生进来。舒尔托先生，我有责任通知你，你所要说的任何话都对你不利。由于你与你哥哥的死有关，我将以女王的名义逮捕你。”

“那，看啊！我不是告诉过你们嘛。”可怜的小矮人伸出双手，大声嚷道，把我们挨个看了一遍。

“舒尔托先生，不要担心，”福尔摩斯说道，“我想我是能够为你洗清你背负的罪责的。”

“不要口出狂言啊，大理论家先生，可不要口出狂言啊！”这位侦探呵斥道，“你将会发现事情不像你想象的那么简单。”

“琼斯先生，我不仅仅要为他洗清罪名，还可以无偿告诉你昨晚进入这房间的两个凶手，包括其中一个人的姓名和特征。我有充分理由认为他的名字叫乔纳森·斯茂，是一个没什么文化、个子矮小但很灵活的人。他的右腿已断，装有一只木腿，且木腿内侧已经磨损了。他左脚的靴子鞋底呈方形并且粗糙，鞋跟是钉了铁掌的。他是一个中年男人，皮肤晒得黝黑，曾经是个囚犯。上述这些情况，再加上他的手掌最近脱落了很多的皮，所有这些或许会对你有所帮助。那么另外的一个人……”

“啊，那另外一个人呢？”阿瑟尼·琼斯嘲笑地问道。不过，我很容易就发现了，他显然也很想知道另外一个凶手的特征。

“是个相当古怪的人，”夏洛克·福尔摩斯转过身来答道，“我希望不用多长时间就能把这两个人介绍给你。华生，我有话要和你说。”

他把我带出去，来到楼梯口。

“这件预料之外的事，”他说，“弄得我们把来这里的本意都给忘记了。”

“我也想到了这个问题。”我答道，“摩斯坦小姐留在这所恐怖的房子里是不合适的。”

“对，你必须送她回家。她住在下坎伯韦尔的塞西尔·弗里斯特夫人家，离这儿不远。要是你愿意坐车再回来，我将会在这里等你。你是不是太累了？”

“一点儿不累，这桩奇案不弄个水落石出，我是无法休息的。我也曾经历过艰难困苦，但是说实话，今天晚上发生的一系列怪事，把我的神经完全搅乱了。既然已经到了这个地步，我愿意和你一起查清楚这个案子。”

“你在这里会对我有很大帮助的。”他答道，“我们要分头行动，让琼斯那家伙愿意怎么干就怎么干吧。你把摩斯坦小姐送回去以后，再到河边莱姆贝斯区河岸附近的平琴巷三号，右边的第三个门是一个做鸟类标本的铺子，你去找一个名叫谢尔曼的人。你会看到他的窗子上画着一只鼹鼠抓着一只小兔的图画。你敲门把那老头叫醒，代我向他问好，告诉他我向他借托比急用，请你坐车把托比带回来。”

“托比是一只狗吧？”

“对，是一只奇特的混血狗，嗅觉极其灵敏。我宁愿得到托比的帮忙，也不愿要全伦敦侦探的帮忙。”

“我一定把它带来。”我说，“现在已经一点了，要是能另外换一匹新马，我一定能在三点钟之前赶回来。”

福尔摩斯说道：“我还要从女管家博恩斯通太太和印度仆人那里了解些情况。塞笛厄斯先生曾对我说过，那个仆人就睡在旁边那间房间里。然后，再看看这位伟大的琼斯先生是怎么做的，听听他那些不怎么巧妙的讽刺吧。‘众所周知，人们总是挖苦他们所不了解的事物。’歌德的话总是如此精辟。”

七　木桶的插曲

警察来的时候是坐马车的，我就用这辆马车把摩斯坦小姐送回了家。她是个天使一般的女人，在危难之中，只要还有人比她更加脆弱，她便能保持镇定自若的神态。我发现她精神高昂，平静安宁，而站在她身边的女管家则吓得魂不附体。可是一坐进车里，她就晕倒了，后来又嘤嘤地抽泣——这一夜离奇的遭遇已经把她折磨得不堪承受了。事后她告诉我，她感到那晚我一路上都冷冰冰的，疏远冷落了她。可是她哪里能想到我当时内心的挣扎和努力克制自己的痛苦呢，正如同我们在院中手握着手的时候一样，我已经流露出对她的同情和爱意。我虽然经历了不少的风雨，可如果没有经历这一晚的奇遇，我也无法认识到她那温柔而勇敢的天性。表达爱慕的话已经到了嘴边，但是两个想法使我难以开口。她现在脆弱无助，孤苦伶仃，精神上又受了刺激，在这个时候向她表达爱意，等于就是乘人之危。更令我感到为难的是，假如福尔摩斯的侦查能够成功，她就会成为一个富有的继承人。一个薪水不高的外科医生，利用这种偶然的亲近机会向她求爱，这样做公平体面吗？难道她不会把我看作是一个粗俗的淘金者？我不可能去冒险让她心中产生这样的想法，这批阿格拉宝物就像一个不可逾越的鸿沟横挡在我和她之间。

将近两点的时候我们才到达塞西尔·弗里斯特夫人的家中。仆役们几个小时前就睡了，可是弗里斯特夫人对摩斯坦小姐收到那封奇特的信特别关心，所以仍在等候着摩斯坦小姐回来。她亲自为我们开的门。她是一位中年妇人，举止优雅。她用胳臂温柔地搂着摩斯坦小姐的腰，还用慈母般的声音迎接着她，看到这情景我感到无限宽慰。显然，她在这里不仅仅是一个被雇用的人，而且还是一位受尊重的朋友。经摩斯坦小姐介绍后，弗里斯特夫人便诚恳地请我进屋去，并请我给她讲讲我们今晚的奇遇。我只好向她解释我有重任在身，并真诚地保证会再来看她，向她报告案情的进展情况。驱车离开的时候，我回头看了一眼，仿佛看见两个优雅的女人依偎在一起站在台阶上，还看见那半开的房门，从彩色玻璃上透出来的大厅的灯光，挂着的晴雨表以及光洁的楼梯扶手。在我们被毫无头绪、神秘难解的事件缠身的时候，即使看上一眼这样一个宁静的英国家庭，也让人感到莫大的安慰。

对于今晚所发生的事情，我越想越感到杂乱无章、神秘莫测。当马车穿过被煤气灯照亮的寂静的街道时，我又回顾起这一连串的奇异事件。至少最初的疑问现在已经弄清楚了，摩斯坦上尉的死，寄来的珠宝，报上的广告，还有那封信件——所有这些事情我们都已大体明确了。可是这些事件又将我们引入了一个更玄奥、更凄惨的境地中去。印度财宝，摩斯坦上尉行李中发现的怪图，舒尔托少校死去时的怪状，财宝的重新发现和紧接着发生的财宝发现者的被害，被害时留下的各种异常的迹象，那些脚印，奇异的凶器，纸片上与摩斯坦上尉的图样上相同的字。上述的一切真是一座迷宫，一个不具备我朋友那样天赋奇才的人是无法找到任何线索的。

平琴巷位于莱姆贝斯区尽头，是一排破旧不堪的两层楼的砖房。我在三号门上敲了很久才有人应声。终于，在百叶窗后面露出了一丝烛光，一张脸从窗口中伸了出来。

“滚开，你这个醉鬼！”那个人喊道，“你要还在那里踢门，我就会打开狗窝，放出四十三只狗来咬你。”

“你就放一条吧，我正是为这个来的。”我说。

“快滚开！”那人又吼道，“我袋子里有把雨刷，你不滚，我就扔下去了！”

“但是我只想要只狗。”我大声嚷道。

“少废话！”谢尔曼喊道，“站远点儿。我数到三就要扔刷子下去了。”

“夏洛克·福尔摩斯先生……”这几个字真有不可思议的魔力，我刚一说出口窗子就立即关上了，不到一分钟，房门就打开了，谢尔曼先生出现在我面前。他是个瘦高个老头儿，有点驼背，脖子上青筋突起，戴着一副蓝色眼镜。

“福尔摩斯先生的朋友总是受欢迎的。”他说，“快请进来，先生。小心那只獾，它会咬人。啊，淘气，淘气，连这位先生你都要咬一口吗？”他这是对着一只关在笼子里的鼬鼠喊的，鼬鼠从笼子里探出凶恶的头，睁着一双红眼睛。“先生不要害怕，它只是条蛇蜥，还没长毒牙，所以我把它放在屋里，好让它吃甲虫。我刚才的失礼请你不要放在心上，常常有小孩子们跑到这小巷来捣乱，吵得我不能安睡。先生，夏洛克·福尔摩斯先生需要什么呢？”

“他要你的一只狗。”

“啊！一定是托比。”

“没错，就是托比。”

“托比就住在左边第七只笼子里。”

他拿着蜡烛慢慢地从他收集来的那些奇禽怪兽之间穿过。在摇曳不定的朦胧光线下，我隐约看到每个角落里都有闪亮的眼睛在窥视着我们，甚至连我们头顶的椽子上面也排满了很多稀有的野鸟。我们的声音打破了它们的睡梦，只见它们懒洋洋地把重心从一条腿上移到另一条腿上。

托比是一条外形丑陋的长毛垂耳狗，是长毛垂耳狗与猎狗的混血种，毛色褐白相间，走路摇摇摆摆，非常笨拙。迟疑片刻之后，它才吃掉了谢尔曼先生让我喂给它的一块糖，我们之间就这样建立了友谊。它随我上了马车，一路上都很服帖。我回到樱沼别墅的时候，王宫的时钟正好敲过三点。我发现那个做过职业拳击手的麦克默多已经被当作同谋逮捕了，他和舒尔托先生都被带到警察局去了。那个狭窄的门边守着两名警察，不过，我一提到警官的名字，他们就让我带着狗进去了。

福尔摩斯正站在台阶上，双手插在衣袋里，嘴里衔着烟斗。

“啊，你把它带来了。”他说道，“好狗！阿瑟尼·琼斯已经走了。你走之后，我们大吵了一阵。他不但把我们的朋友塞笛厄斯逮捕了，并且连守门人、女管家和印度仆人全部都带走了。现在除了楼上留了一个警官外，这地方就我们两个人了。把狗先留在这儿，我们上楼去。”

我们把狗拴在厅内的桌腿上，来到了楼上。房间仍然保持着原来的样子，只是在死者身上盖上了一张床单。一个疲倦不堪的警官斜靠在屋角里。

“警长，借用一下你的牛眼灯[①]，”我的伙伴说道，“替我把这块纸板系在脖子上，以便把它挂在胸前。谢谢！现在我还得脱下靴子和袜子。华生，请帮我把它们带下去，我也要爬一爬，试试看。请你把这块手巾在木馏油里略微蘸一下。好了，那样就可以了。和我一起到阁楼待一会儿吧。”

我们从洞口爬了上去。福尔摩斯又用灯照了照灰尘上的脚印。

① 牛眼灯是前面装有圆形凸玻璃罩的警察使用的灯。——译者注

“请你特别留意这些脚印，”他说，“你看出这里有什么值得注意的没有？”

“这是一个小孩或者一个小个子女人的脚印。”我回答道。

“除了脚的大小以外，还有其他什么发现吗？”

“好像和其他的脚印都相同。”

“一点也不同。看这儿！这是灰尘里的一只右脚印，现在我在它旁边光着脚再踩上一个右脚印，你看看主要区别在哪儿？”

“你的脚趾是并拢在一起的，那个脚印的五个脚趾头是分开的。”

“非常正确，关键就在这里，一定记住这一点。现在请你到那个天窗前，闻闻木框的边缘。我留在这里，因为我手里还拿着这条手巾呢。”

我按照他说的去做了，立刻感到一股强烈的木馏油味冲进鼻子。

“这是他离开时用脚踩过的地方。如果你都能辨别得出来，我想托比辨别这气味就更是易如反掌了。现在下楼去，把狗放开，等我下来。”

我下楼回到院子的时候，看到福尔摩斯已经爬到了屋顶，好像一只大萤火虫在屋脊上缓慢地爬行。一些烟囱挡住了他的身影，不过不大一会儿又出现了，然后又一次消失在烟囱后面。于是我也绕到后边去，看到他坐在房檐的角落处。

“是你吗，华生？”他喊道。

“是我。”

“这里就是那个人上下的地方，下面那个黑东西是什么？”

“是一只水桶。”

“有盖吗？”

“有。”

“没有看见一架梯子吗？”

“没有。”

“混账东西！这个地方是最危险的了。不过既然他能够从这儿爬上来，我也就能从这儿爬下去。这个水管好像很结实。不管它了，我下来啦！”

一阵脚步声从上面传过来，那盏提灯顺着墙边平稳地降了下来，然后他轻轻一跃，就落在了木桶上，随后又跳到了地上。

“要追踪这个人比较容易，”他一边穿着靴袜一边说道，“他一路上踩过的瓦片全都松动了，慌慌张张的情况下，还丢下了这个东西。用你们医生的话来说就是：它证实了我的诊断完全正确。”

他把捡到的东西拿给我看，原来是一个用各种颜色的草编织成的小口袋，外面装饰着几颗俗气的珠子，从形状大小来看，很像个烟盒；里边装着六根黑色的木刺，一头是尖利的，一头是圆圆的，和扎在巴索洛谬·舒尔托头上的完全一样。

“真是些凶险的东西，”他说道，“小心不要刺着自己。得到这些木刺我高兴极了，因为这很可能是他所有的凶器。目前我们两人是用不着担心会被扎着的。我宁愿被枪打中也不愿中这种毒刺。华生，你还有勇气跑六英里的路程吗？”

“当然可以。”我答道。

“你的腿受得了吗？”

“哦，没问题。”

“过来，托比！好托比！闻闻这个，托比，闻闻这个。”他把蘸有木馏油的手巾放在小狗的鼻子下面，托比叉开毛茸茸的双腿站着，翘着鼻子，就像鉴赏家在闻一种陈年佳酿的芬芳香味一样。福尔摩斯丢开手巾，把一根结实的绳子系在狗脖子上，把它牵到了木桶旁边。这只狗突然发出了一阵尖而颤抖地狂叫，鼻子紧贴地面，尾巴翘得老高。它顺着气味一直朝前跑去，把拴它的绳子绷得紧紧的，我们不得不以最快的速度紧随其后。

东边的天空渐渐发白，在灰暗、清冷的凌晨，我们可以看得远一些了。四四方方的巨大房子，灰暗空荡的窗户以及那光秃秃的高墙，凄凉孤独地耸立在那里，留在了我们身后。我们的路程正好要穿过一片庭院，院子里看起来到处坑坑洼洼，杂乱不堪。遍地的垃圾和高低不齐的灌木使得整个地方与昨晚笼罩在这里的惨案一样凄惨黯淡。

我们来到了围墙下面，托比一路跑来，在围墙的阴影下焦急地嗷嗷直叫，最后，我们停在了长着一棵小山毛榉树的墙角。在两面墙壁交界的地方，有几块砖已经松动，砖缝下面的部分已经被磨损，低处的砖缝已经被磨圆了，好像这些地方经常被当作梯子使用。福尔摩斯爬上了墙，从我手里把狗接过去，又把它放在了墙的另外一边。

“这儿还留有‘木腿人’的手印。”等我爬到他身边时他说道，“你看，白灰泥上还留有血迹。幸亏昨晚没有下大雨！虽然已经隔了二十八个小时，气味仍然留在路上。”

我承认当时曾担心伦敦大街上络绎不绝的车马会把木馏油的气味破坏掉，不过这种担心很快就消除了。托比从没有迟疑或走偏过，而是以它特有的姿势摇摇摆摆地向前奔跑。显然，与任何其他东西的气味相比较，木馏油的气味更为强烈。

“不要以为，”福尔摩斯说道，“我能够破获这个案子只是依靠着作案的一个人偶然把脚踩在了化学药品上。我现在还知道很多不同的方法可以帮助我捕获凶犯。不过既然我们有幸得到眼前这种最简便易行的办法，若是忽视了的话，那就是我的过失了。现在只不过把一个需要有高智商才能解决的问题简单化了。假如不是因为这个显而易见的线索，我们侦破此案或许还能获得人们的称赞呢。”

“还是会得到人们的赞赏的，”我说，“福尔摩斯，我敢保证，你侦破此案所使用的方法，比侦破杰弗逊·霍普凶杀案所用的手法更令我惊叹。我感到这件案子越来越不可思议，也越来越令人费解了。举例说吧，你怎么能那么有把握地描述出‘木腿人’的特征呢？”

“咳，老兄！这事本身就很简单，我可不想夸张。所有的一切都是明摆着的。两个负责指挥看守囚犯的部队军官获悉了一个藏宝的重大秘密。一个叫乔纳森·斯茂的英国人给他们画了一张图。你还记得写在摩斯坦上尉的图上的这个名字吧？他自己签了名，还代表他的同伙签了名，这就是他们所谓的‘四签名’。这两个军官——或者是其中的一个——找到了财宝，并带回了英国。我们可以设想，对于当初约定的某些条件有的没有履行。那么，为什么乔纳森·斯茂自己不去取财宝呢？答案是显而易见的。画那张图的日期，正是摩斯坦和囚犯们有密切联系的时候。乔纳森·斯茂之所以没有亲自去取财宝，是因为他和他的同伙都是囚犯，不能离开监狱。”

“这只不过是推测罢了。”我说。

“并不仅仅是推测，而是合乎实情的唯一假设。让我们看看这些假设是怎样与以后发生的事实相吻合的吧。舒尔托少校非常高兴地获得了那些财宝，过了几年安稳的日子。可是后来收到了一封从印度寄来的信，使他感到惶恐不安，这到底是怎么回事呢？”

“信上说，曾经被他欺骗的人都已经出狱了。”

“不如说是越狱逃跑，这种可能性更大，因为舒尔托少校肯定知道他们的刑期，否则他就不会惊慌失措了。然后他会怎么办呢？他时刻提防着装有木腿的人——请注意，是一个白种人，因为他曾认错了一个白种商人，并向他开了枪。在图上只有一个白种人的名字，剩下的全都是印度人或回教徒的名字。所以我们就可以很有把握地认为那个装有木腿的人就是乔纳森·斯茂。你认为我这样推理是否有不完善的地方？”

“没有，非常清楚明了。”

“好吧，现在我们就设身处地站在乔纳森·斯茂的位置上来分析一下。他回到英国有两个目的：一是要拿到他认为是属于自己的一份财宝；二是要对欺骗他的人进行报复。他找到了舒尔托先生的住处，还极有可能与他家里的一个人取得了联系。有一个叫拉尔·拉奥的仆人——我们从没有见过，据博恩斯通太太说，他的品行非常糟糕。斯茂并不知道财宝藏于何处，因为除了少校自己和他的一个已死的忠实仆人外，无人知晓。斯茂突然听说少校生命垂危，担心藏宝的秘密会和少校一同埋入黄土，便几近疯狂。他冒着被守卫抓住的危险，来到了弥留之际的老人窗前，只是由于少校的两个儿子当时在场，所以他没有能够进入房间里。他对死者恨之入骨，当夜又重新进入屋里，搜查少校的私人信件，希望能找到什么与财宝有关的线索。最后在临走之际，他在一张纸片上写下了简短的留言，以示他来过此处。毋庸置疑，当他事先制订计划之时，就准备在刺杀少校之后，在他尸体旁边留一个同样的字条，以表示这并不是一个普通凶手所为，而是从四个同伴的立场出发，维护正义。像这种怪诞离奇的事情在犯罪史上是很常见的，通常还可以提供与罪犯有关的一些有价值的线索。上面我讲的你都明白了吗？”

“非常清楚了。”

“现在乔纳森·斯茂该如何进行下一步的行动呢？他只能继续秘密地观察别人搜寻财宝的行动。可能他离开了英国，只是偶尔才回来一趟。后来阁楼被发现的时候，就有人马上给他通风报信了，这又一次证实了这座房子里有他的同伙。乔纳森装着木腿，根本无法爬上巴索洛谬·舒尔托家的顶楼。不过，他找来了一个非常古怪的同谋，正是此人帮他解决了困难。那同谋不小心把他的赤脚踩进了木馏油里，因此我们便找来了托比，还让一个脚筋受伤、只领取半薪的军官跛着脚跑了六英里路。”

“但是杀人的凶手是那个同谋，而不是斯茂。”

“是的，从乔纳森进入房间后跺脚的情形来判断，他是很反感这么做的。他和巴索洛谬·舒尔托无冤无仇，只是打算把他捆起来，塞住他的嘴，他并不希望把自己的头放进绞索中。但是，事已至此，一切都晚了，他的同伙表现出了凶残的本性，使用了毒刺。因此乔纳森·斯茂留下纸条，盗走了财物，和同谋一同逃跑了。对于这一连串的事件，我现在只能做出这样的解释。至于他的相貌，必然已步入中年而且皮肤黝黑，因为他在火炉般的安达曼岛服刑多年。他的高矮很容易从他步子的大小推算出来。我们还知道他留有络腮胡，这是塞笛厄斯·舒尔托从窗内亲眼看到的。我想大概也就是这么多了。”

“那个同谋呢？”

“啊！这个也没什么神秘的，很快你就能弄得清清楚楚了。

早晨的空气真清新啊！你看那朵小小的云，就像一片粉红色的羽毛，从巨大的火烈鸟身上飘了过来，一轮红日已经穿过伦敦上空的云层。阳光照耀着芸芸众生，但是像我们两个这样负着奇特使命的人，恐怕是极其少有的了。在大自然的伟力面前，我们的这点儿雄心壮志显得多么微不足道啊！你熟悉约翰·保罗[①]的著作吗？”

“多少有些了解。我是先读了卡莱尔[②]的著作，然后才研究他的作品的。”

“这如同沿着小河找到了湖泊一样。他曾说过一句精辟而意味深远的话，‘一个人的真正伟大之处就在于他能够认识到自身的渺小’。你看，这句话还论及了比较和鉴别的力量，这种力量本身就是一个高尚行为的证明。约翰·保罗的作品中有着非常丰富的精神食粮。你带手枪来了吗？”

“我有根手杖。”

“等我们找到了他们的藏身之处，这类东西正好可能用得上。我把乔纳森交给你，他那个同伴要是难对付，我就用手枪击毙他。”

他边说边掏出左轮手枪，装上两颗子弹，然后把它放回夹克衫的右边口袋里。

---

① 德国作家。——译者注

② 1795—1881，英国历史学家和作家。著有《法国革命史》《英雄与英雄崇拜》等。——译者注

我们跟随托比来到了通往伦敦市区的大路上，路两旁是半乡村式的别墅，接着进入了伸向远方的大街。干活的人们和码头工人已经起床，慵懒的女人们正打开百叶窗，清扫门阶。街角上那些四方房顶的酒馆刚刚开始营业，粗壮的男人们从里面出来，用他们的袖子擦去胡子上沾着的酒。几只野狗在街头游荡，惊奇地盯着我们走过去，可是我们这只绝无仅有的托比从不东张西望，它用鼻子嗅着地面，一直小跑前进，偶尔急不可待地发出一阵叫声，表示气味依然强烈。

我们经过了斯特莱塞姆区、布瑞克斯顿区、坎伯韦尔区，绕道穿过了许多条小巷，一直走到奥弗尔区的东面才来到了肯宁顿路。我们的追踪对象似乎专门挑弯曲的路走，可能是为了避免引起人们的注意。只要有与大街平行的小巷子，他们就避开大街。走到肯宁顿路的尽头时，他们向左边拐去，穿过了证券街和麦尔斯街，最后转入骑士街，托比忽然不再往前跑了，只是在远处来回地乱跑，一只耳朵耷拉着，一只耳朵竖立着，一副犹豫不决的模样。它摇摆着身子打了几个转儿，不时抬起头来望着我们，好像它现在很尴尬，请求我们给予它同情似的。

“这只狗究竟是怎么了？”福尔摩斯发牢骚地说，“他们肯定不会乘车的，也不可能乘气球逃跑。”

“大概他们在这里停留了一会儿。”我提醒道。

“啊！好了，它又跑起来了。”我的伙伴松了一口气说道。

托比的确又跑了起来。在四处闻了一阵之后，它似乎是突然间下了决心，以前所未有的力量和决心飞奔了起来。气味似乎比以前更为强烈了，因为它甚至没有把鼻子贴近地面，而是使劲地带着绳子往前猛跑。福尔摩斯两眼放光，似乎觉得我们就要到达罪犯的老巢了。经过九榆树之后，我们来到了白鹰酒店，后来到了布罗德里克和纳尔逊大木场。托比这时兴奋得发狂了一般，从侧门跑进了锯木工人已经开始工作的木场里。它从成堆的木屑和刨花中穿过去，绕过两堆木材的过道跑到一条小道上，最后发出“汪汪”的胜利叫声，跳上了一只仍然放在手推车上还未卸下的木桶上面。托比伸着舌头，眨巴着眼睛站在木桶上，把我们两个望了又望，好像要从我们这里得到某种赏识的信号似的。桶边和手推车的轮子上都沾满了黑色的液体，空气中充满了浓浓的木馏油气味。

夏洛克·福尔摩斯和我面面相觑，情不自禁地同时哈哈大笑起来。

八　贝克街的侦探小队

“现在怎么办呢？”我问道，“托比这回也失去了它绝对可靠的特点了。”

“它是根据自己的感觉行动的。”福尔摩斯把托比从木桶上抱下来，带它走出了木场。“你只要算一算伦敦市内每天木馏油的运输量，就不会对我们弄错追踪路线感到奇怪了。现在很多地方都需要木馏油，特别是在木料的防腐上面。不应当责备可怜的托比。”

“我觉得我们还是要回到气味混杂的地方去。”我提议。

“好。幸亏路程不远。托比在骑士街路口曾经迟疑不定，显然是油味在那里分成了截然相反的两个方向。我们走上了错路，现在只需要顺着另外一条路去找就可以了。”

这样做并没有什么困难。我们把托比带回到它当初选错路线的地方，它在那里搜索了一圈之后，又朝着一个新的方向跑去了。

“我们要当心，不要让托比把我们带到那个木馏油桶最初被运出的地方去。”我说道。

“我也想到了这点。不过你注意，它一直在人行道上跑，运木桶的车在马路上走，所以这次我们可是找到了真正的路线。”

穿过贝尔芒特路和太子街，托比向河边跑去，一直到了宽街的尽头，它径直跑向水边，那儿有一个用木材修成的小码头。托比带着我们一直走到码头的边缘，站在那里望着黑乎乎的河水发出柔和的声音。

“我们运气不好，”福尔摩斯说，“他们从这里上船逃走了。”码头边上停放着几只小平底船和小快艇。我们把托比带到每一只小船上，虽然它闻得很认真，但是没做出任何表示。离简陋的码头不远的地方有一所小砖房，在第二个窗口上挂着一块木牌，上面写有几个大字：“莫迪凯·史密斯”，下面写着“船只出租：按时按日计价均可”。另外在门上还有几个字，上面说有小汽船供出租——码头上堆积着一大堆焦炭，那正是这个汽船的燃料。福尔摩斯慢慢地环顾了一圈，脸上呈现出一种不大高兴的表情。

“事情看起来有些麻烦。”他说，“这帮家伙比我想象的还要狡猾，他们似乎掩盖了行踪。恐怕这一切都是事先安排好的。”

他向门口走去，门正好开了，一个头发卷曲的小男孩从里面跑了出来，大约六岁的样子。后面追上来一个身材肥胖、面色红润的妇女，手里拿着一块海绵。

“杰克，回来洗澡！”她喊道，“快回来，你这个淘气包！你爸爸回来看见你这个样子，我们俩都要挨骂。”

“小朋友，”福尔摩斯乘机说道，“你这个小家伙，脸蛋红扑扑的！杰克，你想要什么东西吗？”

小家伙想了一下，说道：“我要一个先令。”

“你不想要更好的东西吗？”

“给我两先令就更好了。”小孩子想了想，又说道。

“给你，接住！史密斯太太，他真是一个乖孩子。”

“上帝保佑，他就是这么淘气，先生。我丈夫有时一出门就是好几天，我简直拿他没办法。”

“他出门了？”福尔摩斯失望地说道，“真是不凑巧，我来找他有点事。”

“先生，他昨天早晨就出去了。说实话，我真是为他担心。不过，先生，你要是想租船，我一样可以为你们服务。”

“我想租他的汽船。”

“先生，他就是坐那汽船出去的。我感到迷惑的也是这个，我知道船上的煤不够到伍尔维奇来回烧的。他如果坐平底船去，我就不会这么担心了，因为他还多次去过像格雷夫圣德那么远的地方呢。再说他如果有事，可能有些耽搁，可是汽船没有煤烧怎么走呢？”

“他可能已经在沿河的码头买了煤。”

“也有可能，先生，不过他从来不那样做的，我好多次听他说零售煤价格太高。再说我也很讨厌那个装木腿的人，面貌丑陋，说话古里古怪的。他老是往这里跑，搞不清楚他有什么事。”

“木腿人？”福尔摩斯问道，不动声色中带着惊讶。

“是呀，先生！一个长着猴脸似的黑家伙，来过不止一次。昨晚就是他把我丈夫从床上叫起来的。并且我丈夫事先就知道他要来，早就把汽船发动了。实话跟你说，先生，这事我实在放心不下。”

“可是，亲爱的史密斯太太，”福尔摩斯耸耸肩说道，“你用不着自己瞎担心什么。你怎么知道昨天晚上来的就是那个装木腿的人呢？我不明白你怎么就这么肯定。”

“他的声音，先生，我熟悉他的声音，沙哑，含糊。大概是三点钟的时候，他拍了几下窗户，说道：‘起来，伙计，该走了！’我丈夫把我的大儿子吉姆也叫醒了，他们没有跟我说一个字就走了。我还听见那只木腿走在石头上发出当当的声音呢。”

“就只有木腿人一个人来了吗？”

“说不清楚，先生。我没听到还有别人。”

“史密斯太太，真是遗憾，我想租一只汽船，因为我早就听说过这只汽船很不错，让我想想！这只船叫……”

“‘曙光’号，先生。”

“哦，是不是那种绿色的旧船，船帮上画着宽宽的黄线？”

“不，不是，它跟河上其他的小船一样整洁，新刷的油漆，黑色的船身上面有两道红线。”

“谢谢！我想很快你就能听到史密斯先生的消息。我现在要到河下游去，要是碰到‘曙光’号，我就告诉他你很担心他。你说的那只船的烟囱是黑的吗？”

“不是，先生，黑色的烟囱上有一条白线。”

“哦，对了，船身是黑色的。史密斯太太，再见。华生，那儿有一个船夫和一只小船，我们就坐它过河去。”

“和那种人打交道，”我们坐上船后，福尔摩斯说道，“绝对不能让他们想到，他们所提供的信息会对你有哪怕一点点的帮助，否则他们就会守口如瓶，马上闭口不言。如果你以一种不赞成的态度听他们说话，就极有可能得到你想要知道的事情。”

“看来我们下一步的行动已经很清楚了。”我说。

“那你认为该怎么办呢？”

“雇一只汽船顺河而下去追踪‘曙光’号。”

“我亲爱的伙计，那样做太费事啦。从这里到格林威治，那只船可能停靠在沿河两岸的任何一个码头上。桥的下游长达数英里内全都是迷宫一般的停泊点，如果想把它们挨个搜一遍，那得耗去很多天的时间。”

“那么请警察来协助吧。”

“不，在最后紧要关头我有可能会叫阿瑟尼·琼斯来。那家伙不算坏，我不想做妨碍他公务的事情。既然我们已经干到了这一步，我很希望能单独干下去。”

“我们可不可以登广告请码头老板为我们提供线索？”

“那就更糟了！那帮人会知道我们紧跟不舍，有可能越境出国的。不过只要他们认为自己还非常安全，就不会急着逃走的。在这方面，琼斯的行动对我们是有利的。因为他肯定会把对本案的审理情况刊登在日报上，那些匪徒会认为大家都在朝错误的方向侦查案子。”

“我们下一步该怎么办？”在密尔班克监狱附近上岸时，我问道。

“坐这辆双轮马车回去，吃些早餐，睡上一个钟头。估计今天晚上我们还得赶路呢。车夫，请在电报局停一下！我们暂时先把托比留着，说不定还会用上它的。”

我们在大彼得街邮局停了下来，福尔摩斯发了一封电报。

“你知道我是给谁发的电报吗？”我们又继续前行时他问道。

“不知道。”

“你是否还记得在杰弗逊·霍普一案里我们雇用过的贝克街侦探小队？”

“是他们呀。”我笑道。

“在这个案子里，他们具有不可估量的用处。要是他们失败了，我还有其他的办法，不过我想先让他们试试看。那封电报就是发给队长维金斯的，就是那个不爱干净的小个子，我希望他和他的伙计们在我们吃完早餐前就能赶到这里。”

这时正是早晨八九点钟。经过一夜的奔波，我感到自己都虚脱了，身体疲惫不堪，脑子一片混沌，走起路来一瘸一拐的。我缺少我的伙伴那种忠于职业的热情，也没有把这件案子看作是一个纯粹的抽象的理论问题。至于巴索洛谬·舒尔托的被害，我很少听到人们说他的好话，所以对凶手并没有强烈的憎恶感。不过财宝就另当别论了。这些财宝，或者其中的一部分，理应归摩斯坦小姐所有。只要有机会使财宝失而复得，我愿意为之付出自己的毕生精力。不错，如果能够找回财宝，我可能就永远不能和她接触了。可是如果爱情被这种想法左右，这种爱情也就成为卑劣和自私的了。如果福尔摩斯能够找到凶手，我就该付出多于他十倍的努力去寻找财宝。我在贝克街家中洗了一个澡，重新换了衣服，精神极其振奋。下楼回到房间时，我发现早餐已经摆好，福尔摩斯正在倒咖啡。

“你看看这，”他指着一张打开的报纸，笑着向我说道，“这位精力充沛的琼斯和一个无孔不入的记者已经把这个案子侦破了。不过这个案子已经把你搞得够累的了。还是先吃火腿和鸡蛋吧。”

我从他手里拿过报纸，看到标题为《上诺伍德的奇案》的短消息写道：

【《旗帜报》消息】昨夜大约十二时，上诺伍德樱沼别墅主人巴索洛谬·舒尔托先生死于室内，显系谋杀。据悉，死者身上没有发现任何暴力痕迹，但是死者继承其父亲的一批价值连城的印度宝物已全部被窃。最先发现死者被害的是夏洛克·福尔摩斯先生和华生医生，他们是同死者弟弟塞笛厄斯·舒尔托先生一起前去拜访该别墅主人的。值得庆幸的是，警察局著名侦探阿瑟尼·琼斯先生当时正在上诺伍德警察分署，接到报案后半小时内即赶到了现场。他训练有素，久经沙场，到现场后很快就破获了此案。最终，死者之弟塞笛厄斯·舒尔托已被逮捕，同时被捕者还有女管家博恩斯通太太、印度仆人拉尔·拉奥和看门人麦克默多。现已证实凶手对于房屋结构了如指掌。琼斯先生运用他熟练的技术和精密的观察，最后证实凶手绝不可能是由门窗进入室内，而是爬上屋顶经过一个天窗潜入与死者房间相通的一间房屋的。这一非常明朗的事实证明：此案绝非普通盗窃案。警察局此次行动迅速、果断，表明在这种情形之下，必须有一位富有魄力的警长主持一切。此案的破获让我们不禁想到，一些人希望把全市侦探力量分散驻守，以便案发后及时赶赴现场进行侦破，看来是有道理的。

“真是太好了！”福尔摩斯端着咖啡杯咧嘴而笑，“你有什么看法？”

“我想我们也差点被当成罪犯遭到逮捕了，真是侥幸。”

“我也这么想。如果他突然又采取果断有力的行动，我们的安全问题就很难得到保证了。”

正在这时，门铃发出了巨大的声响，我听见房东赫德森太太高声和人争吵。

“我的上帝，福尔摩斯，”我欠起身来说道，“他们真的来抓我们了！”

“不会，事情还没有那么糟糕。这是非正式侦探——贝克街的侦探小分队来了。”

正说话的时候，外面传来了赤脚踩在楼梯上急促而行的声音和喧闹的谈笑声，接着便闯进来了十几个衣衫褴褛的街头小流浪汉。尽管吵吵闹闹地走了进来，但是他们还有些纪律，很快就站成了一排，满脸期待地望着我们。其中有一个个子较高、年龄稍大的站在前面，懒散中透露出一副神气十足的样子，在这个邋遢的衣衫褴褛的人身上显得尤为滑稽可笑。

“一接到你的消息，先生，”他说，“我马上就带他们来了。车费三先令六便士。”

“给你钱，”福尔摩斯说道，递给了他一些银币，“维金斯，以后他们向你报告，你再报告给我。我不想把房子弄得这样拥挤不堪。不过这次全来了也好，大家都可以听听我的命令。我想找一只名叫‘曙光’的汽船，船主叫莫迪凯·史密斯。船身黑色，有两道红线，黑烟囱上有一道白线，这只船在河下游的某个地方。我要一个孩子在密尔班克监狱对岸的莫迪凯·史密斯的码头上守着，船一回来马上报告。你们必须分头行动，在河两岸仔细地搜索，一有消息立刻通知我。都明白了吗？”

“明白了，长官。”维金斯说。

“报酬还照老规矩。谁找到船可多得二十一个先令。先预付你们一天的工资，赶快行动吧！”

他们每人分得一先令后就匆匆忙忙地下了楼梯，不一会儿便消失在大街上了。

“只要这只汽船露出水面，他们就能找到它。”福尔摩斯从桌边站了起来，点燃他的烟斗说道，“他们无孔不入，无所不见，可以偷听任何人的谈话。我希望在黄昏前可以有找到汽船的消息，这期间我们无事可做，只有等待了。在找到‘曙光’号或莫迪凯·史密斯之前，我们无法找到中断的线索。”

“托比吃我们的剩饭就行了。你要睡一会儿吗，福尔摩斯？”

“不，我不累，我的体质非常奇特。工作的时候我不会感到丝毫的疲倦，如果无所事事反而会使我萎靡不振。我要抽会儿烟，仔细想想我的女当事人委托我们办的这件离奇案子。我们这件案子应该是很容易就可以解决的，装木腿的人并不多见，而另外那个人，更是独一无二的了。”

“你又提到另外那个人了。”

“不管怎样，我并没有向你保守秘密的想法，不过你肯定有你自己的看法。现在我们再来想想这些情况：小脚印、从来不受鞋子束缚的脚趾、赤足、顶端绑着石头的木棒、敏捷的动作和有毒的木刺。你是怎么看待这一切的呢？”

“一个生番！”我喊道，“也许是和乔纳森·斯茂同伙的一个印度人。”

“不大可能，”他说道，“最初看到那些奇怪的武器时，我也这样想过。然而那些引人注意的脚印让我重新做了一番思考。印度半岛的居民是有一些身材矮小的，但是绝没有留下这种脚印的。印度土著的脚是瘦长的，穿凉鞋的回教徒的拇指是与其他脚趾分开的，因为鞋带一般是从拇指和其他脚趾中间穿过的。还有这些木刺，只能用一个办法发射，就是从吹管里射出。这样的生番，我们上哪儿去找呢？”

“南美洲。”我说道。

他伸手从书架上取下了一本大厚书。

“这是新版《地名辞典》的第一卷，可以说是最新的权威著作了。这里写的是什么？

> 安达曼群岛位于孟加拉湾的苏门答腊以北三百四十英里处。

“嗯，嗯，这儿说的什么？气候潮湿、珊瑚礁、鲨鱼、布勒尔港、囚犯营、罗特兰德岛、三角叶杨树林……啊！找到了！

> 安达曼群岛的土人或许可以称得上是世界上最

矮小的种族，虽然一些人类学家更倾向于认为非洲的布什人和美洲的迪格印第安人和火地人是最矮小的人种。这些土人的平均高度不足四英尺，很多成年人甚至比这个还要矮不少。他们生性凶狠、脾气乖张而又难以相处。不过一旦取得其信任，就能和他们建立起至死不渝的友谊。

“记住上面这点，华生。好，再听下边的。

他们天生丑陋，长着畸形的大头、凶狠的小眼睛、嘴歪眼斜、小手小脚。由于他们凶狠，难以对付，因此英国官吏即便竭尽全力仍不能把他们争取过来。他们通常是失事船只的水手们最大的灾难，他们会用顶端绑着石头的木棒击碎幸存者的脑袋，或用毒箭将其射死。屠杀之后，便毫无例外地举办一次人肉盛宴。

“多么美好可爱的人啊！华生，如果让这家伙逍遥自由，那后果就更不堪设想了。我觉得，乔纳森·斯茂恐怕也是万不得已才雇用他吧。”

“但是他是如何找到一个这样奇怪的同谋的呢？”

“啊，这个我就不知道了。不过既然我们知道斯茂是从安达曼群岛来的，这个土人和他在一起也就很好理解了。毫无疑问，我们不用多久就会彻底弄清楚的。华生，看来你是非常疲倦了。在那张沙发上躺下，让我来催你入睡吧。”

他从屋角取出他的小提琴，在我四肢平摊着躺在床上时，他开始奏起一支低沉的、梦幻般的、悦耳的曲调——无疑是他自编的曲子，因为他有一种即兴创作的天赋。我直到现在还模糊记得他那瘦削的手、真诚的面孔和一上一下的弓弦呢。那时我仿佛在一片柔和的音乐声中飘荡，最后进入了梦乡，甜美的玛丽·摩斯坦正俯身看着我呢。

九　线索的中断

醒来的时候，已经到了傍晚时分，我感到气力十足，精神振作。福尔摩斯仍像我入睡前那样坐着，只是放下了小提琴，专心致志地在看一本书。他见我起来，朝我看了看，我发现他脸色阴沉，焦虑不安。

“你睡得很香，”他说，“我担心我们说话的声音会把你吵醒了呢。”

“我什么也没有听到。”我答道，“你得到什么新的消息了吗？”

“非常遗憾，仍然没有。我承认这出乎我的意料，也非常失望，我预计到这时候会得到确切消息的。维金斯刚刚来报告过，说压根儿没发现那只汽船的踪影。这真是一个让人恼火的消息，因为每一个钟头都是特别重要的。”

“我能帮忙吗？现在我的精神已经完全恢复了，已经做好了再追踪一整夜的准备。”

“不用，我们什么也没法做，只有等待。如果我们出去了，有消息来了我们不在，反而会误事的。你愿意干什么都可以，但我必须守候在这里。”

“那么我去坎伯韦尔拜访塞西尔·弗里斯特夫人，她昨天邀请了我。”

“是去拜访塞西尔·弗里斯特夫人吗？”福尔摩斯的眼睛里闪动着笑意。

“是，当然还有摩斯坦小姐，她们都急于知道这个案子的进展。”

“我可不会告诉她们太多的事情。”福尔摩斯说道，“绝不能完全信赖女人，即便是最好的。”

我没有停下来和他争辩这种武断的论调。

“我一两个小时就回来。”我说。

“好吧！祝你好运！不过，我说，要是你过河去的话，不妨把托比送回去，我想现在不可能再用上它了。”

于是我带上混血狗，把它送还给了狗的主人，并酬谢了他半个英镑。到了坎伯韦尔，我发现摩斯坦小姐经过昨夜的冒险仍然有些疲倦，不过她还是非常急切地想知道案子的消息。弗里斯特夫人也同样好奇。我把我们所经历的一切都告诉了她们，不过隐去了一些恐怖的情节。虽然提到了舒尔托先生的被害，但是对于现场的惨状和凶手采用的方法，我根本没有提及。就是如此大概的讲述，她们还是听得一惊一乍的。

“真是一个传奇故事！”弗里斯特夫人大声叫道，“一个受亏待的女人，五十万镑的财宝，一个吃人的黑生番，还有一个装木腿的匪徒。传统的猛龙和邪恶的伯爵的故事也比不上这些。”

“还有两位游侠骑士的拯救呢。”摩斯坦小姐愉快地望着我说道。

“唉，玛丽，你的命运全依靠着这次搜寻的结果了。我感到你并不是异常兴奋。试想一想，若是一旦变成巨富，你将凌驾于整个世界之上呢。”

令我感到非常欣慰的是，她对于我所说的未来并没有表现出欣喜若狂的样子。相反，她只是有尊严地摇了摇头，好像对财宝的事情并不感兴趣。

“我最关心的就是塞笛厄斯·舒尔托先生，”她说，“其余的都无关紧要。我觉得他自始至终都表现得非常厚道和可敬，我们有责任帮助他洗刷这可怕而又毫无根据的罪名。”

我离开坎伯韦尔已经是晚上了，回到家中时夜已经深了。

我伙伴的书和烟斗还放在他的椅子旁边，他本人却不见踪影。

我四周寻找，希望他留下一张字条，但是没找到任何东西。

“夏洛克·福尔摩斯先生是出去了吗？”赫德森太太进屋来放窗帘时，我问道。

“先生，他没有出去，就在自己的屋子里。你知道吗，先生，”她压低了声音，小声说道，“我恐怕他是生病了！”

“赫德森太太，你怎么知道他生病了？”

“嗯，先生，他有些古怪。你走了以后，他在屋里一直不停地走来走去，走来走去，他的脚步声都让我感到不耐烦了。后来又听见他自言自语，嘀咕个不停，每次门铃一响，他就跑到楼梯口喊：‘赫德森太太，是谁呀？’现在他把自己关在屋子里，不过我依然能够听见他在屋里来回走动的声音。先生，我希望他没有病。刚才我冒昧地告诉他吃些镇定药，可是他瞪了我一眼，吓得我真不知自己是怎样从他房间里跑出来的。”

“我想你用不着太着急，赫德森太太，”我答道，“我以前也看见过他这样的。他心里有事，所以坐卧不安。”

我尽力轻松地和我们可敬的房东交谈着，可是在那漫长的黑夜里，我不断地听到同伴那单调的脚步声，不禁有些不安起来。我知道他心情急切，现在不能采取行动让他越发焦躁不安。

第二天早餐时，他显得疲惫不堪，面容消瘦，两颊微微泛红。

“老兄，你把自己累垮了，”我说，“整夜就听到你在屋内踱来踱去。”

“不，我睡不着，”他答道，“这该死的难题快让我崩溃了。所有的问题都已经解决了，现在反而让一个很毫不起眼的障碍给难住了，未免叫人太不甘心。那些凶手，那只汽船，每一件事物都搞清楚了，可就是得不到船的消息。其他力量也都已经调动起来，我尽了我最大的努力，整条河的两岸已经都搜遍了，可就是没有消息。史密斯太太那里也没有她丈夫的音信，我几乎认为他们把船沉到河底了，不过这一结论很难讲得通。”

"或许是史密斯太太误导了我们。"

"不会的，这种情况可以排除，我已经派人调查过，确实有这样的一只汽船。"

"它有没有可能到上游去了？"

"这个可能性我也考虑过，有一支搜查队沿河往上一直搜寻到瑞奇门德一带。如果今天还没有消息，我明天就亲自出马去找匪徒，而不再寻找汽船了。不过，肯定的，肯定会得到什么消息的。"

但是，无论是从维金斯那里还是从其他方面，我们都没有得到任何消息。大多数的报纸都刊登了有关上诺伍德惨案的文章。对那位不幸的塞笛厄斯·舒尔托，他们似乎都非常憎恶。除了第二天将进行官方审讯外，各家报纸都没有新的消息。傍晚我步行到坎伯韦尔，向两位女士报告了我们的困境，回来的时候发现福尔摩斯依然情绪低落，闷闷不乐。他几乎无暇理会我的问题，整个晚上都在那里忙着做一个玄妙的化学分析，给蒸馏瓶加热，蒸发出蒸汽，到后来空气中弥漫的气味使我不得不离开房间。直到次日凌晨，我还听见试管的碰撞声，知道他还在做着那个味道恶臭的实验。

第二天清晨，我惊醒过来，惊奇地发现福尔摩斯就站在我的床前。他里面穿着一件简陋的水手服装，外面罩着一件粗呢大衣，脖子上围着一条质地粗糙的红围巾。

"华生，我现在要到河下游去。"他说，"我反复考虑，觉得只有这一个办法了，无论如何值得一试。”

“我能和你一同前往吗？”我说。

“不用，你作为我的代表留在这里是大有用处的。我自己也不情愿离开，虽然昨晚维金斯很泄气，可是我想今天很可能会有消息的。所有的来信、来电都请你代拆，假如有什么消息，按照你的判断见机行事。可以请你代劳吗？”

“当然可以。”

“我的行踪不定，恐怕你无法给我发电报。不过要是运气好，我不会耽搁太长时间的。回来以后总会有消息告诉你的。”

早餐的时候，并没有得到他的消息。可是打开《旗帜报》，发现上面对这个案子又有了新的报道：

> 关于上诺伍德的惨案，据悉案情内容异常复杂，不似最初预料的那么简单。新的证据表明：塞笛厄斯·舒尔托先生与本案并无关联。舒尔托先生和女管家博恩斯通太太已于昨晚释放。据悉，警察局方面已掌握真正凶犯的线索。此案现由伦敦警察局以干练著称的阿瑟尼·琼斯先生负责侦破，预计凶犯不久就可缉拿归案。

“这件事还算令人满意。”我想，“我们的朋友舒尔托总算安全了。我不知道新的线索是什么，警方不管何时出错都是这套陈词滥调。”

我把报纸扔到桌上，目光忽然又被报上私事广告栏里的一则广告吸引住了。广告是这样写的：

> **寻人：**船主莫迪凯·史密斯及其长子吉姆于周二凌晨三点左右乘汽船“曙光”号离开史密斯码头，至今未归。船身为黑色，有两条红线，黑色烟囱，上有一道白线。如有知莫迪凯·史密斯与其船“曙光”号下落者，请与史密斯码头史密斯太太或贝克街221号联系，面谢五英镑。

这显然是福尔摩斯所为，贝克街的住址就足以证明这一点。这种设计巧妙的举措让我震撼，因为即使匪徒们看到了这则启事，也只会认为那不过是一个妻子担心出门未归的丈夫，而看不出其中的真正意图。

这一天特别漫长。每次听到敲门声或者街道上急促的脚步声，我都以为是福尔摩斯回来了，或者是看见广告的人来报信了。

我试着看书，但是总不能集中注意力，思想总是跑到这次离奇的追踪，跑到我们所追踪的那两个极不般配的恶棍身上去。难道是我同伴的推理发生了根本性错误？难道他犯了严重的自欺欺人的毛病？难道他那敏于思索的机智的大脑将他那怪异的理论建立在了错误的前提之上？我知道他从来没有出现过错误，可是智者千虑，必有一失。我想或者可能是因为他的推理过于精细，反而陷入了错误之中——一个极其简单明了的案子落到他的手中，他总喜欢做一番难以捉摸的、异乎寻常的解释。不过，从另一个方面看，这些证据又是我亲眼见到的，他的演绎推理我也亲耳听到过。我回顾着发生的一连串的怪事，虽然其中有些是微不足道的，但全部都指向了同一方向。我不得不承认，即使福尔摩斯的理解真是错误的，那么正确的推理也必定异乎寻常，令人震惊。

下午三点钟的时候，门铃大作，大厅里传来命令式的说话声。出乎意料的是，上来的不是别人，竟是阿瑟尼·琼斯先生。不过他的态度和以前截然不同了，在上诺伍德处理本案时，他粗暴专横，以常识专家自居，非常自负。现在他垂头丧气，温顺谦恭，甚至还有些惭愧。

“你好，先生，你好，”他说，“听说福尔摩斯先生出去了。”

“是的，我不知道他什么时候可以回来。请你等一等吧。请坐，来支雪茄吧。”

“谢谢，等等也没有关系。”他说话时用红色印花的手帕擦了擦脸。

“来一杯加苏打的威士忌酒，如何？”

“好吧，半杯就可以了。到这时候天气还这么热，并且还有一大堆令人焦头烂额的事情等着我去处理。你还记得我对上诺伍德案的推断吗？”

“我记得你说过。”

“咳，现在不得不重新加以考虑了。本来我已把舒尔托先生紧紧地兜在网里了，可是，先生，半道里他突然又从网眼里溜了出来。他提出了一个无法推翻的证据——他自从离开他哥哥的房间以后，始终有人和他在一起，所以爬上房顶，从天窗钻进房间的就不可能是他了。这个案子实在很复杂，连我的职业信誉都岌岌可危，我很希望能从你们这里得到些帮助。”

“有时候我们每个人都需要帮助。”我说。

“先生，你的朋友夏洛克·福尔摩斯先生真是一位非常了不起的人，”他很肯定地说道，“谁也比不过他。我知道他所处理过的大量案子，没有一桩不被他弄得水落石出。他使用的方法毫无规律，当然有时或许也急于运用理论，不过总的来讲，他是可以成为一个非常有前途的警官的，我也不在意别人知道我有这种想法。今天早上我接到他的一封电报，知道他对于舒尔托这个案子已经有了新的发现。这就是那封电报。”

他从衣袋里把电报取出递给了我。这封电报是十二点从杨树镇发的，电文是：

> 速往贝克街。若我未归，请候。我即将寻到舒尔托案匪徒的踪迹。若想看到本案的结局，今晚可与我同去。

“太好了，”我说，“他必定是又重新找到了线索。”

“啊，这么说他也曾经搞错了，”琼斯很得意扬扬地说道，“即使是我们最优秀的侦探有时也会出错呢。当然，这次也可能是虚惊一场，不过作为一名警官，我有责任不让任何机会溜掉。门口有人，可能是他回来了。”

一阵沉重的爬楼梯的脚步声传来，伴随着重重的喘息声和呼哧呼哧的声音，似乎是一个气喘吁吁的人发出的。他中途停了一两次，似乎上楼梯很费力气，最终还是走进了我们的房间。他的外貌与我们所听见的声音正相符合。他年纪已大，穿着一身水手服，外面套着陈旧的粗呢大衣，纽扣一直扣到脖子处。他弯着腰，双腿打战，呼吸非常急促。他拄着一根粗粗的栎木手杖，为了能够呼吸，双肩不停地起伏。一条花围巾严实地遮住了下巴，除了那双敏锐的黑眼睛外，只露出了白色的浓眉和灰色的长络腮胡子，其余的地方简直什么都看不到了。总而言之，我感到他好像是一个年事已高、贫困潦倒而可敬的航海家。

“有什么事吗？老先生。”我问道。

他如同一般老年人那样，慢条斯理地向四周看了看。

“夏洛克·福尔摩斯先生在家吗？”他问道。

“不在家。不过我能代表他，你有什么要告诉他的消息全都可以跟我说。”

“我只能对他本人讲。”他说道。

“我不是说了我可以代表他吗？是不是有关莫迪凯·史密斯汽船的事？”

“是的，我知道船在哪里，知道他所追踪的人在哪里，还知道财宝在哪里，这一切我全都知道。”

“那么你告诉我好了，我会转告他的。”

“我只能对他本人讲。”他以老人那种易怒和顽固的口吻重复道。

“好吧，那你就等一等吧。”

“不行，不行，我可不能浪费一整天的时间等一个人。如果福尔摩斯先生不在，只好让他自己去调查这些事了。你们两人的这副模样都不讨我喜欢，我什么都不会告诉你们的。”

他小步地朝门口走去，可是阿瑟尼·琼斯拦住了他。

“朋友，请等一等。”他说，“你带来了要紧的消息，不能就这样走掉。不管你是否愿意，我们要把你留住，直到我们的朋友回来。”

那老人想要冲出门口，可是阿瑟尼·琼斯早用他那宽大的身子挡在了门口，老人意识到反抗无济于事。

“真是岂有此理！”他喊道，把手杖直往地板上戳，“我是来拜访一位朋友的，你们两个和我素不相识，硬是抓住我不放，还以如此无礼的方式对待我！”

“请不要担心，”我说道，“你所耽误的时间我们会补偿你的。请坐在这边沙发上，不会让你久等的。”

他闷闷不乐地走了过来，双手撑着脸坐在沙发上。琼斯和我继续抽着雪茄烟闲聊。但是，刹那间，福尔摩斯的声音在我们耳边响起。

“我想你们也应该给我一支雪茄吧。”他说道。

我们二人从椅子上惊跳了起来，福尔摩斯就坐在我们旁边，脸上挂着平静的笑容。

“福尔摩斯！”我大声叫道，“你在这儿！那老头哪儿去了？”

“老人在这里，”他拿出一把白发，说道，“这就是他——假发、络腮胡、眉毛，全在这里。我想我的伪装很成功吧，可就是没想到把你们也骗住了。”

“好啊，你这混蛋，”琼斯高兴地喊道，“你真应该去做演员，并且是一个出色的演员，你模仿救济院穷人的咳嗽，还有那颤抖不停的双腿，每周可以挣十英镑呢。不过，我从你的眼神中还是看出来了。瞧，你不能轻易从这里走掉。”

“我今天整整一天都是这副模样，”他点燃了雪茄烟，说道，“你知道，很多犯罪团伙已逐渐认识了我——尤其是我们的这位朋友把我侦破的一些案子写成书之后，所以我不得不在工作时简单地伪装一下。你收到我的电报了吗？”

“收到了，所以才赶来的。”

“关于这件案子你的工作进展得如何了？”

“一切从零开始。我不得不释放了两个人，对于另外两个人也拿不出指控的证据。”

“不要紧，我们将会另外找两个来替代他们的。不过你必须听我的指挥。一切功绩全部归你，可是一切行动必须听我的。可以吗？”

“完全同意，只要你协助我捉到凶手。”

“好，首先，我需要一艘警察快艇——汽船，今晚七点钟在威斯敏斯特码头待命。”

“这个好办，那儿时刻有一艘备用的，不过我得到马路对面打个电话落实一下。”

“我还要两个身强力壮的人，以防凶手拒捕。”

“那就派两三个人到船里去，还有别的吗？”

“我们捉住凶手，财宝就能到手了。我想我这位朋友肯定会很乐意把财宝箱给那位年轻小姐送去——这财宝一半应归她所有，第一个打开箱子的人应该是她。喂，华生？”

“我非常愿意效劳。”

“这个做法很不符合章程，”琼斯摇摇头说道，“不过这件案子整个都是不合常规的，我们还是装着没看到吧。但是看过之后，财宝必须上交政府，待官方查验后再做处理。”

“当然，这个好办。还有一点，我倒很想先听听乔纳森·斯茂亲口说出此案的详情。你知道，我素来喜欢把我经手的案子弄得明明白白。只要他在警方的看守之下，不管是在我房间里，还是在别的地方，由我对他进行一次非官方的审讯，你都不能阻止。没有意见吧？”

“好，一切都由你来做主。虽然我还不能证明确实有乔纳森·斯茂这么一个人的存在，但是要是你能把他捉住，我没有理由阻止你审讯他。”

“那么，这也同意了？”

“完全同意，还有其他的要求吗？”

“还有一个要求，就是请你一定留下来和我们共进晚餐。半个小时内就可以备好。我准备了些牡蛎和一对松鸡，还有些特选的白酒。华生，你还没有发现，我也很会治理家务呢。”

十　凶手的末日

晚餐吃得很快乐。福尔摩斯高兴的时候一向是非常健谈的，那天晚上他的确口若悬河。他看起来异常激动，我从来不知道他如此学识渊博。他谈论着一个又一个的话题——从奇迹剧到中世纪的陶器，从意大利的斯特莱迪瓦利厄斯制造的小提琴到锡兰的佛教和未来的战舰，他似乎对每一个问题都做过专门的研究。他兴高采烈，把这几天的郁闷、消沉一扫而光。阿瑟尼·琼斯在工作之余也是一个爱说爱笑性情随和的人，像个美食家一样品尝着这顿考究的晚餐。至于我，一想到我们的追捕任务马上接近尾声了，就很兴奋，也明白了福尔摩斯兴奋的缘由。晚餐时没有一个人提到使我们三人聚在一起的原因。

饭桌收拾完毕后，福尔摩斯看了看表，斟满了三杯红葡萄酒。“再干一杯，预祝今晚的冒险成功。”他说，“是时候了，应该动身了。华生，你有手枪吗？”

“我书桌里有一支从前在军队里使用的左轮手枪。”

“你最好带上，以防万一。我去看看马车来了没有，我订好六点半钟到这里的。”

七点稍过，我们赶到了威斯敏斯特码头，汽船早已在那里等候了。福尔摩斯挑剔地看了看汽船。

“这船上有什么警艇的标记吗？”

“有，船边上的那盏绿灯就是。”

“把它取下来。”

一番小小的改动后，我们便上了船，然后解开了船缆。琼斯、福尔摩斯和我都坐在船尾，前面有一人掌舵，一人管发动机，两个强壮的警长坐在船头。

“船往哪儿开？”琼斯问道。

“到伦敦塔，告诉他们把船停在杰克勃森船坞的对面。”

我们的船速度相当快，像箭一样超过无数满载的平底船，就好像它们静止不动一样。当我们又超过一艘小汽船并把它抛在身后时，福尔摩斯露出了满意的笑容。

“我们能够追上这河里的任何船只。”他说道。

“嗯，那倒不见得。不过能够胜过我们的汽船的确不多见。”

“我们必须赶上‘曙光’号，它是一艘有名的快艇。华生，让我给你讲讲案情的发展情况吧。你还记得我曾为一个不起眼的难题而感到烦恼的事吧？”

“当然记得。”

“我通过做化学实验使我的脑筋得到了彻底的休息。我国的一位大政治家曾经说过，改变工作是最好的休息。的确如此。当我成功地做完了碳氢化合物的溶解实验以后，我又回到了舒尔托一案上，把整个案子重新考虑了一遍。我所派遣的孩子们把沿河上下游都搜遍了，但毫无结果。这只汽船既没有在任何码头上停泊又没有返回，也不太像为了隐藏踪迹而沉入水底——如果一切努力都失败了，沉入水底也是个可能的假设。我知道斯茂这人有些狡猾的伎俩，不过我想他还不可能有那样周密的招数。思考缜密往往是较高程度教育的结果。然后我想到，既然他在伦敦居住过一段时间——他一直在监视着樱沼别墅这一事实可以证明——因此他不可能一接到消息就马上逃离，而需要一些时间，哪怕一天，来安排好他的事情。不管怎样，这是一种可能性。”

“我觉得这种可能性不大，”我说，“恐怕他在行动之前早已将一切都安排妥当了。”

“我认为不是这样。那个藏身之处对他来说极为重要，除非他确信已经用不着那个地方，否则他不会轻易逃走的。但是另外一种想法闪现在我的脑海中，乔纳森·斯茂的同伙相貌古怪，不管如何乔装打扮他，都会引起别人议论的，并且可能会令人把他与上诺伍德惨案联系起来，斯茂为人机警，肯定会想到这一层的。他们天黑以后离开藏身之处，还必须赶在天明之前回去。据史密斯太太说，他们上船的时候是在凌晨三点，再过个把小时天就要大亮，行人也多了起来。因此我认为他们并没有走太远。他们给了史密斯很多钱，以防他走漏风声，预订下他的船以便在最后逃跑时使用，然后携带财宝匆匆回到了藏身之处。这几天他们可以看看报纸，听听风声，再在夜幕的掩盖下，从葛雷夫森德或多佛海峡上船。毫无疑问他们已经在那里准备好了去美国或者殖民地的船。”

“可是那只汽船呢？他不可能把它也带到巢穴里去呀。”

“当然不能。尽管我们还没有找到汽船，但我认为它不会离得太远。然后，我又把自己放在斯茂的位置上，从他的能力出发来考虑此事。他或许会认为：如果确有警察在追踪他，那么把汽船送回去或是把它停靠在码头，都会让警察轻而易举地捉住他。那么怎样才能把船隐藏起来，同时在需要的时候还能召之即来呢？我在想我处在他的位置上会怎么做呢？我只想出了一个办法，就是把船送到一个船坞或修理站，做些小小的修理。这样一来，既可达到隐藏的目的，并且要使用它的时候也能很快取到。”

“这似乎很简单。”

“正因为这些事情非常简单，才很容易被忽略了。于是我决定按照我的推断去进行侦查。我马上穿了一身水手服到下游的每个船坞去询问。一直问了十五个船坞都毫无收获，可是问到第十六个——杰克勃森船坞时，我得知在两天前曾有一个木腿人把‘曙光’号送进船坞，要求对船舵做轻微的调整。‘那舵没有啥毛病，’工头说，‘就在那儿，带红线的那个。’正说着进来了一个人，不是别人，正是失踪的船主莫迪凯·史密斯，他喝得酩酊大醉。我当然不会认识他，是他大喊着自己的名字和汽船的名字，还说：‘今晚八点钟要船，整八点。记住了，有两位客人要坐船，不能耽误了。’凶手们一定给了他丰厚的报酬，因为他朝工人们拍着他胀鼓鼓的口袋里的银币。我跟踪了他一段路程，见他进了一家啤酒店，于是我又回到船坞。在途中，我碰巧遇到了派出去的一个孩子，就让他站在河边盯住汽船，一旦它离开船坞，就朝我们挥动手帕。我们在河的某个地方停靠着，这次要不能人赃并获，那才是怪事呢。”

“不管这几个人是不是真凶，你把这一切安排得都很周密。琼斯说道，“如果是我，我一定派几个警察守候在杰克勃森船坞，等到凶手出现时，就将他们当场逮捕。”

“绝对不能像你说的那样做。斯茂是个非常精明狡猾的家伙。他一定先派一个人查看动静，一旦有可疑的情况，他就又要再躲藏一个星期。”

“可是你若盯紧了莫迪凯·史密斯，这样也可以把藏身之地找到呀。”我说道。

“那样我的时光就白白浪费了。我想史密斯百分之九十九不知道他们藏身何处。史密斯有酒喝、有钱花，他干吗还要过问其他事情？他只需要按照他们的指示行事就行啦。各种可能的情节我都考虑过了，这是最好的办法。”

谈话之间，我们已经飞快地穿过了泰晤士河上的几座桥。

当我们经过伦敦市区的时候，落日的余晖已将圣保罗教堂房顶上的十字架染成了金色。在我们到达伦敦塔之前，已经是黄昏时分了。

“那就是杰克勃森船坞，”福尔摩斯指着靠萨利区河岸密密麻麻的船桅说道，“让我们的船借着这一排排驳船的掩护，在这儿来回游弋吧。”他从口袋中取出夜用望远镜向岸上观察。“我看到了守候在那里的侦查员，”他说道，“可是手帕还没动静呢。”

“我们还是开到下游等着他们吧。”琼斯急切地说。

这时我们都迫不及待，就连那几个对将要发生的事情所知甚少的警长和船工们也是如此。

“我们不能认为什么事情都是理所当然的，”福尔摩斯答道，“虽然十有八九他们会往下游走，但也不是绝对肯定。从这个地方能够看见船坞的入口，但他们却很难看见我们。今天晚上晴朗无雾，月光明亮，咱们就守在这儿吧。你看，那边煤气灯下挤了一大堆人。”

“那都是从船坞下班的工人们。”

“这些人虽然看上去肮脏粗俗，可是每个人的内心深处多少都有一些生生不息的生气。只看他们的外表你是想不到的。这种可能性并不是表面的。人类真是不可思议。”

“有人说，人是万物之灵。”我说道。

“温伍德·瑞德对这个问题有独到的见解。”福尔摩斯说，

“他认为，虽然每个人都是难解之谜，但是作为整体来看，人类就成了一个确定无疑的必然的事物。比方说，你永远不可能预知一个人将要干什么，但能够准确无误地说出一般人将要做什么。个体是变化的，但百分率是恒定的。统计学家也这样说。你们看见那条手帕了吗？没错，那边有一个白色的东西在挥动。”

“对，是你派去的男孩，”我喊道，“我能很清楚地看见他。”

“‘曙光’号出现了！”福尔摩斯高声说道，“看它的速度真快。全速前进，轮机员！追上那只有黄灯的汽船。我发誓，要是我们追不上它，我将永远不会原谅自己。”

“曙光”号已经从船坞开了出去，穿过两三条小船后不见了。等到我们再看见它时，它已经在全速行驶了。它顺着河岸如箭一般疾驰狂奔，琼斯阴沉着脸直摇头。

“这船太快了，我们恐怕追不上它。”

“必须追上！”福尔摩斯吼道，“船工，快点加煤！用尽全力赶上去！就是把船烧了也要追上他们！”

我们紧紧地追在后面，锅炉火势凶猛，威力强大的引擎如同一个巨大的钢铁心脏，呼哧呼哧，铿锵作响。尖利陡峭的船头划破平静的河水，使波浪翻滚着在我们左右两边分开，随着引擎的每一次震动，我们的船就好似一个有生命的物体一样震颤着向前跃进。船舷上的一盏大黄灯向前方射出了一束长长的闪烁的光芒。前方远处一个模糊不清的黑点就是“曙光”号，它后边那团翻卷着的白色浪花告诉人们它的速度有多神速。我们穿梭在一条条的驳船、汽船和商船之间，紧追其后，又绕过而行。隆隆的引擎声划破黑夜为我们欢呼，可是“曙光”号还是如此神速。我们紧咬着它不放。

“加煤，伙计们，加煤！”福尔摩斯对着下面的机舱喊道，“尽最大的努力烧出蒸汽。”锅炉里熊熊的烈火照着他那焦急的鹰一般的面孔。

“我想我们已经追上去一些了。”琼斯双眼盯着“曙光”号说道。

“当然，”我说道，“再过几分钟就可以追上了。”

正在这时，可能也是我们倒霉，一艘拖船拖了三艘驳船挡住了我们的去路。幸亏我们急转船舵，才没有和它们相撞。等我们绕过它们继续往前行驶时，“曙光”号离我们足足有二百多码了，但是还能看得到。当时，昏暗朦胧的暮色已经变成了晴朗明亮的夜晚了。我们的锅炉已经烧到了极点，驱船前进的动力异常强大，使脆弱的船壳嘎吱作响，震颤不已。我们从伦敦桥的正中下方急速穿过，经过西印船坞和长长的德普特福德河段，又绕过了狗岛往前直奔而去。前方那个模糊不清的黑点已经转变成清晰可见的“曙光”了。琼斯用探照灯向它直射，甲板上的几个人便清楚可见：一个人坐在船尾，两腿间放着一个黑色的东西，他身子俯在那黑物件上。他旁边还有一个黑影子，应该是一只纽芬兰狗。一个男孩在掌舵，在锅炉红光的映照下，我看到史密斯光着上身正在拼命地加煤。起初他们也许还不能肯定我们是否是在追赶他们，可是到现在看到我们紧紧地跟在后面转来转去，也就毋庸置疑了。在到了格林威治的时候，两船相距大概有三百步了，再到布莱克沃尔时，两船相隔最多只有二百五十步了。在我变化多端的人生历程中，曾经在很多国家追赶过不少猎物，然而都没有今晚在泰晤士河上追人这样惊险刺激。我们的船一点点和前面的船接近，在这寂静的夜里，我们可以很清楚地听到前面船上机器的呼哧呼哧的声音。坐在船尾上的那个人仍然蹲在那里，两手似乎非常忙碌，挥动个不停，不断地抬起头来看看离我们有多远。两只船的距离越来越近了，琼斯喝令他们停下来。只有四只船的间隔了，两船仍在急速前进。这时已接近河口了，一边是巴肯平地，另一边则是普拉姆斯第德沼泽地。船尾那个人听见我们的喊叫，从甲板上跳起来挥舞着拳头，对着我们高声叫骂。他个头高大，身体健壮，两腿分开站在那里。我看见他的右边大腿下面只是一根木棍。听到他刺耳的怒骂声，他旁边蜷伏着的黑影子动弹了一下，站了起来，原来是一个矮小的黑人——我从未见过的最矮小的人。他长着大大的畸形脑袋，一头乱蓬蓬的头发。福尔摩斯已经把手枪拿在手里，我看见了这个野蛮怪异的生番，也把手枪掏了出来。他裹着一件黑色的好似宽大的外套或毯子一样的东西，只露着脸，不过就是那张脸也足以让人彻夜难眠了。我从没有看见过像他那样狰狞的面孔，他那双小眼睛凶光闪闪，厚厚的嘴唇从牙根处往上翻卷着，如野兽一般朝我们狂喊乱叫。

“他一抬手就开枪。”福尔摩斯轻声向我说道。

此时，彼此之间只有一船之隔了，几乎就要抓住罪犯了。我看见他们俩站在那里，白人叉开双腿，不停地怒骂，邪恶的矮人面目可憎，在灯光下咬牙切齿，露出一口坚硬的黄牙。幸好我们能清楚地看见他。就在这时，他从毯子里掏出了一根好似木尺的短而圆的木棒，把它放在了唇边。我们同时扣动了手枪扳机。那黑人打了个趔趄，高举着双手，“啊”的一声便从船边跌入了河里，我看到他那双狠毒的眼睛刹那间消失在翻卷的白浪之中。这时，木腿人扑向船舵，使出全身力量扳动舵柄，让船向南岸冲去，我们以相差几英尺的距离躲过了船尾。我们立刻转变方向猛追上去，不过它已经接近河岸了。岸上是一片开阔的荒野，月光照着空旷的沼地，到处是一片片的死水和一堆堆的腐烂植物。“嘭”的一声沉闷的巨响，那只汽船撞在了泥泞的河岸上，船头翘向空中，船尾没在水里。那逃犯从船上跳了下来，可是他那只木腿整个儿陷入了泥潭中，他拼命地挣扎扭动，但无济于事，一步也动弹不得。他狂喊乱叫地用另一只脚猛蹬泥地，但这只能使他的木腿在黏糊糊的河岸上越陷越深，等我们把船开到岸边时，他已经寸步难行了。我们扔过去一条绳子套住了他的双肩，就把他像拖凶猛的鱼似的拖到了我们身边。史密斯父子愁眉苦脸地坐在汽船上，不过听到我们的命令，就非常顺从地来到了我们的船上。我们把”曙光”号拖了过来，牢固地系在了我们的船尾。一艘印度制造的结实的铁箱摆放在那只船的甲板上边，毫无疑问，这就是使舒尔托遭祸的财宝箱。箱子上没有钥匙，非常重，我们小心地将它搬进我们的船舱。我们慢慢地向上驶去，用探照灯不断地向河水四处探照，但是那原始人的踪影早已无处可寻。想必在泰晤士河底某个地方的淤泥之中，躺着一个奇异的外来者的尸骨。

“看这，”福尔摩斯指着舱口说道，“我们的枪差一点就慢了。”就在我们先前站的地方果然插着一根毒刺，一定是在枪响的瞬间射来的。福尔摩斯仍像平时那样耸了耸肩，微微一笑。可是我得承认，一想到那天晚上差点死在可怕的毒刺下，我仍不免心有余悸。

十一　大宗阿格拉财宝

我们的犯人坐在船舱里，面对着他期待多年、历经千辛万苦才得到的铁箱。他的皮肤被晒得黝黑，一双眼睛暴露出了他肆无忌惮的天性，脸上布满了皱纹，这一切表明他长期过着艰难困苦的野外生活。他长满胡须的下颚向外突起，显示出了他意志坚定的性格。他那卷曲的黑发已经多半灰白，估计他的年纪应在五十岁左右。在平静的时候，他的面貌还不让人讨厌，可是在盛怒之下，他那浓浓的眉毛和挑衅的下颚使他看起来狰狞可怕。他坐在那里，铐着的双手搁在膝盖上，头低垂在胸前，一双锐利的眼睛仍然盯着那只使他犯罪的铁箱。在我看来，他那板滞僵硬的表情里似乎悲痛多于愤怒。有一次他抬头看了我一眼，眼光里带着某种幽默的意味。

"乔纳森·斯茂，"福尔摩斯点燃了一根雪茄，说道，"事情弄成这样，我感到很遗憾。"

"我也不愿意这样啊，先生，"他坦率地回答道，"我想我是逃脱不了干系了。不过我向你发誓，我绝没有动手杀害舒尔托先生，是童格那个恶魔朝他射了一根该死的毒刺。先生，这与我毫无关系。我很不好受，好像死者就是我的亲人。我用绳子抽打了那个小魔鬼一顿，但是人已经死了，我也不能让他起死回生！”

“抽支雪茄吧。”福尔摩斯说，“你浑身都湿透了，喝一大口我瓶子里的酒吧。你在爬绳上去的时候，怎么会知道那矮小无力的黑鬼能够战胜舒尔托先生并把他控制住呢？”

“先生，你说这话好想亲临现场了一样。事实上我以为那屋子里是没有人的。我对那里的生活习惯一清二楚，那个时候通常是舒尔托先生下楼吃晚饭的时候。我不想隐瞒任何东西，说出简单的事实真相就是我能做的最好的辩护。如果当时是那个老少校在屋里，那我就会毫不怜惜地掐死他，就像抽这支雪茄烟一样，我会毫不犹豫地用刀子杀死他。现在竟因为小舒尔托而使我被关进监狱，真是该死，我和他无冤无仇啊。”

“你现在在苏格兰场阿瑟尼·琼斯先生的羁押之下，他准备把你带到我的家中，由我先对你进行审讯。你必须老实交代实情，如果你能够坦白，我也许还能够帮你。我想我可以证明那毒刺的毒性发作得很快，在你进到屋里以前，舒尔托先生已经中毒身亡了。”

“先生，他确实已经死了。当我爬进窗户看见他歪着头龇牙咧嘴地对着我，突然感到从未有过的恐慌。我真的感到五雷轰顶，先生。如果不是童格跑得快，我非把他打个半死不可。后来他告诉我，他在匆忙中丢落了那根木棒和一袋毒刺。我敢说正是这些东西给你们提供了一些线索，虽然我弄不明白你们是如何一步步追查到我们的。对此我一点儿也不会怨恨你们的。不过，这事的确令人费解。”他又苦笑着说道，“我本有权利享受这五十万英镑，竟在安达曼群岛修筑防波堤度过了前半生，后半生可能又要到达特沼泽地去挖排水沟了。我第一次看到商人阿奇麦特，因而与阿格拉宝物有了关联，之后，我噩梦般的日子就开始了。拥有这些财宝没有不灾祸临头的。那个商人因财宝而丢了性命，舒尔托少校因财宝得到的是恐惧和罪恶，对我而言则意味着要终身服苦役了。”

这时，阿瑟尼·琼斯将他那宽大的脸庞和坚实的肩膀伸进了狭小的船舱。

“真像个家庭聚会啊。”他说，“福尔摩斯，给我也来点酒吧。嗯，我想我们大家应该互相庆贺一下啊。只是遗憾另外一个没有被我们活捉，但是那也没有办法。福尔摩斯，幸亏你下手在先，否则就会遭到他的毒手了。”

“结局还算皆大欢喜。”福尔摩斯说道，“不过我真没想到那只‘曙光’号会如此神速。”

“据史密斯说它是泰晤士河上最快的汽船之一，要是当时还多一个人帮他驾船，我们就永远也追不上它了。他还发誓说他对上诺伍德惨案毫不知情。”

“他的确是毫不知情，”囚犯喊道，“一个字也不知道。我租用他的船是因为我听说它是一艘快艇。我什么也没有告诉他，只是付给了他丰厚的酬金，并说如果我们能够到达停泊在葛雷伍圣德的开往巴西的‘埃斯梅拉达’号轮船，他还能得到一笔可观的酬金。”

“知道了，如果他没有干违法的事，我们也不会给他定罪。我们虽然追捕犯人神速，但是判刑的速度不会这么快的。”这时高傲的琼斯先生已经在吹嘘逮捕罪犯的警方的力量了，真是可笑至极。我看到福尔摩斯微微一笑，琼斯的这番话已经引起了他的注意。

“我们就要到沃克斯豪尔大桥了，”琼斯说，“华生医生，你可以带着财宝箱在这里上岸。我不用再告诉你这样做我担负着多么重大的责任吧。这种做法是极不合法的，不过，当然，我得遵守协议。可是因为你带的财宝非常贵重，我有责任派一个警长和你一起去。你肯定准备坐车去吧？”

“是的，坐车去。”

“真遗憾没有钥匙，否则我们可以先清点一下，你只能把箱子砸开了。伙计，钥匙在哪儿？”

“在河底下。”斯茂简短地回答道。

“哼！你实在不应该给我们制造这种不必要的麻烦。为了你，我们已经费了九牛二虎之力。可是医生，我没有必要再叮嘱你千万要小心了吧。回来的时候你把箱子带到贝克街，我们在那里等你，然后再去警察局。”

我带着沉重的铁箱在沃克斯豪尔上了岸，由一个温和坦率的警长陪同着。一刻钟以后车子就把我们送到了塞西尔·弗里斯特夫人家。女仆对我深夜来访感到非常惊讶，她说弗里斯特夫人不在家中，可能要很晚才能回来，不过摩斯坦小姐现在在客厅里。于是我提着铁箱直接进入客厅，把履行职责的警长留在车上等候。

她坐在打开的窗前，穿着一件精致的白色衣服，在颈间和腰际系着猩红的带子。她依靠在柳条椅上，柔和的灯光透过灯罩照在她身上，照在她那可爱端庄的脸庞上，给蓬松的秀发染上了一层金黄色的光芒。一只洁白的胳臂搭在扶手上，那姿势和仪表都表现出她似乎陷入了深深的忧郁之中。但是她一听到我的脚步声就站了起来，苍白的脸庞顿时容光焕发。

“我听到一辆车子的声音，”她说，“以为是弗里斯特夫人提前回来了，做梦也没想到是你来了。你给我带来了什么消息？”

“我带来的东西比消息更好。”我把箱子放在桌子上高兴地说，尽管内心很沉重。“我给你带来了比世界上任何消息都还要有价值的东西。我带给你的是一笔财产。”

她扫了一眼铁箱子。

“那就是财宝吗？”她非常冷静地问道。

“是的，这就是一大宗阿格拉财宝。一半属于你，一半属于塞笛厄斯·舒尔托先生，每人各得二十万英镑左右。你想一想，每年的利息就是一万英镑，在英国很难找到比你更富有的小姐了。这不是令人高兴的事吗？”

很可能我的高兴表现得有些过火，她觉察出我的祝贺空洞无物，因为我看到她轻轻地扬了扬眉毛，好奇地看着我。

“如果我能得到财宝，”她说，“那都是你的功劳啊。”

“不，不，”我答道，“不是我的功劳，而是我朋友夏洛克·福尔摩斯的功劳。他用尽了全部的分析才找到线索，要是我，就算使出浑身解数也找不出那些线索。即使是这样，在最后关头我们还差点失败。”

“华生医生，请坐下来给我讲讲发生的一切吧。”她说道。

我把上次和她见面以后发生过的事情简单地做了一番讲述：福尔摩斯搜寻的新方法、“曙光”号的发现、阿瑟尼·琼斯的到来、我们今天晚上的冒险、泰晤士河扣人心弦的追踪。她眼睛光彩明亮，张着嘴巴，听我讲述我们的那些冒险经历。当我讲到我们差点儿遭到毒刺的伤害时，她脸色突然发白，真担心她会晕倒。

我赶紧给她倒了一杯水，她说：“不要紧，我已好了。听到我的朋友们为我遭遇这样可怕的危险，我心里实在非常震惊。”

“一切都过去了，”我答道，“没什么可害怕的。我不再讲这些让人不快的事情了，咱们谈谈高兴的事吧。这里是财宝，还有什么比这更令人高兴的吗？我获得许可给你带来，料想你一定有兴趣先睹为快吧。”

“我非常乐意。”她说。可是她的语气中并没有显露出她急不可待。她肯定意识到，由于这些财宝是费了很大的心血才得到手的，要是她显得无动于衷的话，未免太不承情了。

“这箱子漂亮极了！”她俯身看着箱子说，“应该是在印度做的吧？”

“是的，是贝拿勒斯的金属制品。”

“好沉啊！”她试着抬了抬箱子，大声说道，“这箱子本身就很值钱呢。钥匙呢？”

“被斯茂扔到泰晤士河里了。”我答道，“我得借用下弗里斯特夫人的火钳。”

箱子前面有一个厚重的搭扣，搭扣上面铸着一尊佛像。我把火钳插入搭扣下面，用力向上撬起，搭扣啪的一声打开了。我用颤抖的手指抬起箱盖，我们俩站在那里惊得目瞪口呆。箱子是空的！难怪这个箱子这么重，箱子的四周厚达三分之二英寸，非常坚固，做工也非常考究，像是专门用来收藏贵重物品的。可是里边空空如也，根本没有什么金银财宝。

“财宝丢失了。”摩斯坦小姐平静地说道。

当我听到她这句话，体会到了它意味着什么的时候，我心灵中的一个巨大的阴影似乎消失了。我说不出阿格拉宝物压在我心头有多么沉重，不过现在终于被挪开了。毫无疑问，这是自私的、不忠实的和错误的，可是除了感到我们两人之间金钱的障碍已经不复存在了，其他的我都不会去想了。

“感谢上帝！”我突然发自内心地喊道。

她带着疑惑的微笑飞快地看了我一眼。

“你为什么这样说呢？”她问道。

“因为你不再高不可攀了。”我拉住她的手说道。她并没有缩回去。“玛丽，我爱你，就如同任何一个男人爱一个女人那么真诚。那些财宝和财富让我难以启齿。现在财宝丢失了，我可以告诉你我有多么爱你了，所以我才说‘感谢上帝’。”

我把她揽到身边，她轻声地说道：“那么我也应该‘感谢上帝’。”

不管谁丢失了财宝，我知道那晚我却得到了一个宝物。

十二　乔纳森·斯茂的奇异故事

车上的那个警长真是一个很有耐心的人，因为在我回到车上之前那么久的时间对他来说是相当沉闷的。我把空空的箱子拿给他看时，他的脸顿时阴沉下来。

“这一来奖金没了！”他郁闷地说，“没有财宝了，也就没有奖金了。要是财宝还在，我和山姆·布朗今晚每人可以挣得十英镑呢。”

“塞笛厄斯·舒尔托先生是个有钱人，”我说，“不管有没有财宝，他都会答谢你们的。”

但是警长沮丧地直摇头。

“糟糕透了！”他重复道，“阿瑟尼·琼斯先生也会这么认为。”

他的预料果然不错，当我回到贝克街，把空箱子给琼斯侦探看时，他显得怅然若失。他和福尔摩斯、囚犯三人刚刚到家，因为他们改变了原来的计划，在途中先到警察局报告了案子的情况。福尔摩斯仍像往常一样，懒洋洋地坐靠在扶手椅里，而斯茂面无表情地坐在他的对面，将那条木腿搭在好腿上面。当我把空箱子给大家看时，他靠在椅子上放声大笑起来。

“斯茂，这是你干的好事！”阿瑟尼·琼斯气急败坏地说道。

“不错，我把财宝藏在你们永远也找不到的地方了。”他欣喜若狂地喊道，“财宝是属于我的，如果我得不到，也绝不会让任何人得到的。我告诉你们，除了在安达曼岛囚犯营的三个人和我自己以外，谁也没有权利得到这些财宝。我知道既然我不能使用它们了，另外三个人也不能了，我就代表他们三人把宝物处理了。四签名永远追随着我们。我知道他们三人会同意我这么做的，宁可把财宝沉入泰晤士河河底，也不让它落入舒尔托或摩斯坦的亲戚朋友手里。我们干掉阿奇麦特可不是为了让他们发财的。财宝和钥匙都和童格葬在一起了。当我发现你们的船一定能追上我时，我就把财宝收藏到安全的地方了。你们这趟是一个先令也别想得到了。”

“你这个骗子，斯茂！”阿瑟尼·琼斯厉声说道，“如果你想把财宝扔到泰晤士河里，连同箱子一起扔下去不是更省事吗？”

“我扔着省事，那你们捞起来也更省事啊。”斯茂狡黠地斜着眼看了看他，“一个聪明到能把我捉住的人，就必然有本事从河底找到一个铁箱子。现在它们被撒到了五英里长的河道里，找起来就没有那么容易了。当看到你们追上来时，我简直都要发疯了。痛心是毫无用处的，我这辈子沉沉浮浮，但我明白了：对不能恢复的事情不做徒劳的后悔。”

“事态非常严重，斯茂。”琼斯侦探说道，“如果你有助于正义，而不是这样与正义作对，那么在审判的时候，我们会对你从轻发落的。”

“正义！”囚犯咆哮道，“多么美好的正义啊！财宝不是我们的又是谁的？要是我把财宝让给了那些不劳而获的人，这难道是正义吗？看看我为得到这些财宝付出了多大的代价！整整二十年，我就煎熬在那个热病肆虐的沼泽地上，白天整天在红树[①]下面服苦役，夜晚被关在污秽的囚牢里，镣铐加身，蚊虫叮咬，疟疾缠身，还受着那些喜欢拿白种人泄愤的该死的黑人警察的凌辱，我就是这样得到阿格拉宝物的。我为此付出了高昂的代价，难道要我忍痛割爱让别人去挥霍这些财宝，这就是你们和我大谈的正义吗？我宁肯被绞死上百次，或者被童格的毒刺刺死，也不愿被关在监牢里，而让另外一个人拿着本该属于我的钱去逍遥快活。”

斯茂扯下了虚无恬淡的面具，一连串的话滔滔不绝地倾泻而出。他两眼似乎在燃烧一样，手铐随着激动的双手叮当作响。看到他如此愤怒和激动，我也就明白了为什么舒尔托少校一听说这个他曾经欺骗过的囚犯在追踪他时，吓得魂飞魄散。这是很自然的，也是完全有根据的。

“你忘了我们对这一切毫不知情。”福尔摩斯轻声说道，“我

---

① 红树，生长在热带海滨的一种树木。——译者注

们并不知道你所经历的事情，也就没办法告诉你原本属于你的正义有多少。”

“啊，先生，你这样说还算公平合理，虽然是你让我戴上了这副手铐，我还是应当感谢你，我并不会怀恨在心，这是正大光明的。如果你想听我的故事，我也绝不隐瞒，我所说的字字句句都是千真万确的。请你把杯子放在我身旁，谢谢，我口渴的时候好喝点水。

“我是伍斯特郡人，住在帕校尔镇附近。住在那里的斯茂族人非常多，你去看看就知道了。我常常想着回去看一看，可是因为我在家族里名声不好，他们未必会欢迎我。他们全是些信念坚定、经常做礼拜的教徒，都是在乡里小有名气、受人尊敬的农民，而我一直是个流浪汉。不过到了十八岁左右我就没有再给他们添麻烦了，因为我玷污了一个女孩。为了摆脱此事，我入伍当兵，加入了正开赴印度的第三步兵团。

“然而，我命中注定不能在军队中待很长时间。在我刚学会走正步和使用步枪的时候，就愚蠢至极地跑到恒河里去游泳。我正游到河中央时，一条鳄鱼一下子咬掉了我右腿膝盖以下的部分，就像外科医生做手术那样干脆利落。幸亏班长约翰·侯德也在河里，他是连队里的一个游泳能手。由于惊吓和失血，我晕了过去，要不是侯德抓着我向岸边游去，我就葬身河底了。我在医院里住了五个月，最后装上了木腿跛着脚出了院。我因伤病被取消了军籍，并且很难找到合适的工作。

"你们可以想象我当时的运气是多么坏，那时我还不到二十岁，就成了一个无用的瘸子。可是没过多长时间我就时来运转了。一个叫阿伯尔·怀特的人来到印度种植槐蓝，想雇一个监工监管苦力们干活，防止他们偷懒。这个园主碰巧是我们团长的朋友。自从那次事故后，团长对我关爱有加。长话短说吧，团长极力推荐我去做那份工作，由于这工作主要是骑在马上，我的腿也就没有什么大的障碍，因为我的大腿还能控制马鞍。我的工作就是在庄园内巡行，监督苦力们劳动，并把偷懒的人报告给主人。工资很不错，住的地方也舒适，总之，我非常乐意在槐蓝种植园里度过余生。阿伯尔·怀特为人和蔼可亲，经常到我的小屋里来和我一起抽烟，因为在印度的白种人不像国内，彼此都很友好。

"唉，真是好景不长。突然之间，在没有任何先兆的情况下就爆发了大叛乱[①]。前一个月，印度还和英国一样和平安宁，下一个月，二十多万黑鬼[②]失去了约束，整个印度变成了地狱。当然，这些事各位先生都非常清楚，至少比我这个不会看书读报的人要了解得多，因为我只知道我亲眼看到的事情。我们种植园的所在地叫穆特拉，临近西北几省的边界。每个晚上燃烧的平房火焰把天空映照得通红。每天都有一队队欧洲人带着他们的妻子和子女，经过我们的种植园开往最近的驻有军队的阿

① 指1857年爆发的印度反英民族大起义。——译者注

② 英国殖民主义者对印度人污辱性的称呼。——译者注

格拉城去避难。园主阿伯尔·怀特先生是一位固执的人，他以为事情不免有些夸大，认为事情来得凶猛，平息得也迅速。他依旧坐在凉台上，品味着威士忌酒，抽着他的方头雪茄烟，可是周围的乡村早已是一片火海了。当然，我和负责文书与经营工作的道森夫妇都对他不离不弃。唉，有一天灾祸降临了。那天我到远处的一个种植园去了一趟，黄昏时才骑着马慢慢地返回来。在途中我突然发现陡峭的峡谷谷底蜷伏着一堆什么东西。我骑马下去想看看到底是什么东西，面前的情景顿时让我毛骨悚然，原来是道森的妻子，已经被撕成了碎块，一半被豺狼和野狗吃去了。不远的地方趴着道森本人，早已死去，手里握着一把打完子弹的手枪，在他前面还横七竖八地躺着四个印度兵的尸首。我勒住缰绳，不知道该往何处。就在那时，我看见浓烟从阿伯尔·怀特家的房屋滚滚而出，火焰已经冲上屋顶。我知道赶过去根本救不了主人，只会白白送掉自己的性命。从我站的地方可以看见几百个穿红衣的黑鬼正围着燃烧的房子手舞足蹈，其中有几个人还指了指我，突然就有两颗子弹从我耳边呼啸而过。于是我赶紧掉转马头，向稻田里狂奔而去，深夜才安全地赶到了阿格拉城内。

“然而，事实上那儿也不是很安全。整个印度就像被捣乱的马蜂窝一样乱成一团。凡是能聚集一些英国人的地方，也只能用枪固守着一小块地方，其他地方的英国人都成了无依无靠的逃难者。那是一场几百万人对几百人的战争。最残酷的是，无论是步兵、骑兵还是炮兵，都是我们自己训练出来的精锐战士，他们使用的是我们的武器，吹着和我们一样的军号。阿格拉城驻扎着孟加拉第三火枪团，一些印度兵，两支马队和一个炮兵连。另外还新成立了一个志愿队，是由职员和商人组成的。我虽然装着一只木腿，也还是参加了这支军队。七月初，我们开赴沙港吉迎击叛军，虽然我们一度占了上风，可是后来因为弹药用完，只好又退回城内。

“从四面八方传来的都是最糟糕的消息——这是用不着大惊小怪的，因为你只要看一看地图就知道，我们正处在叛乱的中心地带。勒克瑙市就在东边，相距一百多英里；康普尔城在南边，距离也是一百多英里。各个地方都是痛苦、残杀和暴行。

“阿格拉城市很大，聚居着各种各样的狂热者和魔鬼信徒。在狭窄弯曲的街道里，少数的英国人是无法对抗他们的。因此，我们的长官就调动军队在河对岸的阿格拉古堡里建立了一个阵地。不知你们这几位先生中间是否有人读到过或听说过关于这个古堡的记载，那是一个非常古怪的地方——我虽然到过很多奇特的地方，但那地方是我生平所见的最奇特的一个地方。首先，古堡规模庞大，我估计有数英亩的面积。古堡包括新旧两个部分，较新的一部分面积很大，容纳了我们所有的驻军、女人、孩子和辎重还绰绰有余。但它还远没有古老的那一部分大，从来没有人去过那里，因为那里布满了蝎子和蜈蚣。那里全是废弃的大厅、曲折的甬道和迂回的长廊，人走进去很容易迷路。因此很少有人走进旧堡，只是偶尔有一小队人拿着火把进去探险。

“有一条小河从古堡的前面流过，形成了天然的护城河。但是古堡的两翼和后面有很多门，必须派人防守，不管是旧的部分还是我们军队驻扎的地方。我们的人手不够，不可能使用武器守卫城堡的每个角落，因此在数不清的堡门处都派重兵把守是不可能的。我们只能在堡垒中央设置了一个中心警卫室，让一个白人率领两三个当地人看守着各个堡门。我被指派在每天夜里的某一段时间内负责守卫堡垒西南面的一个孤立的小门，有两个锡克教徒士兵听我的调遣。如果遇到危急情况，我可以开枪，马上就会得到中心警卫室的增援。可是中心警卫室离我们那里足有二百多步，而且还要经过许多像迷宫一样的长廊和甬道，我因此十分怀疑，万一真的受到攻击时，援兵能否及时赶到。

“我是一个新兵，又瘸着腿，当了个小头目，有点扬扬自得。头两天晚上，我和我的两个来自旁遮普邦的印度兵把守堡门。其中一个人叫穆罕默德·辛格，另一个人叫阿巴杜拉·克汗，他们高大凶狠，久经沙场，并且都曾在齐连瓦拉战役中和我们交过手。他们的英语都说得挺不错，可是我很难听到他们在讲什么。他们俩总是喜欢站在一起，整夜用锡克语嘀嘀咕咕地说个不停。我总是一个人站在城堡门外，望着宽阔弯曲的河道和大城市里闪烁的灯火。咚咚的鼓声，当当的印度铜锣声，吸了鸦片和麻醉品的叛军们的狂喊乱叫声，这一切都整夜提醒着我们：河对面的邻人有多么危险。每隔两小时，就有值夜的军官到各岗哨巡查一次，确保一切平安无事。

“值岗的第三天夜里，天空阴霾密布，小雨纷纷。在这种天气里站上几个小时的确是活受罪。好几次我都试图和那两个锡克兵攀谈，但那两个家伙还是不搭理我。凌晨两点钟，巡逻队经过，暂时打破了夜晚的沉闷。我看那两个同伴都不愿和我说话，就把枪放下，掏出烟斗，划燃了火柴。突然间，两个锡克兵向我冲了过来，一个人抢过枪对准了我的脑袋，另一个人把大刀搁在我脖子上，咬牙切齿地说，只要我动一步，他就刺穿我的喉咙。

“我第一个念头是：这两个家伙一定是和叛兵一伙的，这是他们突袭的开始。如果这个堡门被他们占据了，整个城堡就全完了，和康普尔城相同的灾难也会落在这里的妇女和孩子们身上。也许你们几位先生会认为，我是在为自己辩解。可是我发誓，当我想到这件事的时候，就会感到刀尖就抵在我的喉咙上，我张嘴想要大叫一声，哪怕是最后喊出一声，也能向中心警卫室发出警报。抓着我的那个人似乎已经看出了我的心思，因为我要喊出声时，他向我低声说道：‘别出声，堡垒很安全，河这边没有叛军。’他的话听来好像还真实。我知道，只要我一出声，必死无疑。我从他那棕色的眼珠里清楚地看出了这一点，所以我就安静地等待着，看他们究竟要把我怎么样。

“那个高大凶狠，叫阿巴杜拉·克汗的人对我说道：‘先生，听我说，你要么和我们合作，要么就永远也不要出声。事关重大，我们不能犹豫。要么你向上帝起誓，诚心诚意地和我们合作到底，要么就让我们把你的尸体扔进沟里，然后我们会到河那边找到我们的叛军兄弟，绝对没有第三条路可走。是生还是死，你自己决定吧！给你三分钟时间来考虑。时间仓促，在下次巡逻到来之前必须了结此事。’

“我说：‘你们没说让我去干什么，我如何做决定呢？不过我告诉你们，如果是牵涉到城堡安全的事，我是决不会干的，如果是那样，干脆给我一刀好了！’

“他说：‘与城堡绝无关系，我们让你做的事就是和你们英国人来到这里所追求的目的相同的事。我们叫你发财！如果你今天晚上决定和我们合作，我们就对这把出鞘的刀向你起誓——从来没有一个锡克教徒违背过自己的誓言，你就会公平地得到一份财宝。四分之一的财宝归你，没有比这更公平的了。’

“‘那究竟是什么财宝？’我问道，‘你要是告诉我怎样做，我愿意和你们一道发财。’

“他说道：‘那么，你能以你父亲的身体、你母亲的名誉和你的宗教信仰起誓，无论现在还是将来，永远不背叛我们吗？’

“我答道：‘我起誓，只要城堡不受到威胁。’

“我的同伴和我一同起誓：‘我们分给你四分之一的财宝。我们四人平分。’

“‘可我们只有三个人呀。’我说。

“‘不，多斯特·阿克巴必须分得一份。在等候他的这段时间里，我可以告诉你这件事。穆罕默德·辛格，请你守在门口，他们来的时候通知我们。先生，事情是这样的，我知道欧洲人是守信用的，所以我信任你，并把这件事告诉你。你如果是一个说谎的印度人，无论你怎样向庙里的所有的神像发誓，我们也会刀子上见血，把你的尸体扔到河里去。可是锡克人了解英国人，英国人也了解锡克人。那好，听我来说吧。

“‘北部省有一个土王，他的领地虽然不大，但是却很富有。他的财产一部分是他父亲流传下来的，但更多的是由他自己搜刮来的。他嗜财如命而又非常吝啬。在暴乱刚开始的时候，他既做狮子的朋友，又做老虎的朋友——一面附和印度兵，一面又做英国兵的朋友。可是没过多久，他便觉察到白人的末日到来了，因为全国各地传来的都是他们惨遭屠杀、溃不成军的消息。不过他是个谨慎的人，于是做出了这样的计划：不管发生什么事情，至少要保住自己的一半财产。他把金银钱币都藏在他宫中的地下室里；而把那些贵重的宝石和上等的珍珠都放在一个铁箱子里，派一个化装成商人的亲信把它带到阿格拉城堡藏匿起来。这样，如果叛军取得胜利，他就保住了自己的金银钱币；如果白人得胜，他还能保全自己的钻石珠宝。他把自己的财产划分成两半以后就投入了叛军——因为叛军在他的边界上实力很强。先生，你想想看，他这样两面三刀的人的财产，是不是应当归到忠心耿耿尽忠于一方的人的手中呢？

“‘这个乔装商人化名阿奇麦特，现在就在阿格拉城内，他准备潜入城堡。他的同伴是我的堂兄多斯特·阿克巴，他知道这个秘密。多斯特·阿克巴答应今天晚上把他从我们把守的边门带进来。用不了多长时间他们就要来了，他知道穆罕默德·辛格和我在此等候着他。这个地方非常偏僻，没有人会知道他的到来。从此世界上就再也没有阿奇麦特这个商人了，而土王的巨额财富也就归我们几个平分了。先生，你看怎么样？’

“在伍斯特郡，人的生命是伟大而神圣的，但是当你置身于血与火的环境里时，情况就大不相同了，随时都有可能丢掉身家性命。在我看来，商人阿奇麦特的生死是无足轻重的，但是那批财宝打动了我的心。我想象着回到老家以后怎样支配这笔财富，想象着当乡亲们看到我这个从不干好事的浪子带着满口袋的金币回来时，会怎样瞪圆了眼睛看我。于是我下定了决心，可是阿巴杜拉·克汗以为我还在犹豫，又紧逼了几句。

“‘先生，你考虑考虑吧，’他说道，‘要是这个人被指挥官抓到了，肯定会被绞死或者枪毙，财产充公，谁也别想得到一个子儿。他现在既然落在了我们手里，我们为什么不把他干掉呢？与其让财宝落入白人官员的手中，还不如归我们所有呢。这些珠宝足够使我们每人都变成巨富。不会有人知道的，我们这个地方那么偏远。你看还有什么比这个更好的吗？先生，说明白点吧，你到底是要和我们合作，还是让我们把

你看作敌人？’

“‘我的心和灵魂都和你们在一起。’我说道。

“‘好极了！’他边说边把枪还给了我，‘你知道我们是相信你的。你和我们一样，绝不会违背誓言。现在就等着我的兄弟和那个商人的到来了。’

“‘你兄弟知道这个计划吗？’我问道。

“‘他是主谋，全是他一手策划的。我们现在到门外去吧，陪着穆罕默德·辛格一起站岗。’

“那时正是雨季的开始，雨依然下得很紧。天空中乌云翻滚，很短的距离就什么都看不清楚了。城堡的门前是一道深沟，某些地段并没有积水，很容易走过来。我感到很不可思议，自己怎么会和两个粗野的旁遮普邦人站在一起，等待着那个前来送死的人呢？

“突然，我看到深沟对岸有一个被罩住的提灯发出的微光。灯光在城墙那边消失了，不久又重新出现了，并向着我们的方向慢慢走来。

“‘他们来了！’我喊道。

“‘先生，你按照惯例盘问他，’阿巴杜拉轻轻说道，‘不要吓唬他。让我们把他带进门里，你在这里守候着，剩下的由我们来办。把灯准备好，别把人认错了。’

“那灯光一闪一闪地向前移动着，时停时进，最后我看清了深沟对面有两个黑影。我等他们下了深沟，蹚过淤泥，爬上岸

来，才压低了声音问道：‘来人是谁？’

“‘是朋友。’来人开口答道。我掀开灯罩照了照他们。前面的锡克人个头高大，浓黑的胡须长过了腰带，除了在舞台上，我还从没有见过他这么高大的人。另一个人个头矮小，滚圆滚圆的身材，裹着大黄包头，手里拿着一个用围巾包着的包裹。他已经被吓得全身哆嗦，他的手颤抖得好像患了疟疾一样。他的两只小眼睛闪闪发亮，滴溜溜地左顾右盼，像是一只钻出洞外的老鼠。我想，杀死这个人未免有些残忍，可是一想到财宝，我就铁了心肠。他看见我是白种人，高兴地朝我跑了过来。

“‘先生，’他喘着粗气说道，‘求你保护我，保护我这个不幸的商人阿奇麦特吧。我从拉吉普塔诺来到阿格拉城堡避难，我曾被他们抢劫、鞭打和侮辱，因为我曾经是你们军队的朋友。今天晚上我又安全了，谢天谢地，现在我和我的东西都安全了！’

“‘你的包里边是什么？’我问他。

“‘是一个铁箱子，’他答道，‘里边有一两件祖传的小玩意儿，在别人看来一点儿都不值钱，不过我舍不得扔掉。我不是穷要饭的，年轻的先生，要是你的长官同意我在这里避难，我一定会酬谢你们的。’

“我不敢再和他说下去。越是看到那张惊恐万状的胖乎乎的脸，我就越不忍心把他杀掉了。真的还不如放他过去。

“‘把他带到总部去。’我说道。两个锡克兵一左一右把他带进了黑乎乎的门道，那个高个子在后面跟着。还从来没有一个人像他这样被死神包围着。我提着灯留在门口。

“我听见死一般寂静的长廊响起沉重的脚步声。忽然，脚步声停住了，接着传来格斗扭打的声音。没过一会儿，一个呼吸急促的人向我奔跑过来，我大吃一惊，举灯向又长又直的甬道照去，原来是那个胖子，满脸鲜血直流，疯了似的往前奔跑。黑胡子大汉手里拿着一把明晃晃的大刀紧随其后，向我这边跑过来。我从来没见过什么人跑得像那个小商人那么快。眼看着那个锡克人追不上他了，我想，他只要越过我跑出门外，就有可能获救。我本已动了恻隐之心，想留他一命，可是想到那些财宝，便又变得铁石心肠起来。待到他跑近时，我猛地把我的步枪插进了他的两腿之间。他如同一只被打中的野兔一样，接连翻了两个滚。还没等他爬起来，那锡克兵就扑了上去，在他的肋上刺了两刀。他不再挣扎，也没有出声，就躺在地上不动了，我想可能他在跌倒时就已经摔死了。先生们，我是说到做到的，不管是不是对我有利，我都如实地全部对你们说了。”

他停住了，伸出带着铐子的手，接过了福尔摩斯给他倒的威士忌酒和水。这个人的所作所为让我感到极度厌恶，这不仅是因为他参与了那次血腥的谋杀，更因为他在讲述这件事情的时候那种得意忘形和满不在乎的神情。无论他将来受到什么样的惩罚，我想我都不会对他产生丝毫的同情。夏洛克·福尔摩斯和琼斯坐在那里，双手放在膝盖上，侧耳倾听，脸上也露出厌恶的神情。斯茂大概有所察觉，因为在他继续讲述的时候，声音和动作里都带着些挑衅的意味。

“这事确实糟糕透顶了，”他说道，“可是我倒想知道，到底有多少人在我那样的处境中，会宁愿被割断喉咙也不愿得到一份财宝？再说，一旦那商人进入堡垒，不是他死就是我亡。如果他跑出了堡外，整个事情就会败露，我就要受到军事法庭的审判而被枪决，因为在那样的时刻，没有人会宽大我的。”

“接着说你的事吧。”福尔摩斯简短地说道。

“阿巴杜拉·克汗、多斯特·阿克巴和我，三个人把尸体抬了进去。他虽然个头矮小，可是却非常重。穆罕默德·辛格留在那里守门。我们把他抬到已经准备好了的地方，和堡门有相当远的距离，通过一条弯曲的走廊进入一间空荡荡的大厅，里面的墙面早已破损，地上有一处凹坑，形成了一个天然的墓穴。我们把商人阿奇麦特的尸体放了进去，用碎砖掩埋完毕后，就回去查看财宝了。

“铁箱仍然放在阿奇麦特刚才被打倒的地方，也就是现在摆放在桌上的这个打开的箱子，钥匙用丝带系在箱子盖上的刻花的提手上。我们打开了箱子，灯光下便呈现出一堆闪闪发光的珠宝，跟我小时候在珀肖尔时从书中读过的和想象过的一模一样。这些珠宝真令人眼花缭乱，大饱眼福之后，我们就动手把所有的珠宝列了一张清单。里面有一百四十三颗上等钻石，其中有一颗叫作‘莫卧儿大帝’，据说是世界上第二大宝石，还有九十七块异常美丽的翡翠，一百七十块红宝石（其中有些比较小），四十块红玉，二百一十块青玉，六十一块玛瑙，还有许多绿玉、缟玛瑙、猫眼石、土耳其玉，还有一些宝石我甚至叫不上名字来，不过后来我就慢慢地认得了。除此之外，还有三百多颗上等珍珠，其中有十二颗珍珠是镶在一个金项圈上的。顺便提一句，我再次拿到铁箱后，清点了一下，其他的全都在，只是少了这个项圈。

“清点完以后，我们把宝物放回铁箱里，又拿到堡门给穆罕默德·辛格看。接着，我们再次庄严地宣誓：同生同死，谨守秘密。我们一致同意，把宝箱藏在安全的地方，等战争结束之后，我们四人再来平分。在当时就把财宝平分了是没用的，因为珠宝价格太高，一旦在我们身上被发现了，一定会引起别人的怀疑。我们的住处也没有隐秘的地方可以藏匿。因此我们搬着箱子来到掩埋尸体的那间屋子，在保存最完好的一面墙上挖了个洞，把财宝藏在里面。我们在藏宝的位置小心地做了记号。第二天我画了四张图，一人一张，图下方签上了四个人的名字，因为我们已经发过誓，从此以后每个人的行动都代表四个人，谁也不能独吞。我可以手按胸口发誓，我从来没有违背过这个誓言。

“好啦，先生们，至于印度的叛变结果如何，用不着我来讲述了。威尔逊占领了德里，柯林爵士收复了拉克劳以后，叛军就瓦解了。新的军队大量开到。纳南先生从国境线上溜走了，葛雷特里德上校率领着一个急行纵队来到了阿格拉把叛军击退了。全国似乎又恢复了平静。我们四个人开始期盼着不久就可以平分了财宝远走高飞了，可是转眼之间我们的希望就破灭了，因为我们被指控杀害阿奇麦特而全都被捕了。

“事情的过程是这样的：那土王把财宝交给阿奇麦特，是由于他认为这个人非常值得信赖。可是东方人疑心太重，土王又派了一个更可靠的仆人在后面跟踪，暗查阿奇麦特的行动，并且命令这仆人要紧紧地盯住阿奇麦特。于是，他像影子一样在后面跟着。那天晚上，他跟随在阿奇麦特身后，眼看着他走进了堡门。他以为阿奇麦特在城里已经安顿妥当，所以第二天就想办法进入堡内，然而无论如何也找不到阿奇麦特。他认为事情太蹊跷了，就和守卫班长说了，班长又向指挥官做了报告，于是对整个城堡进行了一次彻底的搜查，结果找到了尸体。在我们还以为平安无事的时候，就被以谋杀的罪名逮捕了——三个当时把守堡门的人，另外一人有人知道是和被害者同来的。在审讯中谁也没谈到财宝，因为那个土王已被罢黜并被逐出了印度，所以没有人和财宝有直接的关系了。但是谋杀是确定无疑的了，我们四个都卷入其中。三个锡克人被判了终身监禁，我被判死刑，不过后来得到减刑，和他们一样了。

“我们当时的处境非常离奇。四个人都被戴上镣铐受到监禁，恐怕很难再逃出去了，同时我们又共同保守着一个秘密：只要能找回财宝，就可以过上豪华舒适的生活。我们忍受着那些狱卒的拳打脚踢，吃的是粗茶淡饭，而在狱外却有巨额的财富等着我们去取用，想到这儿真让人痛不欲生。我几乎都要急疯了，不过我生性倔强，忍受一切以等待时机。

“后来，好像时机出现了。我们由阿格拉被转押到马德拉斯，又从那里被转到安达曼群岛的布雷尔岛。那里的白种人囚犯很少，又由于我一开始就表现得很好，不久就受到了优待。在侯波镇的哈里特山坡上拥有了一间属于自己的小茅屋，非常自在。那岛上流行着可怕的热病，在离我们不远的地方就有吃人的生番部落，生番们一有机会就向我们施放毒刺。我们在那里整天忙于开垦、挖沟和种植山药等，还做很多其他的杂役，到夜晚我们才有些空闲时间。我还学会了为外科医生配药，对外科医术也有了一知半解的认识。我无时无刻不在寻找逃走的机会，可是那里离陆地足足有几百英里，而且附近一带海面上几乎没有风，要想逃出去真是比登天还难。

“外科医生萨默顿是一个聪明而喜欢玩乐的年轻人，一些年轻的驻军军官们经常晚上到他家去打牌赌钱。我配药的外科手术室在他起居室的隔壁，中间有一个小窗户相通。我觉得孤独的时候，就把手术室的灯熄灭了，站在窗前听他们聊天，看他们赌钱。我自己原本也喜欢玩牌，在一旁看看也觉得充满了乐趣。常常在一起的有舒尔托少校、摩斯坦上尉和布朗尼·布朗中尉和这位医生本人，此外还有两三个监狱里的狱卒。这几个人都是玩牌的老手，牌打得狡猾稳重。他们几个人凑在一起，玩起来倒也开心。

“但不久有一个情况引起了我的注意：每次赌钱军官们总是输，而狱卒们总是赢。我不是说牌玩得不公平，可事实的确如此。只是因为那些狱卒自从来到安达曼群岛后，每天无所事事，就靠玩牌来消磨时光，所以他们对彼此的牌技了如指掌。军官们打牌仅仅为了消磨时间，随随便便就出牌了。一晚上又一晚上，军官们越输越多，越输就越要赌。其中舒尔托少校输得最多。他开始时还用钱币钞票，可是不久就用期票赌，而且赌注越来越大。有时他多少赢回一点儿，胆子就更大了，接着就输得更多，以致搞得他整天没精打采，借酒浇愁。

“有一晚他输得比往常更多了，当时我正在茅屋外边纳凉，他和摩斯坦上尉跌跌绊绊回家。他们两人是非常要好的朋友，每天形影不离。这时少校正在抱怨他的赌运不佳。

“‘摩斯坦，我彻底完蛋了，’经过我茅屋的时候，他和上尉说道，‘我得辞职了，完蛋了。’

“‘胡说，老兄！’上尉拍着他的肩膀说道，‘比这更糟糕的事情我也经历过呢，但是……’后面说的什么我就没听到了，不过这已经足够让我思考了。

“几天后，舒尔托少校正在海滨散步，我便趁机走上前去和他攀谈。

“‘少校，我有事向你请教。’我说道。

“‘嗯，斯茂，什么事？’他拿开嘴里的方头雪茄烟问道。

"'先生，我想请教你，'我说道，'有一批埋藏的财宝应该交给谁最合适呢？我知道有一批价值五十万英镑的财宝埋藏在哪里，因为我自己用不上，我想最好还是把它交给合适的长官。如此一来，他们有可能会缩短我的刑期。'

"'斯茂，五十万英镑？'他急促地问道，眼睛直直地盯着我，想弄清楚我是否在说真话。

"'先生，一点儿都不假。都是珠宝和钻石，随时可以弄到手。奇怪的是，它的主人已经犯罪远逃，不可能得到财宝，那么捷足先登的人就可以得到财宝。'

"'交给政府，斯茂，'他吞吞吐吐地说道，'应当交给政府。'我心里清楚，他已经上了我的圈套了。

"'先生，你觉得我要不要把这件事报告给总督？'我轻声问道。

"'嗯，你先不要忙，否则你会后悔的。都讲给我听听，斯茂，先把全部事实都告诉我。'

"我就把全部经过都告诉了他，只是做了一些小小的改动，以免让他知道了藏宝的地方。我讲完以后，他站在那里一动不动，沉思了许久。他嘴唇颤动，我知道他内心里正在进行着一场思想斗争。

"'斯茂，这件事事关重大，'他最后开口说道，'你千万别对任何人说，我会很快再来找你的。'

"两天后的一个深夜，他和他的朋友摩斯坦上尉提着灯来到我的茅屋。

“‘斯茂，我想请你把你的故事亲口再对摩斯坦上尉讲一遍。’他说道。

“我于是把以前的话又重复了一遍。

“‘听着倒像是真的。’他问道，‘是否值得一干？’

“摩斯坦上尉点了点头。

“‘斯茂，你看，’舒尔托少校说道，‘我和我的这位朋友已经商量过了，我们认为，这个秘密纯粹是你个人的私事，和政府毫无关系，所以你要做任何处理都可以。现在的问题是，你要求的交换条件是什么？如果我们能够达成协议，我们或许愿意办理此事，至少也可以做一番调查。’他说话时尽量保持着镇静和不在乎的样子，不过他的眼神里流露出了兴奋和贪婪。

“‘唉，论到代价，先生们，’我也故作冷静，可是内心里也和他一样兴奋不已，‘处在我这样的境况，只能提出一个条件：我希望你们帮助我和我的三个同伴获得自由，然后与你们合作，分给你们五分之一的财宝，再由你们来平分。’

“‘哼！五分之一，太不值得！’他说道。

“‘每人可以得到五万呢。’我说。

“‘可是，我们怎么才能够恢复你们的自由呢？你要明白，你的要求是不可能满足的。’

“‘这个不成问题。’我说道，‘我已考虑得非常周全了。我们逃走的唯一障碍是弄不到一艘适于航海的船和足够的干粮。

在加尔各答或马德拉斯，有很多小快艇和双桅快艇，完全可以消除这个障碍。只要你们弄一艘来，我们夜晚一上船，你们只需要把我们送到印度沿海任何一个地方，就算尽到了义务。'

"'要是只送走你一个人呢？'他说。

"'要么都不送，要么四个全部送走。'我答道，'我们已经发过誓，四个人生死不离。'

"'摩斯坦，'他说道，'你看，斯茂是个守信用的人，他不肯抛下自己的朋友，咱们可以信任他。'

"'这真是一件肮脏的交易啊。'摩斯坦答道，'可是正如你说的那样，这笔钱可真能解决咱们的问题呢。'

"'哦，斯茂，'少校道，'我想我们只好答应了，不过我们需要先验证你的话是不是真实的。你可以先告诉我们箱子藏在哪里，每月有一趟轮船过来，到时候我将请假回印度去调查一下。'

"他越着急我就越冷静，我说：'先别着急，我必须先征得另外三个同伴的同意。我说过我们四个人是不能分离的。'

"'岂有此理！'他打断我说道，'那三个黑鬼和我们的协议有什么关系？'

"'黑也罢，蓝也罢，'我说道，'我和他们一起发过誓的，谁都不能单独行事。'

"第二次见面时，穆罕默德·辛格、阿巴杜拉·克汗和多斯特·阿克巴全都在场，我们才把这件事决定下来。经过再三磋商，最后达成协议：我们给两位官员提供阿格拉城堡的藏宝图，藏宝图上标明了财宝藏匿的地方。舒尔托少校去印度核实财宝的事情，如果他发现这件事是真的，不能拿走箱子，必须给我们派出一艘准备好足够粮食等必需品的小快艇，快艇停在罗特兰岛接我们离开，最后他回营上班。然后摩斯坦上尉请假到阿格拉和我们碰面，在那里均分财宝，他拿回少校和他自己应得的那份。对这些协议我们都庄严地发过誓，用尽了所能想到和所能说出的誓言。我熬夜赶画图纸，第二天早上画好了两张，并签下了我们四人的名字：阿巴杜拉、阿克巴、穆罕默德和我自己。

“先生们，我的故事让你们厌烦了吧？我知道，琼斯先生一定急着要把我送到监狱去，他才能安心。那我就简明扼要地说说吧，舒尔托那个无赖去了印度以后一去不复返了。不久，摩斯坦上尉给我看了一张邮船的旅客名单，舒尔托的名字赫然在列。他的伯父死后给他留下了一笔钱，他因此退伍了。可是他居然卑鄙到这种程度，不仅欺骗了我们四个人，居然把五个人全都骗了。没过多久，摩斯坦去阿格拉城，和我们预料的一样，财宝果然不见了。这个无赖压根儿没有履行我们出卖秘密的任何条件，就将宝物席卷而逃了。从那天起，我活着就是为了报仇，日日夜夜都在思考着此事。报仇的强烈愿望占据了我整个心头，此外我什么都不在乎了，不在乎什么法律，也不在乎自己被绞死。我心里只想着如何逃跑，找到舒尔托并亲手掐死他。

与杀掉舒尔托的念头相比，阿格拉财宝在我的心目中已无足轻重了。

“我一生曾立下过很多志愿，没有一件不能办到的。然而，在等待这时机的这几年里，我却历尽了艰难困苦。我告诉过你们，我学得了一些医药知识。有一天，萨默顿医生因发高烧卧床不起。安达曼群岛的一个小生番因为病重找到一个僻静的地方等死，却被一个囚犯带了回来。虽然生番生性狠毒如蛇，可是我还是亲自护理了他两个月，他渐渐恢复了健康，又能走路了。就这样，他对我充满了感激之情，很少回到树林中去了，整天守在我的茅屋旁边。我从他那里学了一些土话，他对我就更加敬爱了。

“他的名字叫童格，是一个优秀的船夫，有一艘很大的独木舟。自从我发现他对我忠心耿耿并且愿意为我做任何事后，我找到了出逃的机会。我把我的想法告诉了他，他也同意在一个夜晚把独木舟划到一个无人看守的码头去接我上船。我吩咐他要准备几葫芦水，多带些山药、椰子和甘薯。

“这个小童格真是忠诚可靠，再没有比他更忠实的人了。那天晚上，他果然把独木舟划到了码头边。事情也巧，一个可恶的狱卒正好也在那个地方，那人正是经常喜欢侮辱我、伤害我的帕坦人。我一直发誓要找他报仇，现在机会终于来了。好像是上天冥冥之中的安排，让他出现在我的面前，在我临走之前给我一个报仇雪恨的机会。他背朝着我站在岸边，肩上扛着枪。

我想找块石头砸碎他的脑袋，但一块也找不到。

“这时，我的脑海里闪现出一个奇怪的念头：我有一件武器可以使用。我在暗处坐下来，取下木腿，猛跳了三下，来到他身边。他的枪背在肩上，我用木腿狠命地向他打去，他的脑门被打得稀烂。你们看，我木腿上现在还有裂纹，就是打他时留下的。由于一只脚失去了重心，我们两人同时摔倒在地上，可是我站起来时，发现他一动不动地躺在那里了。我朝独木舟走去，不到一个小时我们就远离了海岸。童格带上了他全部的财产，还有他的兵器和他的神像。他带来了一根竹子做的长矛和一块安达曼椰树叶编成的席子，我用这些东西做了一面船帆。我们听天由命，在海上漂了十天。到第十一天，有一艘从新加坡开往吉达、满载着马来亚朝圣者的商轮，把我们救了上去。船上的人都很古怪，可是不久我们彼此就很熟悉了。他们有一个很好的品质：他们能让我们独自待着，从不问长问短。

“如果把我和童格冒险的经历全都讲给你们听，你们会厌烦的，因为你们要待在这儿直到明早太阳升起。我们在世界上四处漂泊，可就是回不到伦敦。不过复仇的念头从来没有在我心头消失过。到了夜里，我常常梦见舒尔托，在梦中杀了他一百次。三四年前，我们总算回到了英国。我轻而易举就找到了舒尔托的住处，还设法弄清楚了他是否偷到了那些财宝，或者那些财宝是否还在他那里。我和那个帮助我的人交上了朋友——我不愿说出任何人的姓名，因为我不想把其他人牵连进来。不久我就查清楚了财宝还在他的手中。随后，我想尽了各种办法去接近他，但是他很狡猾，除了他的两个儿子和一个印度仆人外，还有两个拳击手保护着他。

“有一天，听说他快要死了。我急忙赶到他的花园，从窗口往屋里看，发现他躺在床上，两个儿子一左一右守候在床边。那时我本想冒险冲进去把他们爷仨全部干掉，不料就在那个时候他的下巴耷拉下去了，我知道他已经咽气了。我连夜潜入他的房间，翻看了所有的文件，想找到哪里记着藏宝的地方，但一无所获，我只好愤然而去。临走之前，我想到要是能再见到我的锡克朋友，他们知道我已留下表达我们仇恨的标记，会非常高兴的。于是我又草草地写下了和图纸上的一样的我们四人的名字，然后把纸别在他胸前。被他抢劫和欺骗过的人不在他身上留下什么标记就让他进入坟墓，那样太便宜了他。

“从那以后，我在市集或其他类似的地方，把童格当作吃人的原始黑人向人们展览，以此来维持生计。他吃生肉，跳生番的战舞，这样一天下来总能收到满满一帽子的铜板。我也常能探听到来自樱沼别墅的所有消息。几年来，除了听说他们仍在寻找财宝外，没有什么特别的消息。终于，我们期待已久的消息传来了：财宝找到了。财宝就藏在巴索洛谬·舒尔托的化学实验室的屋顶上。我立刻前去察看地形，但是我这个木腿是个障碍，没有办法从外面爬进顶屋。后来我听说屋顶上有个暗门，又打听到了舒尔托先生每天吃晚饭的时间。我想，有童格在，办成此事易如反掌。我带着一条长绳和童格一起来到樱沼别墅，把一根长绳系在童格的腰间。他像一只猫一样爬了上去，不一会儿就到屋顶了。但是不幸的巴索洛谬·舒尔托还在屋里，因此被害。童格认为把舒尔托杀掉还是他的聪明之举，因为当我沿着绳子爬进去的时候，他骄傲得像只孔雀一样正在屋里走来走去。直到我用绳子的一端抽打他，并骂他是小吸血鬼的时候，他才大吃一惊。我把宝箱拿到手以后，先用绳子把箱子放了下去，然后自己也顺着绳子滑了下去。我在桌上留下一张写有四签名的字条，表示财宝终于物归原主了。最后，童格把绳子收回，关好窗户，从他进来的地方出来了。

“我想我把全部事实经过都告诉你们了。我听一个船夫说过，史密斯的‘曙光’号有快艇之称，因此我想到，它倒是我们出逃的便利工具。我便与老史密斯取得了联系，并答应如果他能送我们安全抵达大船，他将会得到一大笔酬金。毫无疑问，他看出这件事中间有些蹊跷，可并不知道我们的秘密。我所讲的这一切都是真的——我认为不隐瞒任何秘密就是我所能做的最好的辩护。还要让所有的人都知道舒尔托少校是如何背信弃义的。至于他儿子的被害，我则是清白无辜的。”

“讲得非常精彩。”福尔摩斯说道，“这桩离奇的案子终于得到了恰当的结局。你所说的后半部分，除了不知道绳子是由你带来的这一点以外，其余的不出我所料。顺便问一句，我原以为童格的毒刺全丢了，但是他在船上怎么又向我们射出了一支呢？”

“先生，的确是全丢了，不过吹管里还剩有一支。”

“啊，当然。”福尔摩斯道，“我可没想到这一层。”

“还有什么要问的吗？”囚犯殷勤地问道。

“我想没有了，谢谢。”我的伙伴答道。

“嘿，福尔摩斯先生，”阿瑟尼·琼斯说道，“我们够迁就你的了，我们都知道你是鉴定罪行的行家。不过职责就是职责，今天我对你和你的朋友可算是仁至义尽了。现在只有把这位故事家安全地锁进监狱里，我才能安心。马车还等在那儿，楼下有两位巡警。对于二位的鼎力相助我衷心感激。当然，开庭的时候还得请二位出庭做证。晚安。”

“二位先生晚安。”乔纳森·斯茂也说道。

“你走前面，斯茂，”谨慎的琼斯在出门的时候说道，“不管你在安达曼群岛是怎样对付那位先生的，我得特别小心不要被你用木腿打了。”

“唉，我们这场小小的戏剧该谢幕啦。”在屋里抽着烟静静地坐了一会儿后，我说道，“恐怕这是最后一次向你学习破案的方法了。摩斯坦小姐已经接受了我的求婚。”

他非常忧郁地叹息了一声。“我已料到了，”他说道，“可是我不能向你道贺。”

我感到有些不快。“你对我所选的对象有什么不满意的吗？”我问道。

“一点儿也没有。我认为她是我有生以来见过的最迷人的女子了，并且对于我们所从事的这一类工作或许还很有用。她在这方面肯定具有天赋，你看，她从她父亲的所有文件中只是挑选了阿格拉藏宝图收藏起来。可是爱情是一种感性的东西，凡是感性的推理都与真实冷静的推理相抵触，而我把推理看作是高于一切的东西。我终生不会结婚，以免影响我的判断力。”

“我相信。”我笑道，“我的判断力还是经得住考验的。你看起来有些疲倦了。”

“是的，我已经感觉到了。这一个星期我都会无精打采的。”

“奇怪，”我说道，“为什么你这样一个懒懒散散的家伙也会时常表现出极其充沛的精力呢？”

“是的，”他答道，“我天生就是一个懒散的人，但同时又是个精力充沛的人。我时常想到那位睿智的作家歌德曾经说过的一句话：‘上帝只造了你的躯壳，金玉其外，败絮其中。’顺便说一句，在上诺伍德案中，我曾怀疑他们有一个内应，此人不是别人，正是仆人拉尔·拉奥。琼斯撒了一网，倒也捕到了一条大鱼，这的确是他的功劳。”

“分配得似乎太不公平了。”我说道，“全案的工作都是你一个人做的，而我从中得到了妻子，琼斯得到了荣誉，请问你从中得到了什么呢？”

“我吗？”夏洛克·福尔摩斯说道，“我还有那只可卡因瓶子。”说着，他已伸出修长白皙的手去抓瓶子了。